DES JOURS SAUVAGES

DU MÊME AUTEUR

Fourbi
Gallimard, 2000

Supplément aux mondes inhabités
Gallimard, 2004

Le Contraire du lieu
Gallimard, 2005

Reprise des hostilités
Seuil, 2007

Vers le nord
(en collaboration avec Élodie Jarret)
Éditions Sarbacane, 2009

Avant de disparaître
Seuil, 2011

Grandeur de S
Seuil, 2012

Les Premiers. Une histoire des super-héros français
Seuil, 2017
et « Points » n° 4723

Fiction & Cie

Xabi Molia

DES JOURS SAUVAGES

roman

Seuil

57, rue Gaston-Tessier, Paris XIXᵉ

COLLECTION
« Fiction & Cie »
fondée par Denis Roche
dirigée par Bernard Comment

ISBN 978-2-02-146007-0

www.seuil.com
www.fictionetcie.com

Les coups du sort sont-ils si rares que vous puissiez compter d'en être exempt ? Nous approchons de l'état de crise et du siècle des révolutions. Qui peut vous répondre de ce que vous deviendrez alors ?

Jean-Jacques ROUSSEAU

1/3

L'Amiral

1

Les deux radeaux flambaient encore quand, se comptant sur la plage, ils s'aperçurent que Guilhem Vernet manquait.

Il était minuit peut-être, quelques enfants pleuraient, des hommes voulaient porter de l'eau, d'autres couraient sans but, et l'agitation s'absorbait dans le rugissement des flammes qui, toujours plus hautes, projetaient une nuée grisâtre. Au milieu de ce tumulte, la voix de l'Amiral appelait l'un après l'autre les survivants par leur prénom et Guilhem ne répondit pas.

C'était quelques mois après le naufrage. On n'avait jusqu'à présent rien remarqué d'alarmant dans la conduite de Guilhem, il était infirmier au CHU de Rouen, parlait peu, et celui qu'on appelait l'Amiral devait se demander pourquoi il fallait toujours, partout, que ce soit ce genre d'hommes communs qui se rendent coupables des actes les plus fous.

On chercha Guilhem autour du campement. Son nom fut crié sous les premiers arbres de la forêt, là où la nuit était encore claire. Comme il ne reparaissait pas, l'Amiral dit qu'il fallait dormir, il n'y avait rien d'autre à faire en attendant le jour. Le lendemain on fouillerait l'île, et on le rattraperait, comme l'autre avant lui.

À l'aube, les poursuivants de Guilhem prirent les quatre fusils qui avaient voyagé avec eux, des arcs, des épieux et la paire de menottes qu'un des naufragés s'était procurée juste avant d'embarquer sur le ferry, dans un commissariat abandonné. Le groupe d'Elorriaga fouillerait la côte par l'ouest. Le groupe du fils de l'Amiral, Charlie, prendrait par l'est. Et au centre l'Amiral, avec la dernière patrouille, s'enfoncerait dans les sous-bois avant de remonter vers le poste de guet.

Ils parcouraient souvent cette forêt depuis six mois et demi qu'ils avaient échoué sur l'île mais aucun d'eux n'aurait affirmé la connaître vraiment. Elle était trop abondante, trop indocile aussi pour se ressembler jour après jour, et les arbres couchés à la saison des vents, les fondrières, les barrages de lianes, forçant à des détours, vous emmenaient sur des sentes jamais remontées, sur des terrains nouveaux. S'il se planque dans cette jungle, avait dit l'Amiral, on ne le trouvera pas avant longtemps. Mais il n'osera pas. Lui aussi, il aura peur de ce qui rôde dans la nuit.

Deux heures après, la patrouille de Charlie aperçut le fuyard sur la plage à quatre ou cinq cents mètres, les hommes s'élancèrent et l'un d'eux tira plusieurs coups de fusil. Guilhem disparut dans la combe qui remontait vers les parois cendreuses du volcan.

L'Amiral et son groupe, averti par les détonations, avaient allongé le pas et s'étaient dispersés. Ils ne parlaient plus même à voix basse. La forêt entrait en eux, son cliquetis, ses odeurs denses, des cris d'on ne savait trop quoi, et personne à cette époque n'aimait vraiment cela. Mais l'Amiral n'avait pas peur. À soixante-huit ans, il semblait toujours vif et infatigable. Ses cheveux avaient blanchi juste après le naufrage et sa barbe, ondulant sur un visage bien dessiné, lui faisait une tête de médaille romaine. Il n'était ni connu, ni puissant, ni riche, mais sa vie se racontait comme un roman d'aventures, si foisonnant que ses contours demeuraient flous. Dans les années soixante-dix, il vivait à Mexico de l'enseignement du français ; plus tard, il revendait en zone saharienne des breaks Peugeot acheminés depuis Montreuil ; enfin, fatigué de tant d'aridité peut-être, il s'était fixé à Paris dans le commerce d'antiquités marines. Il avait dîné chez des brigands et des gens célèbres, s'était sorti d'un guet-apens dans une ruelle de Monrovia et d'un mariage forcé au bord du lac Baïkal. Pour deux ou trois survivants à l'esprit fragile, sa force d'âme semblait un don divin, il était là pour les sauver. Et, même parmi les naufragés plus raisonnables, certains commençaient à croire qu'un sixième sens l'habitait.

Il aperçut le fuyard dans un ruisseau en contrebas. Guilhem sautait d'un caillou sur un autre, comme un enfant. L'Amiral, accroupi derrière un rideau de lianes enchevêtrées, ne bougeait plus, mais l'autre avait dû entendre ou sentir que quelqu'un était là qui l'épiait. S'écartant d'un bond, il courut vers un chaos de rochers noirs. On ne le revit plus.

L'Amiral et ses hommes fouillèrent chaque recoin de ce petit dédale où les blocs de pierre ruisselaient. Ils montèrent vers le sommet du volcan, jusqu'aux endroits où l'air devenait trouble. Leurs tempes battaient, leurs yeux brûlaient, ils commençaient sous l'influence de gaz malsains à voir leurs mains se diluer dans le jour pâle. Il fallut redescendre. Ils longèrent les plages et explorèrent les criques, les cavités dans les falaises et les bords des torrents. L'île avait avalé Guilhem, dirent certains. L'Amiral les foudroya du regard, il n'aimait pas entendre ce genre de conneries mystiques.

De retour au camp, il annonça une inspection des bungalows. Les autres ne comprenaient pas ce qu'il pouvait chercher, un moyen de sauver la face peut-être, et puis c'était son caractère de faire quelque chose plutôt que rien. Il fouilla l'abri de Jérémie Castellan en évitant de commencer par lui. Il sentait que Castellan était pour quelque chose dans l'incendie du chantier naval mais il ne trouva rien. Et le silence du jeune homme devait l'exaspérer, comme le sourire à peine esquissé sur son visage, comme les mots qu'il ne prononçait pas mais qu'on pouvait deviner, victorieux.

L'Amiral sentit qu'une de ses crises approchait. Pour éviter que les autres y assistent, il s'enferma dans le bungalow de Guilhem et le fouilla encore une fois, en s'efforçant de respirer plus lentement. La colère montait en lui et une partie de son esprit réclamait qu'il s'y abandonne, comme à une purge. À la fin, il céda, jeta les affaires de Guilhem dehors, cassa ce qu'il put casser dans l'abri avant d'y mettre le feu. Elorriaga voulut l'en empêcher mais, bien qu'il mesurât deux mètres et eût des bras de colosse, l'Amiral lui allongea un coup de poing. Tous reculèrent. Maintenant, devant les flammes stridentes, il criait d'une voix rauque des fragments de phrases que lui-même comprenait à peine. Il y avait des complices, affirmait-il, on les trouverait. Dans son corps, la fureur finit par retomber. Essoufflé, le regard perdu, il vacilla comme un ivrogne. Ses yeux brillaient.

Sa fille, Albany, s'avança pour le raisonner. Au bout d'un moment il grogna et lui tourna le dos ; elle ne voyait donc pas qu'il ne maîtrisait rien ? Ce qu'il lui restait de colère se muait en animosité contre elle, il la trouvait désespérante avec son front bombé, son teint maladif, sa petite taille et son pas qui traînait. Aucun d'entre eux n'aurait dû se retrouver sur cette île inconnue, mais elle entre tous n'y avait pas sa place, pensait-il quand il apercevait sa silhouette. Et aussi le calme de sa fille l'irritait, ses phrases qu'elle mesurait, ses yeux à moitié fermés quand il s'emportait, sa patience.

Elorriaga et Marsillach poursuivirent l'inspection des abris. Rien n'apparut qui aurait pu les conduire à Guilhem. Mais, sous la couche d'une jeune femme prénommée Gabrielle, on découvrit un bout de corde, le même genre de corde qu'avait utilisé Steven, le premier saboteur, pour se donner la mort.

Aujourd'hui, ceux qui se souviennent de lui disent qu'il était doux et taciturne. Pourtant, il avait vidé une bouteille d'acide sulfurique sur l'émetteur radio qu'Osvaldo Cooper travaillait à remettre en état. Après quelques heures de traque, on l'avait capturé de l'autre côté du volcan. Certains refusaient que Steven soit jugé avant de quitter l'île, parce que personne n'était juge ici. D'autres avaient murmuré qu'un type comme ça devait mourir. Mais le cas de Steven s'était réglé tout seul, on l'avait retrouvé mort dans l'abri transformé en cellule, suicidé avec un bout de corde noué au pied du lit. Gardant pour une fois son calme, l'Amiral avait demandé comment ce bout de corde était arrivé là. Cette mort assistée leur avait fait sentir que Steven n'était pas seul, qu'il y aurait d'autres tentatives de sabotage, qu'ils étaient plusieurs à vouloir rester. Combien pouvaient-ils être ? Cinq ou six, estimait l'Amiral. Ils se racontaient que le monde entier avait été contaminé et que ce serait une folie de le rejoindre. Ou bien ils craignaient d'être jugés à leur retour parce qu'ils avaient déserté. Ou juste ils commençaient à trouver là une forme d'accord avec eux-mêmes qu'en France ce qu'ils appelaient la vie moderne les avait empêchés d'atteindre. Ils voulaient qu'on les oublie.

Que personne ne sache qu'ils étaient sur cette île. De survivants, ils étaient devenus des fugitifs.

Convoquée dans le cercle, Gabrielle hésitait même devant les questions les plus simples et, lorsqu'elle semblait sur le point de parler, des pleurs la retenaient. Celle qui la défendit, Servanne Pélissier, s'exprimait d'une voix forte et lente. Elle mettait parfois du rouge à lèvres vif qui lui restait d'avant et ce soir-là sa bouche peinte lui donnait l'air supérieur de quelqu'un qu'on doit écouter. Gabrielle et Steven s'étaient aimés, expliqua-t-elle. Gabrielle avait aidé son amant à mourir, c'était possible, mais Servanne pria ses auditeurs de lui dire comment ce crime s'appelait. On ne lui trouva pas de nom, personne ici ne connaissait bien les lois hormis peut-être Chevallier, l'ancien secrétaire d'État, mais, traumatisé par la catastrophe, il végétait pour l'heure dans le groupe des zombies.

Les votants écoutèrent Servanne. C'étaient des hommes et des femmes de vingt à quarante ans pour la plupart, amincis par la vie sur l'île mais de constitution solide, la peau tannée par les journées passées sous le soleil. Si le désespoir les tenaillait, il n'y paraissait pas. N'étaient leurs shorts et T-shirts loqueteux, délavés par l'eau de mer, ils avaient l'air de randonneurs bien portants. D'après ceux qui s'en souviennent, la scène pouvait se présenter ainsi : çà et là dans l'assistance émergeaient quelques casquettes de base-ball et couvre-chefs tressés sur l'île, sortes de proto-panamas évoquant les chapeaux congolais ; des foulards rouges entouraient les cous des chasseurs ; quelques nostalgiques arboraient l'un une chemise à col boutonné, un autre une veste en jean. Tous ou presque se tenaient assis sur les galets délimitant le cercle ; plusieurs, revenus tard d'une pêche au harpon, mâchaient leur ration du soir ; un zombie dormait déjà, bouche ouverte ; trois cueilleurs, dans l'ombre, avaient entamé une partie de dés.

Tout le temps que dura le procès de Gabrielle, l'Amiral demeura immobile, les jambes allongées, les mains posées derrière lui. À la fin on lui demanda s'il n'avait rien à ajouter. L'Amiral se leva, frotta ses lèvres l'une contre l'autre et commença par s'excuser sans regarder personne : tout à l'heure, il n'aurait pas dû s'emporter. Puis il parla du chantier. À sa demande, Clou et son équipe avaient évalué les dégâts, il ne restait rien à sauver des bateaux (l'Amiral ne disait jamais « radeau » et n'aimait pas que ce mot soit prononcé devant lui, pas plus que « naufragé », d'ailleurs, qui sentait trop le désespoir). Il fallait tout reprendre à zéro.

– Mais sans une voile, c'est même pas la peine. Et a priori, je préfère vous le dire, on n'a rien pour remplacer. Fabriquer une voile nous-mêmes, ça prendra mille ans, on n'y arrivera jamais.

– Et si y a pas de voile ? demanda Tholonet, un programmeur au visage aigu, avec de gros yeux bleuâtres.

– Faudra ramer, dit l'Amiral plus doucement.

Tholonet soupira. Il venait d'avoir soixante ans et se trouvait le souffle court. Quitter l'île au plus vite était son obsession. Sa femme et sa fille lui manquaient, même s'il s'abstenait d'en parler. Au quatrième jour, une vague l'avait surpris et délesté de ses lunettes. La myopie le condamnait depuis lors à une espèce de demi-vie, flottante, dont il se plaignait souvent. Si on devait ramer, jamais il ne ferait partie de l'équipage. Autour de lui, d'autres visages montraient le même abattement.

– Je sais, fit l'Amiral. C'est pas des bonnes nouvelles. Mais on va trouver une solution. On trouve toujours.

De Gabrielle, il ne dit presque rien, sinon que par amour on fait parfois n'importe quoi, et il étonna son auditoire en réclamant de l'indulgence. Mais les saboteurs, siffla-t-il en scrutant l'un après l'autre les visages autour de lui, eux il ne voyait pas bien comment leur pardonner. Il y avait eu Steven. Maintenant Guilhem. Il pouvait y en avoir d'autres.

– Seulement, si on pardonne pas, on fait quoi ? poursuivit l'Amiral. On les enferme, on leur fait à bouffer, puis on les sort chaque fois qu'ils ont des fourmis dans les jambes ?

Ce n'était pas réaliste, ajouta-t-il. Et j'imagine que les joues lui brûlaient à présent. Le mot « réaliste », il n'aurait pas dû l'employer. Quelqu'un dit :

– C'est pas possible, non.

Un ou deux, affables, acquiescèrent pour encourager l'Amiral. Puisque c'était lui l'officiant, il lui revenait de dire cette autre phrase que tout le monde avait en tête et que lui-même redoutait, mais pourtant il la prononça : ceux qui voulaient empêcher les survivants de repartir devaient savoir qu'on les tuerait désormais. Guilhem aussi, quand il serait retrouvé.

Une soixantaine de naufragés votèrent pour que Gabrielle reste libre à condition de leur montrer sa bonne volonté. Elle promit qu'elle ne les décevrait pas.

Sur les quatre-vingts présents, onze seulement votèrent contre la peine de mort. Albany figurait parmi eux. Elle n'eut pas un regard pour son père lorsqu'elle leva la main.

Après le cercle, l'Amiral partit se baigner avec son fils Charlie. À marée descendante, un bassin d'eau presque chaude se formait derrière la barre des rochers. Quand on s'y plongeait, des algues longues et gluantes se déployaient autour de vos jambes, c'était répugnant la première fois puis ça devenait un délice comme tant d'autres choses sur cette île. Comme la nuit tombait, la forêt se taisait peu à peu, l'océan n'était plus qu'une rumeur. L'Amiral était nu mais Charlie avait gardé un caleçon grisâtre, il ne le quittait jamais devant son père. Et l'Amiral confierait plus tard à Osvaldo Cooper que, toutes les fois qu'il apercevait ce corps de jeune homme, désormais robuste et musclé, il se souvenait de ces nuits lointaines où, de retour de voyage, il s'allongeait sur le lit de son fils et se pressait contre lui pour respirer l'odeur intense de shampooing sucré ou de transpiration dans ses cheveux. Du bras gauche, il serrait le torse chaud et maigre de Charlie au point que, dérangé mais dormant toujours, l'enfant soupirait ou murmurait des syllabes sans suite.

Ce soir-là, à en croire Cooper, comme Charlie entrait dans l'eau, l'Amiral aperçut sous son bras droit trois points bleus tatoués en triangle juste en dessous de l'aisselle, trois points qu'il n'avait jamais vus. L'Amiral hésitait à interroger son fils. Charlie dans un salon de tatouage, c'était une scène absurde – mais son père allait sans doute l'embarrasser en lui posant une question à ce sujet, il ne voulait pas le froisser, pas maintenant qu'Albany venait de voter contre lui, il comptait ses soutiens.

Charlie était loyal et sage et dévoué, il en avait toujours été ainsi. L'Amiral et sa femme s'émerveillaient de la douceur de ce garçon qui leur réclamait des baisers et hochait la tête d'un air pénétré quand son père lui racontait un nouvel exploit de Bonaparte ou de Lawrence d'Arabie, grands hommes qu'il voulait lui faire admirer. Plusieurs fois il avait conçu pour son fils des projets, il aurait aimé qu'il révèle un talent aveuglant dans un sport qu'il découvrirait, le tennis, le hockey, ou qu'il se distingue à l'école, qu'il se montre génial en mathématiques, ou mieux encore qu'il veuille fuguer à New York, qu'il parle d'Amazonie, de sommets à gravir, de pistes dans le désert. Mais Charlie avait avancé au même pas que les autres. Les sports qu'il essayait finissaient par l'ennuyer, les voyages lointains ne le tentaient pas trop, et l'Amiral, appelé par son commerce de voitures au Tchad ou au Niger, songeait que les choses auraient été différentes s'il avait été présent pour insuffler chaque jour à son fils l'ardeur dont il manquait.

Une fois seulement, à vingt ans, Charlie alarma ses parents en se prenant d'admiration pour un pseudo-artiste d'Europe centrale, dont le nom, Dort Babinov, était manifestement inventé. Charlie parla d'une pièce de théâtre qu'ils écrivaient ensemble, l'Amiral s'emporta quand son fils avoua qu'il payait de sa poche la location d'un studio de répétition où lui et quelques autres victimes du gourou Dort travaillaient sur un spectacle mêlant danse et spiritualité. Vexé, Charlie voulut montrer à ses parents une vidéo où Dort exécutait l'un de ses plus beaux solos, l'image était granuleuse et le petit homme chauve aux pieds nus qui s'agitait dans un drapé antique fit ricaner son père. C'était lui, Babinov, le grand artiste ? Charlie quitta l'appartement le regard vide et les mâchoires serrées.

La mort brutale de Natacha, la mère de Charlie, mit un terme à la brouille. À la sortie d'une conférence, une embolie la terrassa. Le père et le fils étaient inconsolables, l'Amiral prépara une oraison qu'il ne prononça qu'à moitié, Charlie lut la fin à sa place. L'année suivante, il dormit dans l'appartement familial un soir sur deux et il aida son père à le vider. De Babinov il n'était plus question. Maîtrise en droit des entreprises, école de commerce, amis sensés : la vie de Charlie avait repris un cours consciencieux.

– Il a vraiment entendu quelque chose à la radio, Cooper ? demanda soudain son fils.

– Je crois, oui.

– En brésilien ?

– Ouais, fit l'Amiral.

Un jour, il faudrait qu'il enseigne à son fils ce qu'il avait appris sur le mensonge. Enfin, pas sur le mensonge mais sur le récit, sur les besoins de leur récit de naufragés. Des voix à la radio, il y en avait sans aucun doute. Il fallait qu'il y en ait, et que les survivants le sachent ; qu'ils y croient comme on croit à la gravitation universelle ; que, dans leur histoire, ces voix soient présentes quelque part dans le ciel, des ondes invisibles flottant au-dessus d'eux.

Pareil pour les navires. Un matin, l'Amiral, redescendu en toute hâte du poste de guet, prétendrait qu'il avait aperçu, loin, très loin sur l'horizon, une ombre grise surmontée d'un ténu mais indubitable poinçon de fumée blanche. Et les autres seraient atterrés pour commencer – le paquebot avait poursuivi sa route, leur isolement se prolongeait –, mais l'image de ce trait blanc se fixerait dans leur esprit et bientôt, cette fumée qu'un autre avait vue, ils la tiendraient pour la preuve la plus tangible que leur sauvetage viendrait.

2

Six mois et demi auparavant, confia-t-il un jour à Cooper, il rêvait justement de Charlie quand un silence inhabituel l'avait tiré de son sommeil. Par la fenêtre, il regarda la cour vide et, au-delà du mur d'enceinte, les toits brillants de pluie. Un de ses codétenus alluma la télévision. Le présentateur annonçait un mouvement de foule à l'aéroport de Marseille, les forces de l'ordre avaient tiré. La porte de la cellule s'ouvrit sur le visage émerveillé d'un type qu'il n'avait jamais vu. Les gardiens étaient partis pendant la nuit, tous. Ils avaient fui.

Dans le couloir, deux détenus détalaient, emportant avec eux des cartons de conserves. Thomas rassembla quelques affaires dans une couverture et la noua pour s'en faire un ballot.

Il avait résolu de ne pas se mêler aux conversations pendant toute la durée de sa peine, de ne participer à aucun atelier, de ne rien punaiser au-dessus de son lit. La prison, il se disait qu'il n'avait rien à y faire, ce n'était pas pour lui. Un matin, une jeune magistrate, penchée par-dessus son bureau, l'informa qu'il avait agressé un gardien de musée, au Louvre, dans les salles de peinture flamande. Il l'aurait tué si un touriste courageux n'avait surgi. Thomas ne gardait aucun souvenir de la scène qu'elle décrivait. Son obsession pour un tableau, sur lequel sa femme avait écrit, semblait à l'origine des coups de poing, et l'alcool. « Mais l'alcool seul lui disait quelque chose », rapporte Osvaldo Cooper. Un samedi, il avait acheté plusieurs bouteilles pour accompagner les médicaments. Depuis la mort de Natacha, sa tristesse pesait comme un sac rempli de pierres, il le sentait quand il était allongé sur son lit et même à son bureau, sur ses épaules, chaque jour ce fardeau l'écrasait davantage. Il n'avait pas d'arme à feu. Avaler des comprimés ressemblait à une solution simple, et suave, une solution à sa portée. Seulement non : après avoir descendu quelques bouteilles et ingéré du Gardénal, il avait rejoint Paris et fait la queue devant le Louvre, pour finalement atteindre la salle où était exposé le *Saint Jean à Patmos* de Joos van Cleve, qu'il avait entrepris de décrocher. Comme un gardien voulut s'y opposer, pris de fureur, Thomas le roua de coups, lui cassa une vertèbre et lui abîma un œil – après quoi un touriste autrichien le plaqua au sol et l'assomma. Comment Thomas avait-il réussi à conduire, à se faire admettre au Louvre et à porter des coups dans cet état ? Ce mystère physiologique suscitait chez la magistrate une perplexité teintée d'admiration. Elle avait l'air de bien aimer ce genre d'histoires, ces prodiges de bêtise et d'excentricité humaines qu'une carrière dans le ministère public vous fait contempler à intervalles réguliers. Au lieu de mourir discrètement, modérément, Thomas allait purger une peine de plusieurs mois à la maison d'arrêt de Cergy. Par chance, ses deux enfants l'ignoraient : il était brouillé avec sa fille, et son fils semblait très occupé par un nouveau travail. Thomas était officiellement retourné voir une vieille amie à Duluth, dans le Minnesota, et quelques mails nocturnes envoyés depuis le téléphone d'un codétenu entretenaient l'illusion de cette romance américaine.

Certains hésitaient devant le portail, mais pas lui. Il franchit le seuil de la prison. Si c'était un rêve il fallait continuer.

Des voitures passaient à toute allure dans les rues désertées. Quelques pillards sortaient des magasins. Thomas avait déjà vu ces scènes dans des films-catastrophes, les détritus jonchant le sol, les véhicules délaissés en travers de la route, l'air d'abandon et de folie qui défigurait les villes. Dans ces films il ne fallait rien attendre des autres, le chaos prenait comme un feu, et Thomas aimait sentir qu'il était seul au monde, que nul ne l'aiderait.

Il avait toujours eu la sensation d'une menace diffuse, comme si le décor allait bientôt s'effondrer. Il le savait, les désastres viendraient. Et lorsqu'il avait compris que la grippe était hors de contrôle, une conviction l'avait saisi, il le confesserait plus tard avec une fierté honteuse : à cet instant il s'était dit que sa vie commençait. Dans la banlieue de Gao, trente ans auparavant, il avait suivi par défi un Belge superstitieux jusqu'à l'appartement d'une devineresse, qui s'était presque évanouie en les voyant. « C'est un spectre », avait-elle prétendu à propos de Thomas, et il feignait d'en rire chaque fois qu'il racontait cette visite. Mais parfois à l'aube, juste avant que le réveil ne sonne, les yeux déjà ouverts il lui arrivait de penser à cette femme et de se demander s'il était peut-être pas déjà mort, mais pas encore né.

Il entra dans un pavillon et prit de quoi manger dans les placards. Sur la table, il repéra une clé de voiture, qui lui ouvrit un monospace stationné devant la maison. Le réservoir était encore à moitié plein. Avec l'épidémie, la chance revenait dans sa vie. Alors il retourna à l'intérieur et y trouva un téléphone fixe. Il y avait une tonalité, il composa le numéro de Charlie et son fils décrocha. Albany et ses trois enfants l'avaient rejoint, les informations étaient confuses, ils ne savaient pas s'il fallait se retrancher ou bien prendre la route, vers le Maroc, vers l'Angleterre ? « Je viens vous chercher », dit Thomas. La chance revenait dans sa vie et il allait être un bon père, et il allait être valeureux comme les valeureux avant lui dont il aimait lire les faits d'armes, comme Ernest Shackleton, comme George Orwell sous les bombes fascistes, comme Magellan.

Le GPS de la voiture ne marchait pas. Thomas entra dans une station-service et saisit une carte Michelin sur l'éventaire. Des gémissements montaient de l'autre côté du comptoir et même si c'était dangereux il s'approcha, pour voir au moins une fois à quoi ressemblait cette grippe fulgurante qui ravageait l'Europe. Un employé de la station-service se tordait sur le sol, des traces rougeâtres marbraient son visage gonflé. Thomas prit une bouteille d'eau et la posa près du malade.

Il roula vite sur des voies secondaires. Devant l'entrée d'un village, un barrage se dressait. Il arrêta la voiture à une vingtaine de mètres. Un type armé d'une hache lui fit signe d'avancer. Une pluie fine empêchait Thomas de bien voir son visage. L'homme semblait calme, peut-être trop. Il avançait vers lui, sa main tenant la hache par le bout du manche. Thomas fit demi-tour et fonça sans regarder derrière lui.

Il emprunta une autre route, plus au sud, et roula sans rencontrer d'autre barrage. Trois heures plus tard, il rejoignait au Mans Charlie, Albany et ses enfants. Le réservoir contenait juste assez de carburant pour rejoindre les côtes. Là-bas, si la chance voulait bien l'escorter encore un peu, ils trouveraient un bateau et un moyen de monter à bord. Ils s'éloigneraient du rivage et la radio leur apprendrait qu'un antidote miracle avait été mis au point dans un laboratoire américain ou bien que, le virus devenant toujours plus létal, ses porteurs succombaient avant d'avoir le temps de le transmettre, faute de munitions l'épidémie reculait. Et si les nouvelles n'étaient pas bonnes, ils descendraient vers les Canaries ou tenteraient la traversée de l'océan. Ils pourraient gagner la Guyane, les autorités françaises y établissaient des camps de réfugiés. Et si ce n'était pas possible, ils auraient une autre idée. Des idées il en vient toujours, pensait Thomas, et la chance était de son côté.

À l'entrée de Roscoff, une policière lui ordonna de faire demi-tour, aucun navire ne sortait du port. Une odeur de plastique fondu empuantissait l'air. Entre les nuées de gaz lacrymogène, Thomas vit qu'un ferry, au large, crachait de lourdes volutes de fumée noire, derrière lesquelles des flammes crépitaient. Il obéit à la policière et se le reprocha presque aussitôt. Cette faiblesse les condamnait peut-être, ils allaient mourir par respect des consignes, se disait-il, quand il aperçut deux voitures qui s'engouffraient dans une ruelle latérale. Thomas les suivit et se gara comme elles sur le parking d'un casino, tout près du terminal.

Sur le dock, des CRS bloquaient l'accès à un autre ferry en tirant des grenades. Face à eux, des hommes jetaient des projectiles. Certains avaient la tête coiffée d'un foulard rouge, comme des manifestants. Deux avions de chasse déchirèrent le ciel au-dessus d'eux. Une femme cria que le bateau allait partir. Maintenant les policiers reculaient. L'un d'eux était allongé sur le sol au milieu des manifestants. Une camionnette passa en klaxonnant à un mètre de Thomas et fonça sur les CRS. Il y eut des cris, des gémissements, mais Thomas ne regarda pas et courut jusqu'à la voiture. « Prenez tout », dit-il à ses enfants. En retournant vers le ferry, il ramassa un foulard rouge et le ceignit sur les yeux d'Ariel, le plus jeune fils d'Albany.

Où se trouvait cette île, les naufragés l'ignoraient. La dernière fois que Thomas avait demandé la position du ferry au commandant de bord, c'était juste avant que le navire tombe en panne sèche. Interdits d'accostage à

Madère par un croiseur portugais, les passagers reportèrent leurs espoirs sur Tenerife, qu'ils mettraient quinze heures à rallier. Là-bas, ils se feraient tester, les autorités constateraient qu'aucun d'entre eux n'était contaminé. Mais le ciel brunit d'un coup, un grain arriva, des vagues tordaient l'horizon et le navire, privé de propulsion, erra vers l'ouest, ils s'accordaient presque tous là-dessus. Pendant cent heures, dans le noir pur de la nuit ou le crépuscule olivâtre qui tenait lieu de jour, des lames immenses ébranlèrent les flancs du ferry. À la dérive, le navire tournait sur lui-même et parfois, heurtée de plein fouet, une montagne d'eau s'effondrait dans une déflagration de bataille sur la timonerie. À bord, ils étaient alors cent cinquante ou deux cents, allongés à même le sol ou recroquevillés, beaucoup d'entre eux malades et trop faibles pour se tenir debout. À chaque secousse des hurlements fusaient.

Le deuxième soir, comme une panne électrique venait de les plonger dans les ténèbres, des passagers voulurent mettre à la mer les canots. Leurs réservoirs étaient pleins, avec eux ils quitteraient le cœur de la tempête. Voyant qu'un canot manquait, quelqu'un affirma que le commandant et son équipage s'étaient déjà enfuis. Thomas hocha la tête, pensant : C'est de bonne guerre ; on a pointé une arme sur leur commandant, on les a entraînés ici, dans ce décor d'apocalypse. À la faveur de la tempête, ils s'étaient échappés.

Des deux canots de sauvetage mis à l'eau par les passagers, l'un au moins fut culbuté par les vagues avant qu'on le perde de vue. Et seule cette image persistait dans la mémoire de Thomas : sur les nappes d'écume fluorescentes, des points noirs qui devaient être des hommes.

L'île devant laquelle s'échoua le ferry deux jours plus tard était longue de quinze kilomètres environ et large d'à peu près trois. Une épaisse forêt, tachetée çà et là du vert brillant d'un palmier, tapissait les flancs de collines qui s'élevaient peu à peu vers le nord, jusqu'à un pic dont les contours étaient brouillés par un nuage gris de fer. Des plages blanches ceinturaient l'île. Le sable y était doux et farineux.

Quand la marée fut basse, ils descendirent du ferry et ils errèrent au bord de l'eau, sans un mot, sans idée. Puis ils s'allongèrent les uns après les autres. Le vacarme régulier du ressac emplissait leurs têtes. Épuisés, beaucoup s'endormirent. Thomas se souvenait de deux types au regard fixe qui se disputaient une valise ancienne en cuir bordeaux ; rien d'autre ne bougeait.

Le deuxième jour, excités par un patron de bar du nom de Collardi, une dizaine d'hommes pillèrent les provisions ramenées sur la grève et mirent la main sur les bouteilles. Des naufragés protestèrent mais Collardi leur demanda de reculer. Les quatre fusils étaient de son côté et, comme l'un de ses contradicteurs tardait à le comprendre, d'un coup de crosse il lui brisa le nez. Ensuite, l'alcool noircissant leur ennui, ses nouveaux associés tirèrent sur de petits singes fugaces qui passaient la tête entre les palmiers. Ils en touchèrent un ou deux et mirent les autres en déroute mais les primates revenaient, dévisageant leurs agresseurs d'un air placide. Mal à l'aise, les tireurs détournèrent le regard et considérèrent les femmes naufragées. Plusieurs étaient jolies. La nuit tombait.

Thomas attaqua vers onze heures du soir. Il se souvenait de Magellan face aux mutins de San Julián : il fallait frapper vite, avec l'audace des insensés. Les comparses de

Collardi finissaient les bouteilles, certains dormaient déjà. Flanqué du gigantesque Elorriaga et d'un autre homme résolu, Jérôme, un caporal, Thomas s'approcha en écartant les bras, il voulait discuter. Collardi lui adressa un bâillement grossier et le pria de retourner d'où il venait. Au lieu de quoi Thomas lui arracha son fusil et l'écrasa contre sa tempe. Puis, comme un des acolytes de Collardi allait pointer son arme, il braqua le fusil sur lui, avança de trois pas, lui troua le genou. C'était déjà fini. Les armes avaient changé de main, Collardi allait passer les trois prochains mois dans un abri transformé en cellule, ses complices, pénitents, plaidaient l'égarement, Thomas prononçait un discours sur les impératifs d'ordre et d'entraide. Albany soigna l'homme au genou transpercé, les naufragés votèrent, Thomas fut élu chef, à moitié sérieux quelqu'un l'appelait l'Amiral pour la première fois tandis qu'il exigeait d'être démis de ses fonctions au premier écart qu'on le verrait commettre.

De l'autre côté de l'île, qu'ils avaient entrepris d'explorer les jours suivants, les naufragés trouvèrent deux maisonnettes à l'abandon, les vestiges d'un poste d'observation scientifique peut-être. Découverts plus tard dans la forêt, des trous qui avaient l'air profonds, de la largeur d'un bras, accréditeraient cette hypothèse : on avait sondé le sol, cherchant quoi, du pétrole, du gaz, un trésor.

Dans l'une des cahutes, Tholonet ramassa une carte postale au verso vierge et jauni. Le recto présentait douze vignettes de Salvador de Bahia. La carte semblait de facture ancienne, à en juger par ses couleurs criardes, mais cette découverte incita certains naufragés à situer leur île près des rivages brésiliens plutôt que de l'Afrique. D'autres y voyaient la preuve qu'ils avaient échoué dans l'archipel du Cap-Vert. Alors pourquoi l'horizon était-il entièrement vide autour d'eux ? Ils n'avaient pas la réponse. C'était peut-être une île à l'écart des autres. À seulement cinq kilomètres de la côte, on cessait de l'apercevoir, affirmait Osvaldo Cooper, qui avait navigué dans sa jeunesse. Au sommet de la plus haute colline, là où ils établiraient leur poste de guet, on voyait peut-être à soixante-dix ou cent kilomètres. Mais, de là-haut, aucune terre n'apparut. L'île occupait le centre d'une circonférence infinie.

La timonerie du ferry ne possédait pas de sextant. Pour savoir où ils étaient, les naufragés s'en remirent aux ressources d'un jeune type nommé Jérémie Castellan. Il connaissait une méthode pour calculer la longitude avec une montre à aiguilles. Ces dernières années, il avait développé ses facultés post-apocalyptiques en militant dans plusieurs ZAD bretonnes (par la suite, il leur montrerait comment poser des pièges ou obtenir de la chaux en calcinant des coquillages). Une naufragée ouvrit la page de garde d'un petit agenda, sur laquelle était imprimée une carte du monde avec les méridiens. La mesure obtenue par Jérémie plaçait l'île au beau milieu de l'Atlantique. « Il y a des îles au milieu de l'Atlantique ? » demanda-t-on. C'était possible, personne n'aurait pu affirmer le contraire.

Pour estimer leur latitude, Jérémie se souvenait, mais vaguement, d'une méthode avec un fil à plomb et des clous plantés aux extrémités d'une planchette que l'on fixait à un trépied ; à midi pile, il fallait l'incliner jusqu'à voir les ombres des clous dessiner une ligne droite ; ensuite on mesurait l'angle formé par cet alignement et par le fil à plomb, il y avait une vingtaine de degrés à soustraire ou ajouter selon qu'on était proche ou éloigné des équinoxes, mais Jérémie ne savait plus très bien comment cette variable s'ajustait. Imprécis, le résultat qu'il obtint pouvait situer l'île à hauteur des Caraïbes et du Sénégal comme de l'Angola et de São Paulo. Si seulement on avait encore Internet, disait Tholonet, qui se lamentait de n'être utile en rien.

Des guetteurs se relayaient jour et nuit sur la plus haute des collines. Un bûcher était prêt à s'embraser si un navire apparaissait au loin et des fusées de détresse patientaient à portée de main.

L'horizon demeurant vide autour d'eux, beaucoup désespérèrent. Leurs familles, leurs amis, tous devaient être morts à présent. Une femme qui avait égaré son fils dans la cohue de Roscoff tenta de se trancher les veines. Un homme partit à la nage, le monde lui manquait trop. L'Amiral exhortait les autres naufragés à ne pas s'affliger. « C'est trop tôt, répétait-il. Un confinement, ça peut durer. Tant qu'on ne sait pas, pas le droit de pleurer. » Ils étaient à l'écart des routes maritimes mais un navire croiserait un jour dans cette zone, forcément. Quand la pandémie serait enrayée et que le temps serait venu de dresser les bilans, on se souviendrait de ce ferry de Roscoff dont la trace s'était perdue, et on les retrouverait.

Mais combien de temps, combien de mois passeraient-ils là en attendant ? se demandait l'Amiral, la nuit, quand le sommeil le fuyait. S'ils restaient trop longtemps, certains tomberaient malades. Des privations les affaibliraient. Sans compter que, prisonniers de cette île, ils s'exposaient à des conflits qui risquaient de s'envenimer. Des bagarres avaient déjà éclaté, des vols s'étaient produits. Et puis l'amour aussi, les inévitables histoires d'amour allaient tout compliquer.

Le quatrième jour, l'Amiral avait recensé les survivants, dix-huit enfants de trois à dix-sept ans et quatre-vingts adultes, dont vingt-huit femmes, de dix-huit à soixante-dix-sept ans. Trois étrangers : Osvaldo Cooper, exilé cubain résidant à Aubervilliers, et un couple de Hollandais sans âge, Dirk et Boudewijn, qui se trouvaient en Bretagne quand l'épidémie avait éclaté. Les autres naufragés étaient des flics, des militaires, du personnel soignant, des fonctionnaires bloqués sur le territoire pour aider à évacuer les non-contaminés, et puis des indécis ayant tardé à partir de chez eux, des malchanceux qui n'avaient pas trouvé d'avion pour les emporter, et enfin une dizaine de « pas fiables » dont l'Amiral avait couché les noms sur son journal de bord, des petits délinquants qui s'étaient attardés pour faire toutes sortes de conneries dans un pays déserté. Mais les bonnes volontés semblaient de loin les plus nombreuses, se rassurait-il. Avec elles, un voilier de fortune pourrait être construit très vite, et très vite ils enverraient un petit équipage à la recherche des secours.

Le chantier naval fut établi sur la plage, juste derrière le cordon de varech abandonné par les grandes marées. Puisqu'ils ignoraient à quelle distance des continents ils se trouvaient, les naufragés décidèrent de construire deux bateaux. L'un mettrait le cap à l'est sur les rivages africains, l'autre à l'ouest sur les Amériques.

De la salle des machines du ferry et des ponts qu'ils fouillèrent, les naufragés ne ramenèrent qu'une hache, une vrille et pratiquement aucun cordage. Abattre un arbre prenait des heures, façonner des planches réclamait des jours entiers, tresser des cordes avec les fibres d'une espèce de fougère arborescente se compterait en semaines ou en mois. Au bout de quinze jours, la hache s'ébrécha. Pouvait-on établir une forge et remployer le métal du ferry pour fabriquer de nouveaux outils, des rabots, des rivets ? C'était possible, un type nommé Walid s'y connaissait en ferronnerie.

Dans le journal qu'il s'efforçait encore de tenir sur un étroit carnet à pages quadrillées, l'Amiral nota : *Départ en mars, pas avant.*

Une averse implacable, tombée le douzième jour, les persuada de construire au plus tôt des abris solides. Il fallut établir des sanitaires. Et repriser les vêtements qui s'écorchaient dans les broussailles. Et s'occuper des enfants, ainsi que des zombies (c'est comme ça que les autres appelaient ceux que la pandémie puis le naufrage avaient murés dans l'hébétude). *Pas de temps pour la nostalgie*, écrivit l'Amiral. S'il avait pu, raconte Paul Aguilar, il aurait fait voter l'interdiction des souvenirs.

Les provisions récupérées dans les réserves et les congélateurs du ferry leur avaient fait six repas seulement. Par chance, l'île était prodigue. L'Amiral composa des équipes pour pêcher, récolter des huîtres, dérober des œufs dans les nids de tourbe, tenter d'abattre des oiseaux à coups de pierre ou de bâton, cueillir des baies sauvages, puiser l'eau douce à la rivière. Les naufragés attrapèrent des écrevisses à dos bleuté, elles pullulaient dans un bassin au pied d'une cascade. Ils tuèrent plusieurs tortues brunes puis parlèrent d'aménager un corral où pourraient se reproduire les prochaines qu'ils captureraient. Il leur venait des idées d'agriculture, des projets d'irrigation.

Les jours filaient. Au bout d'un mois, l'Amiral nota dans son journal : *Départ en juillet.* Puis à regret il ajouta : *Ou bien en août.*

3

Le ferry se tenait bien droit, proue tournée vers le large, l'air paré pour un prochain départ. Quand on levait les yeux vers lui depuis le campement, il émanait de sa silhouette une aura de temple ancien, qui inspirait la crainte. Son silence était comme épaissi par les chocs sourds qu'on entendait, de loin en loin, résonner dans ses profondeurs – on aurait dit qu'un marteau solitaire scandait un décompte secret en salle des machines. D'autres fois, la vue ressemblait à un photomontage raté, avec ce « BRITTANY FERRIES » barrant la coque d'un navire échoué en plein éden tropical.

C'était un bâtiment ancien, des auréoles de rouille étoilaient de longue date ses parois, et depuis quelques mois des coulées orange descendaient comme des vomissures le long des sabords béants. Des sortes de mouettes à tête noire palabraient bruyamment entre la cheminée et les bastingages du pont supérieur, qu'elles criblaient de chiures jaunâtres. À marée haute, quand l'eau l'ébranlait en remontant dans les parkings, le navire grinçait et grognait comme une vieille bête importunée.

Deux jours après le sabotage des radeaux, Cooper et l'Amiral retournèrent le fouiller sur une petite barge que le Cubain avait construite. Ils cherchaient de quoi remplacer les voiles parties en cendres lors de l'incendie, taillées dans la bâche d'un poids lourd abandonné au fond du deck numéro 7. Mais aucun autre camion ni aucune autre bâche ne se trouvait à bord.

La veille, l'Amiral avait annoncé la tenue d'une réunion de brainstorming pour réfléchir à un moyen de fabriquer des voiles. La séance n'avait accouché que d'idées impraticables et de propositions navrantes. Vers la fin, son fils Charlie s'était souvenu d'une émission de téléréalité, une longue épreuve de survie sur une île soi-disant déserte. Au cours d'un épisode, le présentateur montrait comment tresser des voiles avec des lanières découpées dans les feuilles d'un palmier. L'après-midi même, l'Amiral et son fils s'y étaient essayés, pour voir. L'entreprise serait fastidieuse mais ça pouvait marcher. Seulement on sentait bien qu'au premier grain ces voiles se déchireraient. Le découragement pointant, Osvaldo Cooper avait parlé d'inspecter une dernière fois le ferry. Faute de mieux, l'Amiral s'y était résigné.

Cela faisait des mois qu'il n'était pas remonté sur le navire. Il avait pris l'un des fusils au cas où Guilhem se cacherait dans le tréfonds du bâtiment. Tout autour s'élevait une odeur entêtante de fioul incrusté dans les parois et d'autre chose aussi, un relent de poisson crevé.

Une fois à l'intérieur, Cooper et l'Amiral échangèrent quelques mots à peine, et toujours à voix basse. Sous leurs pas, la moquette gorgée d'eau de mer faisait des bruits spongieux comme des soupirs.

Tout ce qui pouvait être utile, les naufragés l'avaient emporté, des conserves, des ustensiles de cuisine, les médicaments de l'infirmerie, des sièges de la cafétéria, des boiseries pour construire leurs abris et même des reproductions encadrées de toiles impressionnistes, petits paysages doux qu'ils avaient repérés dans le couloir conduisant aux toilettes.

L'Amiral ramassa un extincteur, qu'il replaça sur son attache métallique. Il se recula pour le contempler pendant quelques secondes, comme un visiteur dans un musée. Et il se souvint sans doute : le commandant de bord, qui n'avait pas voulu de cette foule montée sans permission, refusait que le ferry quitte Roscoff sans ordre exprès de sa hiérarchie ; soudain, son second avait couru vers le poste de pilotage, dont il était ressorti en agitant devant lui un pistolet rutilant comme un accessoire de théâtre ; l'Amiral avait interrompu sa course d'un coup d'extincteur à l'orbite si parfaitement ajustée qu'il en était resté un instant ébahi. Ensuite le capitaine avait reçu l'ordre d'appareiller et le pistolet maintenant braqué sur lui l'avait persuadé d'obtempérer. Depuis ce jour, il arrivait à l'Amiral de se demander ce que devenait le second, si son visage avait bien repris forme, ce n'était sans doute pas un méchant type. S'appelait-il Benoît ou Clément ? Il avait une tête à porter un prénom aimable. À présent, il était sûrement de retour en France. Les souvenirs de la grippe vivent leur vie de souvenirs, il a fallu six mois mais c'est bon maintenant, l'électricité, les administrations, Internet, tout refonctionne. Le second sort de chez lui, un pavillon simple dans un quartier nouveau, on le voit démarrer sa voiture, il remplit son Caddie dans l'hypermarché du coin et il hésite devant plusieurs bouteilles de vin à huit ou dix euros. Pense-t-il encore à ce vieux type au regard fou qui lui a brisé la mâchoire avec son extincteur ? Les bouteilles luisent sur les présentoirs du rayon vins de Bordeaux, comment choisir.

L'Amiral rejoignit Osvaldo devant le tas d'objets que le Cubain avait rassemblés au fil de ses visites. Il était le dernier à venir encore là, dans l'espoir de retrouver son portefeuille perdu il ne savait trop quand, peut-être pendant la tempête, ou qu'on lui avait volé. Mais pourquoi quelqu'un volerait-il un portefeuille sur un navire en perdition ?, on lui posa la question plusieurs fois et Cooper haussait les épaules, comme pour dire que tout était possible. Dans ce portefeuille, il y avait les photos de son ex-femme retournée à Cuba et de ses deux neveux adorés, c'était cela qu'il cherchait. À la place, il tombait sur des pièces de monnaie, des stylos bille, un trousseau de clés, un téléphone portable éteint, des chaussures esseulées. Chez lui, à Aubervilliers, il avait constitué plusieurs collections d'objets qui lui plaisaient, des coquillages exclusivement blancs qu'il ramassait sur les plages où il se rendait, des billets d'avion et de train, des petites coupures étrangères et, les dernières années avant l'épidémie, des clés dont on ne savait plus ce qu'elles ouvraient.

Pendant leur fouille, les deux hommes ne trouvèrent que des nappes en papier, derrière le comptoir de la cafétéria. Pas de draps. S'ils avaient détourné un ferry qui assurait la liaison avec Cork ou Santander… se plaignit l'Amiral. Il y avait des cabines dans ces navires-là. Donc des couchettes, donc des draps. Et comme il s'apprêtait à dresser la liste de toutes leurs infortunes depuis le départ de Roscoff, le Cubain l'interrompit en lui rappelant que Dieu avait aussi inventé le typhus (parfois le Cubain préférait mentionner Wall Street, parfois le cancer de la prostate).

Osvaldo Cooper avait grandi dans une péninsule marécageuse à l'est de La Havane, au milieu des essaims de moustiques et des monologues anticommunistes de son père, des moustiques parmi les plus persévérants du globe et des monologues parmi les plus longs qu'on puisse entendre, ce qui expliquait sans doute son aptitude à la patience. À dix-neuf ans, comme des voisins lui parlaient d'argent facile à Miami, sans réfléchir il s'embarqua de nuit pour la Floride. Là, il se maria trop vite, découvrit que l'argent le fuyait et détesta presque tout de l'Amérique. Il finit par décrocher un petit boulot d'assistant auprès d'un magicien de la diaspora, lequel consentit à lui apprendre quelques tours. Moins doué que son mentor, Osvaldo tenta sa chance en solo, mais deux prestidigitateurs cubains, même pour une ville de la taille de Miami, c'était encore un de trop. En le quittant sans préavis, sa femme l'aida, il fallait que tout change. Il atterrit comme d'autres exilés à Barcelone, eut envie de voir la France, fit du stop et descendit aux abords de Paris, où il connut trois décennies heureuses quoiqu'il vécût très chichement de coups de main sur des chantiers et de spectacles de magie pour les comités d'entreprise. Cependant, deux ans avant l'épidémie, Cuba se mit soudain à lui manquer, « comme une ampoule quand elle grille, expliquait-il, un beau jour, clac ». Il regrettait les odeurs de la mangrove et même les chants communistes, jusqu'à son ex-femme qui désormais se faisait appeler Nancy, bien qu'elle soit retournée vivre à Matanzas. En le forçant à quitter l'Europe, la grippe avait poussé Cooper sur le chemin du retour. Il disait que c'était de la merde, cette épidémie, mais que Dieu utilisait parfois ce qu'il avait sous la main pour se faire comprendre.

Il entra dans une salle du navire où l'odeur d'eau croupie lui souleva le cœur. L'Amiral l'y rejoignit, ils tournèrent autour de la petite piscine, incongrus « comme des clochards dans un palais », dirait-il plus tard, et, pour faire quelque chose ou pour se donner une contenance ou juste pour tourner le dos à cette petite piscine mal aimable, l'Amiral força une armoire fermée à clé qu'il avait repérée dans un renfoncement.

À l'intérieur, il y avait quarante-deux serviettes de bain rangées en quatre piles nettes.

Quand ils retournèrent au campement, chargés de ce trésor, l'humeur de l'Amiral avait tourné, il se réjouissait de voir la bonne fortune lui revenir enfin – et il disait parfois que sa vie se scindait, depuis toujours, entre coups de chance et désastres stupéfiants, il n'y avait pas de milieu, pareil pour son caractère.

Avec les serviettes ils pourraient faire des voiles, il faudrait simplement les enduire de goudron, trouver le moyen de fabriquer du goudron, mais ils y parviendraient. Et, dans l'esprit de l'Amiral, c'était comme si ces voiles frémissaient déjà entre les lattes de bambou sur le mât des voiliers à construire, comme s'ils n'avaient plus qu'à attendre la bonne fenêtre météo pour embarquer, comme si les efforts des saboteurs avaient été annulés, les saboteurs eux-mêmes anéantis.

Pour faire durer son plaisir, il entama dans la foulée une tournée d'inspection. À l'ombre des arbres-pieuvres, la classe des enfants de sept à douze ans prenait fin ; Baltimore était venu leur parler de son métier d'électricien, ils avaient fait des maths, ils avançaient ; plus loin, en bordure de forêt, Charlie et quelques autres avaient trouvé des branches courbes dans lesquelles ils façonneraient l'étrave d'un des futurs voiliers ; au campement, on démoulait les premières plaques du nouveau savon. L'huile de tortue, qui puait avec ténacité, était remplacée par celle d'une noix plate récemment découverte au nord de l'île. L'Amiral approcha ses narines pour humer la matière jaunâtre, des larmes de reconnaissance lui piquaient les yeux – la propreté était l'une de ses priorités depuis leur arrivée sur l'île : ils seraient des naufragés, mais dignes. En revanche, il faudrait faire un rappel à l'ordre ce soir, ça se relâchait sur le ramassage des détritus, l'informait Gauthier Lanckaert, qui dirigeait l'équipe Hygiène et Propreté avec le même sérieux qu'il avait administré, dans le monde d'avant, sa section de pompiers.

De Guilhem, on était toujours sans nouvelles. Deux patrouilles avaient repris la traque, en vain. Il était sans doute mort, déclara l'Amiral, il devait s'être noyé. « Et c'est mieux comme ça », avait-il confié à Cooper. La peine de mort, il n'aurait pas dû en parler. On n'allait pas commencer à se tuer les uns les autres, et qui s'y collerait ? Lui ? Elorriaga ? Heureusement, Guilhem avait eu la bonne idée de mourir par ses propres moyens, tout était bien.

Krano, Tugdual et Chloé découpaient des quartiers de sanglier près du fumoir. Une autre équipe réparait la toiture de l'un des bungalows – l'Amiral, soucieux du moral des naufragés, avait imposé ce terme pour désigner les abris dans lesquels ils dormaient.

C'était aussi lui qui avait créé le cercle de pierre afin qu'ils discutent tous ensemble après chaque journée. On mettrait de côté les anciennes distinctions, on vivrait en égaux, et l'Amiral insistait pour qu'on puisse le contredire, le remplacer par un autre qu'on trouverait plus apte, mais ce jour-là ne venait jamais.

Lorsque son regard embrassait la trentaine de cabanons éparpillés autour du cercle de pierre, il pouvait admirer leur robustesse, l'habileté avec laquelle on avait ajusté des éléments récupérés sur le ferry et des morceaux de bois flotté trouvés sur le rivage. Toujours méticuleux, Tholonet s'était confectionné un paillasson en tressant les fibres dures d'un palmier. Osvaldo Cooper avait utilisé de la peinture, dénichée dans l'atelier du ferry, pour couvrir de bleu de Prusse les murs de son abri. Et le dimanche, jour de repos, il le passait ces derniers temps à tailler des ornements géométriques sur les poteaux soutenant son velum. « L'Amiral ne nous disait rien, mais je crois que ça ne lui plaisait pas trop », se souvient le Cubain. C'était comme ce renard que voulait apprivoiser Jérôme Vasquez, une de ces altérations, une de ces minuscules fissures qu'il aurait préféré ne jamais voir.

Au début, l'île leur faisait peur, ses forêts dédaléennes où les troncs noirs suintaient, le tumulte entêtant des vagues qui roulaient autour du ferry, le chant des oiseaux invisibles. La nuit, il n'était pas rare qu'on vienne se blottir contre l'Amiral, et il prenait les naufragés dans ses bras pour les réconforter. Puis l'île leur avait tendu ses fruits, du poisson, du gibier. Ni moustiques ni taons ne croisaient dans ces parages, aucun serpent n'avait encore sévi. Et ici de grands papillons, blancs ou bleus, en essaims parfois, voletaient mollement, indifférents comme des princes en promenade. Découvrir les nombreux détritus échoués sur les plages de l'île les avait d'abord consternés – merde, la pollution était vraiment partout –, mais dans ces amas de déchets ils faisaient presque chaque jour des trouvailles, jouets en état de marche, récipients divers, bois menuisé dont ils auraient l'usage. Après quelques semaines, la peau des survivants était cuivrée, leurs corps fermes et pleins. Personne n'était encore tombé sérieusement malade. Au crépuscule, certains s'asseyaient près du rivage pour regarder l'écume des vagues brisées qui montait comme une langue de brouillard le long de la falaise et bientôt estompait tout.

À la mi-mars, quand les vents s'étaient rués sur l'île, que des bourrasques soufflant sans répit du sud, glaciales et obtuses, avaient détruit les deux bateaux presque achevés, dispersé leurs bungalows, l'Amiral avait vu les naufragés se recroqueviller sans un mot et attendre à l'abri des plus grands rochers pendant des jours que le ciel perde sa couleur de crépuscule. Après, ils avaient rassemblé les débris de leurs cabanons pour en bâtir de nouveaux et l'Amiral n'avait pas eu à les encourager. Ils ne voyaient rien d'autre à faire. Ils étaient là. Ils étaient là et Jérôme Vasquez adoptait un renard.

4

Déjà ils s'étaient inquiétés, trois mois auparavant, quand ils avaient vu Lucia enfiler son justaucorps en mauvais état puis ses ballerines, qu'elle avait conservées dans un sac de sport réchappé du naufrage. Ce jour-là, s'il n'avait pas fallu quitter Paris, elle serait entrée dans une salle de danse et aurait déployé sa « Variation » devant les membres du jury. Une heure durant, sur la plage où des filles plus jeunes l'observaient, elle répéta quelques fouettés et entrechats d'une chorégraphie désormais raide – elle ne s'entraînait plus depuis l'épidémie. Son père finit par prendre Lucia dans ses bras et elle s'y débattit.

L'Amiral affirmait qu'on avait trop laissé son esprit divaguer, ça ne pouvait pas être bon pour une adolescente, toute cette vie intérieure. Sur la banquise, Shackleton, son héros préféré, sauvait ses compagnons du suicide en les accablant de problèmes pratiques. Inspiré par cet exemple, l'Amiral proposa d'affecter Lucia auprès des plus petits, dont elle s'occuperait en compagnie d'un autre adolescent fragile. Mais au bout d'une semaine un enfant faillit se noyer tandis que, allongée sur le sable, Lucia chantait les yeux fermés. On l'éloigna de la puériculture, il faudrait l'occuper autrement, puis, comme elle n'arrivait à rien, on la laissa tranquille. Le matin, elle alignait des longueurs de crawl dans la baie. On la croisait parfois en forêt avec des garçons plus âgés. Certains soirs, elle venait chanter dans le cercle, toujours la même chanson de Beyoncé, et comme elle chantait bien, comme la musique leur manquait, les naufragés l'applaudissaient.

Et puis cet après-midi-là, au début du mois de juillet, elle annonça les résultats du concours à son père, l'Opéra l'admettait dans son corps de ballet, ils avaient pris Clara aussi, et quelques minutes plus tard on la retrouva très agitée, un téléphone sans batterie collé à son oreille, elle appelait toutes ses amies pour leur apprendre la nouvelle, ç'avait été une telle épreuve, l'audition elle-même et ensuite l'attente, elle pleurait d'épuisement et de joie. Quand son père voulut lui prendre le téléphone, Lucia le plaqua au sol et le frappa plusieurs fois. On l'enferma dans l'un des cabanons. Elle cognait contre la porte et les murs en hurlant.

L'Amiral connaissait à peine Lucia, mais c'était la fille d'Étienne Marsillach, un type dur au mal, énergique, l'un de ceux qu'il préférait sur l'île. « Marsillach était complètement paumé devant l'état de sa fille, se souvient Maria Guéret. L'Amiral, ça devait le toucher. Et puis, avec ces gens qui venaient le trouver pour qu'il les réconforte, il commençait vraiment à croire qu'il avait une faculté spéciale, une sorte de pouvoir sur les esprits. » On le vit incliner son cou de droite et de gauche comme un sportif échauffant ses cervicales et il ouvrit la porte du cabanon où Lucia était enfermée. Très vite, les cris cessèrent puis les pleurs. L'Amiral parlait maintenant et on entendait une voix grêle lui répondre.

Quand ils ressortirent, au bout d'une quinzaine de minutes, les témoins eurent le sentiment que la folie était comme passée d'un corps à l'autre. Lucia, blanche et flegmatique, gardait les yeux baissés. Le visage de l'Amiral était, lui, veiné de rouge et secoué d'un spasme. Il s'accroupit pour reprendre son souffle.

C'est Cooper qui raconte : dans l'abri, les phrases de Lucia s'égaraient ou ne finissaient pas. À un certain moment, elle dit que les nuits dans la forêt lui faisaient peur, les animaux et leurs esprits la suivaient du regard quand elle marchait, les chouettes, les chauves-souris, les renards aux yeux mauves, et l'Amiral allait lui répondre que ces histoires d'esprits, il fallait qu'elle se les sorte de la tête, mais il se ravisa : elle allait où, la nuit, dans la forêt ? Alors Lucia parla de ses « amis », ceux qui se retrouvaient de temps en temps pour discuter. Ils avaient prévu de se réunir ce soir-là. L'Amiral voulut savoir leurs noms, Lucia répondit qu'elle ne les connaissait pas. Elle mentait sans doute, ou bien sa raison avait emporté les noms avec elle – par la suite Lucia ne devait jamais donner l'impression de reconnaître personne sauf son père et son frère parfois.

L'Amiral chargea Cooper et Madické de la garder à l'œil. Pendant le reste de la journée, il prit soin d'éviter ceux qu'il soupçonnait d'être les saboteurs, Castellan et quelques mauvaises têtes qu'on voyait souvent à ses côtés. Il rejoignit son fils Charlie et le groupe qui halait les grands troncs dans la forêt, c'était une corvée harassante de les acheminer jusqu'au chantier avec les rares courroies qu'ils possédaient, puis il aida au tressage des nouvelles cordes destinées à maintenir ensemble le mât et la voilure – encore plus laborieux, ce travail n'allait jamais assez vite pour lui.

Le soir, juste avant l'heure du cercle, il répéta les mots de la jeune fille à Osvaldo Cooper. Il voulait qu'un homme de confiance l'accompagne – et, s'il y avait besoin ensuite d'un témoin crédible, on écouterait Cooper, il parlait calmement et son accent mélodieux glissait une couleur aimable dans tout ce qu'il disait.

Après le repas collectif, l'Amiral espérait que les naufragés iraient se coucher vite, il avait hâte de s'embusquer pour observer les allées et venues dans la nuit. Mais certains réclamèrent une histoire et Albany s'installa près du plus grand des feux.

Parmi tous ceux qui s'y essayaient, c'était elle qui racontait le mieux. Malgré son passé de libraire, elle ne gardait qu'un souvenir très vague de ses romans préférés. Mais elle lisait aussi *L'Équipe* avec assiduité, et il lui arrivait, pendant les heures creuses à la librairie, d'écumer YouTube à la recherche de vidéos célébrant les grands exploits sportifs des décennies passées. Sur l'île, elle découvrit qu'elle pouvait les raconter dans leurs moindres détails. Ses auditeurs aimaient les personnages qu'Albany campait, les silences qu'elle distillait, les surprises qu'on sentait venir. Elle avait le goût des perdants magnifiques et des succès inattendus.

Ce soir-là, tandis que son plus jeune fils dormait sur ses genoux, elle raconta le combat de 1987 entre Marvin Hagler et « Sugar » Ray Leonard. L'Amiral espéra que Leonard, absent des rings depuis trois ans, égaré dans les nuits de fête, allait subir un K.O. expéditif pour que les naufragés regagnent enfin leurs bungalows. Mais le favori Hagler, multi-champion du monde et redoutable concasseur de têtes, ne parvenait pas à se débarrasser du dansant Leonard. Dans leur coin, se souvient Cooper, l'Amiral et lui perdaient patience alors que les rounds défilaient. Albany raconta comment Leonard compensait par la ruse son manque de puissance. Il narguait Hagler pour le déconcentrer ou l'enlaçait quelques secondes, le temps de reprendre son souffle. Et tandis que le dénouement approchait, les auditeurs d'Albany commençaient à trouver l'élégant Leonard trop malin, trop fourbe, voilà maintenant qu'il attendait les dernières secondes des ultimes rounds pour faire feu de tout bois afin d'impressionner les juges, alors que Marvin Hagler se contentait, lui, de cogner et d'encaisser les coups, en boxeur. À la fin du combat, comme Leonard remportait le titre sur l'une des décisions les plus contestées de l'histoire du sport, Hagler, écœuré, faisait le choix sans retour de se retirer des rings et de disparaître à jamais (en Italie, pourquoi l'Italie ?). Tous ceux qui avaient écouté Albany le voyaient bien à présent, ils auraient dû aimer Hagler dès le début au lieu, comme les juges, de se laisser abuser par les combines du séduisant « Sugar ». C'était une bonne histoire, avec une belle morale, ils le dirent à Albany. Enfin, tous allèrent se coucher.

L'Amiral et Cooper se dissimulèrent non loin de l'abri où dormait Jérémie Castellan. Ils attendirent. Vers une heure du matin, comme l'Amiral l'avait prévu, la porte se rouvrit et Jérémie se dirigea vers la forêt. Ils l'y suivirent.

Dès le début ou presque l'Amiral s'était dit qu'il y aurait des problèmes avec Jérémie Castellan. Ils s'opposèrent une première fois au sujet des zombies, six naufragés qui n'existaient plus qu'à moitié depuis qu'autour d'eux les gens s'étaient mis à tousser et que le monde, ou plutôt l'arrière-plan du monde, ce qu'il y avait de plus solide, de plus net, de mieux connu, se fissurait puis s'effondrait. En état de choc prolongé, les zombies dormaient douze heures par jour et le reste du temps ils erraient, marmonnaient sans raison, se figeaient devant l'océan vide ou le spectacle infime du sable qui se froissait autour de leurs pieds. Ils mangeaient si on les nourrissait, ils n'étaient pas violents et ne réclamaient rien, certains même souriaient.

Mais un après-midi, des naufragés qui s'épuisaient en plein soleil à creuser une fosse pour de nouvelles toilettes sèches ne supportèrent plus le regard indolent d'un zombie assis à côté d'eux. Vraiment, certains ne branlaient rien, le mot « injuste » fut lâché. Redoutant un incident, l'Amiral inscrivit le sujet « ZOMBIES » sur l'ardoise où s'affichait l'ordre du jour. Pour endiguer la grogne, il fallait récompenser ceux qui faisaient le plus d'efforts, et il pensait tenir une solution simple : on pourrait décider qu'à partir de maintenant seuls les actifs votaient.

– Mais je crois pas que ce soit démocratique, dit Jérémie Castellan.

On allait créer deux catégories de citoyens, les utiles et les autres. Dans ce groupe, on rangerait les plus faibles, des gens malades ou inaptes, en dépression. Rien que ça, ce n'était pas acceptable. Et Castellan poursuivit : si on commençait avec un système de récompenses, on arriverait où ? Un autre jour, on déciderait de donner davantage à manger à ceux qui travaillaient le plus ?

– Dans les faits, les zombies ne votent jamais, répondit l'Amiral avec impatience.

– Oui, mais les faits... répliqua Jérémie. Si on commence à punir les gens...

Au mot « punition », l'Amiral s'emporta. Jamais il n'avait parlé de cela, et le sentiment furieux d'un tort qu'on lui causait comprima sa poitrine, tout irait mieux quand il aurait cogné sur ce Samaritain de merde.

Il n'en eut pas besoin. Jérémie n'aimait pas s'exprimer en public. Tous les regards ou presque s'étant portés sur lui, ses phrases s'embrouillèrent. Il voulut comparer l'Amiral à Platon, le philosophe, et personne n'y comprit plus rien. La proposition de l'Amiral fut adoptée. Mais Jérémie était sage, il parla de moins en moins souvent à l'intérieur du cercle et fit entendre ses idées dans des conversations restreintes où l'Amiral n'était jamais.

Plusieurs survivants ont témoigné des opinions qu'il défendait. Castellan n'était pas de ceux qui avaient déserté ou commis des crimes avant d'atteindre le ferry et il ne craignait rien d'un retour dans l'ancien monde. Mais sur cette île une vie meilleure s'offrait. Ils avaient laissé derrière eux les villes polluées et les étés caniculaires, l'argent, le travail salarié, le temps compté, le temps perdu sur Internet, tous ces liens invisibles qui les empêchaient d'être heureux. La catastrophe était leur chance. « Puisque tout est fini, alors tout est permis » : il répétait parfois ces mots qu'il avait vus peints sur un mur, quelques heures avant de quitter Roscoff.

Les deux hommes gardaient leurs distances. L'Amiral disait de Castellan qu'il avait peur de lui, c'était peut-être vrai. Averti de ses coups de sang, Jérémie, de constitution frêle, avait toute raison de l'éviter. Mais l'Amiral craignait lui aussi le jeune homme, quoique différemment. Toutes les fois qu'il tentait de le dénigrer devant les autres naufragés en l'appelant « le syndicaliste » ou en se moquant de son accent du Sud, le coup ne portait pas. Les autres souriaient d'un air gêné, ils aimaient bien ce type, pourquoi se moquer. Avec son visage avenant et son tempérament sociable, Jérémie faisait l'effet d'un bon gars, qui a des convictions mais les défend sans arrogance.

Une fois, lassé de ce conflit larvé, l'Amiral alla trouver le jeune homme pour connaître le fond de sa pensée. Jérémie Castellan dut lui répéter ce qu'il disait à d'autres : la pandémie, à son avis, avait gagné le monde entier. Depuis qu'ils étaient arrivés sur cette île, aucun avion n'avait tracé de ligne blanche dans le ciel, aucun navire n'avait pointé à l'horizon. « Et alors on fait quoi ? dut rétorquer l'Amiral. On reste ici et on ouvre un kolkhoze ? » La majorité avait voté pour construire les radeaux, répondit tranquillement Jérémie, alors on les construisait, il n'avait rien d'autre à dire.

Et maintenant ce salopard marchait vers d'autres comploteurs.

Dans le souvenir d'Osvaldo, le ciel était couvert et la forêt ne faisait aucun bruit. Seul, de temps en temps, un grincement de chauve-souris fusait dans les hauteurs, sinistre juste ce qu'il fallait pour les faire sursauter. Au-dessus d'eux, sur les eucalyptus, des reflets d'argent ondoyaient.

Ils laissèrent un peu d'avance à Castellan. Les ténèbres s'épaissirent, ils durent contourner un rocher encombré de lianes et perdirent le jeune homme de vue. L'air était devenu moite, ils tâtonnaient dans le fouillis des branches affaissées. Mais, alors qu'ils poursuivaient au hasard leur chemin, les deux hommes aperçurent en contrebas une autre silhouette, plus fine, qui montait vers le poste de guet. Ils la suivirent.

La silhouette s'aida des mains pour se hisser jusqu'à la plate-forme. Cette nuit-là, un garçon de dix-huit ans, Keyvin, assurait le quart jusqu'à trois heures du matin. Lui aussi, donc, il en était. Et l'Amiral ne s'en étonna pas, il l'avait repéré, ce Keyvin, un branleur qui la ramenait, coriace, des yeux noirs. Souvent il portait des lunettes de soleil, même si l'un des verres manquait.

L'Amiral voulait s'approcher pour compter les participants et découvrir tous leurs visages mais le sol pierreux fit du bruit sous ses pas. Cooper et lui se figèrent. Une conversation se poursuivait quelques mètres au-dessus d'eux, derrière un rideau de buissons. Ils n'entendaient pas bien ce qui se disait mais l'Amiral eut l'impression qu'ils parlaient de Guilhem – oui, le mot « Guilhem » s'était bien détaché, Cooper le confirmerait.

Il soufflait à cette hauteur de l'île un vent chaud et brutal. Par moments, l'Amiral et Cooper percevaient distinctement les voix des comploteurs, puis le vent tournait et les voix s'éteignaient. Chaque fois qu'elles revenaient vers eux, les deux hommes les rapportaient à des visages qui surgissaient dans leur esprit, ils en comptèrent sept au moins : en plus de Jérémie Castellan, il y avait Ariane Giovannetti, la cantinière, il y avait On-est-où et Damso, tous deux déserteurs de l'armée française, Max Roussel, Sofiane et une fille, la cousine de Sofiane peut-être, Aïssa, dont on disait qu'elle avait fait de la prison pour mineurs. Tous de la mauvaise herbe aux yeux de l'Amiral, il le dirait ensuite. Le club des mécontents. Lorsqu'il avait fallu donner des noms aux différents endroits de l'île, Ariane avait fait des suggestions comme « la Pointe des Cendres » ou « la Mare aux Miroirs », et elle s'était vexée quand on les avait écartées pour des raisons pratiques. On-est-où et Damso avaient volé un véhicule de l'armée puis forcé un barrage routier en tirant plusieurs coups de feu ; derrière eux, il y avait des blessés, des morts peut-être. Quant au vieux Max, prof de français à la retraite, c'était un personnage lippu aux paupières tombantes, l'air tellement véreux que même la littérature, s'il en parlait, semblait une affaire un peu louche. Il avait été l'un des premiers à réclamer de vivre nu et il s'était moqué de leurs efforts pour fabriquer du dentifrice.

Il devait y en avoir d'autres, silencieux – combien étaient-ils en tout ? Dix, douze, davantage ?

– Il faut attendre, dit Castellan.

Quelqu'un protesta, était-ce Damso ?, mais Castellan répéta qu'ils agiraient plus tard.

– Au dernier moment, c'est pas une grande idée, objecta Max Roussel.

On-est-où répondit quelque chose comme :

– Si, justement, ça va les déprimer, ils seront à ça de partir et bam ! Tu vas voir qu'ils vont arrêter de nous emmerder avec leurs bateaux.

– Ils ne se décourageront pas, dit quelqu'un. Pas tant que le vieux est là.

L'Amiral allait les faire, ses bateaux, et le jour où ils repartiraient, ce serait fini, cette vie sur l'île, on viendrait les trouver.

– Mais qui ça, « on » ? demanda Castellan. Y a plus personne. Cette grippe-là, c'était la bonne.

– Tu peux pas être sûr.

On les sauverait de force, leurs familles les réclameraient, des tribunaux jugeraient ceux qui avaient des comptes à rendre et même les autres seraient chassés d'ici.

– Il faut que ça continue, fit Max. Nous, tout ça, je veux dire.

– Oui.

– Ça va continuer, reprit Castellan. Au village, y en a plein qui se posent des questions. Ils voient l'île. Ils la sentent. Et l'autorité du vieux, c'est fragile…

Cooper reconnut la voix d'une fille, Éléonore, Léo. Un peu plus tôt, disait-elle, l'Amiral l'avait dévisagée, il se doutait de quelque chose.

Castellan donnait des consignes, plus de réunions, plus de messages échangés. Et il dit quelque chose comme :

– Il sait qu'il y a un groupe mais il sait pas qui en est, il est obsédé par ses radeaux et surtout il veut garder son petit pouvoir. Il veut de la discipline, on peut jouer à ça encore un peu.

Léo, pleurant presque, souffla qu'elle ne pouvait pas faire semblant, elle ne supportait plus la brutalité de l'Amiral et sa manière de faire la loi. D'autres eurent l'air d'approuver, quelqu'un jeta le mot « tyran », alors Castellan répondit en haussant la voix :

– Tu te reprends, Léo. Bien sûr que tu peux faire semblant.

L'Amiral rampa vers les buissons, il voulait les voir tous et peut-être même paraître devant eux, les terrifier pour de bon puisque c'était le rôle qu'ils lui avaient attribué.

À ce moment-là, Osvaldo entendit le vieux Max dire aux autres de regarder au-dessus d'eux et le Cubain, levant lui aussi les yeux vers la voûte céleste, distingua entre les traînées crayeuses des nuages le tracé continu d'un point blanc, un satellite qui suivait sa course.

– Combien de temps ils vont rester là-haut, les satellites ? demanda une voix.

– Trente mille ans, je l'ai lu quelque part, assura On-est-où.

Il y eut un silence, on n'entendait plus que le feu qui craquait. L'Amiral avait atteint les buissons et s'y était enfoncé de tout son long. Ses pieds seuls dépassaient.

– On s'est tout dit ? demanda Jérémie Castellan.

Ils allaient repartir. Ils allaient rebrousser chemin et l'Amiral ne bougeait pas.

Osvaldo, redressé à demi, se coula jusqu'à lui. Il tira sur l'une de ses jambes. L'Amiral ne réagit pas.

– Faut y aller !

Osvaldo tira encore et répéta :

– Faut y aller, Thomas.

Il entendit la voix de l'Amiral qui répondait dans un murmure :

– Laisse-moi, va-t'en.

Et c'était une voix suppliante, se souvient Osvaldo.

Le Cubain s'allongea et se glissa près de lui. Le visage de l'Amiral était gris et cireux. Entre les branchages, on devinait des hommes et des femmes debout, une quinzaine, ils partaient. Parmi eux l'Amiral venait d'apercevoir son fils, Charlie.

5

Il disparut pendant des heures, alors, comme en d'autres endroits de ce livre, je dois imaginer : l'Amiral marcha jusqu'à la pointe nord, jeta dans le bleu vif des hauts-fonds les cailloux les plus gros qu'il put trouver, cria, insulta des sternes qui l'examinaient de leur œil tranquille, pensa qu'il allait tuer son fils ou tuer Castellan qui lui avait pris son fils, voilà ce qu'il fallait faire, ensuite il s'allongea au bord du précipice, se dit : Je roule et c'est fini, ferma les yeux, dormit vingt minutes environ, le visage offert à la bonté de la brise, se redressa, marcha lentement, admit que tout s'arrange, que tout peut s'arranger, il suffit de trouver le plan.

Et le lendemain soir, dans le cercle de pierre :

– On t'écoute, Métro, fit l'Amiral.

Le choix était judicieux, Métro l'idolâtrait. Une théorie sortie d'on ne sait où l'avait persuadé qu'avec la grippe étaient apparus des surhommes, modifiés par le virus lui-même. L'Amiral en faisait partie, Métro le répétait. À midi, le surhomme avait passé un bras autour de ses épaules, il voulait lui confier une mission spéciale. Métro suivrait les instructions.

Un pas à l'intérieur du cercle, le conducteur dit quelque chose comme :

– J'ai entendu Jérémie Castellan, et Damso, et Keyvin, hier soir, quand Keyvin montait la garde au poste de guet. Ils parlaient des bateaux, comme quoi ils comptaient les cramer.

Aussitôt l'assemblée gronda.

– Je les ai vus, poursuivit Métro. Je les ai entendus.

– Et qu'est-ce que tu faisais là, toi ? aboya On-est-où.

– J'avais envie de pisser, répondit Métro. Je vais pour sortir du bungalow quand je vois Castellan qui fait des messes basses avec quelqu'un. C'était Damso, je l'ai reconnu plus tard. Ça m'a intrigué, leurs messes basses. Quand ils ont commencé à marcher vers la forêt, j'ai suivi.

Et il entreprit de répéter des mots que l'Amiral lui avait suggérés : dans ces moments-là, il faut mentionner des choses sans importance, la couleur des visages, le vent, une odeur, c'est cela qui fait vrai. Mais une partie de l'assistance n'écoutait plus, le brouhaha gagnait.

– Du calme, fit l'Amiral en écartant les mains.

Comme prévu, Castellan fit constater l'absence de preuve. Il ne s'était jamais rendu au poste de guet avec Damso ; et même s'il pensait qu'il valait mieux rester sur l'île plutôt que d'affronter sur un radeau les dangers d'une traversée – ce qu'il n'avait jamais caché –, il ne souhaitait en aucun cas détruire ces embarcations ; c'était juste faux, parole contre parole. Et Métro, sans vouloir l'insulter, tout le monde savait qu'il lui arrivait de dire des trucs invraisemblables : son histoire de grippe qui donnait des pouvoirs, franchement, rien que ça…

Parle, vas-y, parle, petit enculé, pensait l'Amiral cependant qu'il hochait la tête d'un air grave. Pour donner l'impression de ne vouloir avantager personne, il demanda sèchement à Métro :

– Tu n'as pas de preuve, tu te rends compte de ça ?

Et Métro grimaça – un peu trop théâtrale, la grimace, peut-être.

L'Amiral fit la moue, baissa les yeux et se gratta la nuque. Il devait éprouver maintenant ce plaisir qui précède les victoires annoncées.

– Désolé, mais je crois quand même qu'on va devoir vous surveiller.

– Nous ? fit Castellan.

– Damso, Keyvin et toi. Juste le temps de terminer les voiliers. L'affaire de quelques jours. On vous mettra dans un abri, on ne vous traitera pas mal.

– Tu veux nous enfermer ?

Damso secouait la tête, effaré.

– C'est des charges très graves, poursuivit l'Amiral sur un ton d'excuse. Parole contre parole, c'est vrai, mais nous on doit rester prudents. On peut pas rester sans rien faire, tu comprends ?

Et sans doute il le savourait, ce « tu comprends ? » amène et tellement raisonnable.

Une circonstance le servit : le jour même, on avait trouvé les restes d'un feu en haut de la petite baie. Une délégation de détectives improvisés entoura le foyer. Des cendres froides, Tholonet exhuma une bille de matière molle, visqueuse au toucher. Un bout de gras, affirmait-il. De la viande avait cuit là. Alors beaucoup l'imaginèrent : Guilhem s'était réchauffé à ce feu, Guilhem vivait, le visage noirci par la boue, torse nu, féroce. L'Amiral avait laissé dire, soit qu'il le crût lui aussi, soit qu'il sentît que cette menace était favorable à son projet du soir.

Il y eut un vote. La majorité suivit l'Amiral. Castellan, Keyvin et Damso furent enfermés dans l'abri-cellule. Avant que la porte se referme, Castellan jeta un long regard à l'Amiral.

La riposte n'était pas écrasante comme il l'avait d'abord rêvé, mais en faisant témoigner Métro à sa place – lui, on l'aurait soupçonné de mentir – il affaiblissait l'ennemi. À présent, on achèverait sous bonne garde la construction d'un voilier et il y ferait monter Charlie, il l'arracherait aux paroles doucereuses qui lui avaient intoxiqué l'esprit, père et fils gagneraient d'autres rivages, et alors seulement la Grande Explication aurait lieu, et à la fin son fils demanderait pardon. Charlie était trop tendre, et l'épreuve l'affaiblissait. Aux faibles on peut tout pardonner.

Deux jours plus tard, Albany se plaignit de maux de tête et s'allongea.

On prit dans les réserves du Doliprane et aussi de l'ibuprofène, mais la fièvre ne baissait pas. Maintenant Albany vomissait, son cou était raide. Elle souffla qu'elle allait s'en remettre, juste une migraine ou une insolation, mais ceux qui la voyaient sur sa paillasse, les yeux clos et la bouche tordue par les convulsions, ceux-là voyaient qu'elle allait mourir.

Les trois enfants d'Albany attendaient dans l'ombre à côté de l'abri. L'aînée tenait le dernier sur ses genoux et lui parlait à l'oreille comme elle avait vu faire sa mère. Si seulement ils avaient eu Internet, soupirait Tholonet. Avec des sites comme Doctissimo, on aurait pu savoir. Et comme il le répétait à tous ceux qu'il voyait, l'Amiral lui conseilla de la boucler.

Il écarta les panneaux en contreplaqué qui coupaient l'abri de sa fille en deux et il demeura quelques minutes auprès du grabat d'Albany. Il essaya de lui parler mais elle n'entendait pas. On le vit ressortir renfrogné, le menton touchant sa poitrine, les sourcils froncés comme devant une énigme. Il descendit vers le chantier et cria contre tous ceux qu'il croisa. C'était un de ces jours traînants où la torpeur engluait jusqu'aux vagues, qui se brisaient dans un fracas toujours le même. Les deux responsables du chantier, Cooper et Clou, impatientaient l'Amiral avec leurs explications hérissées de prudence et de termes nautiques.

Ce jour-là, Charlie fut le seul qu'il épargna. Il brûlait de le plaquer contre un arbre et de lui demander comment il avait pu rejoindre la clique des saboteurs, mais une autre envie le retenait d'agir, douloureuse et entêtante comme le fiel. « Il voulait savoir jusqu'où irait son fils », estime Cooper. Et peut-être voulait-il aussi que Charlie aggrave son cas par d'autres fautes : alors la punition serait à la mesure de la colère qui cognait à ses tempes.

Le soir, Albany perdit conscience. Ses mains étaient froides, sa respiration haletante. L'Amiral n'eut pas la force de venir la voir. Comme souvent quand il sentait le malheur approcher, une idée fixe le prenait et il s'y enfermait avec ardeur. Le chantier ne s'arrêterait plus, déclara-t-il, une équipe de nuit prendrait le relais. Il fallait quitter cette île au plus vite, l'air qu'on y respirait avait empoisonné sa fille, bientôt d'autres suivraient. Maintenant, par un de ces revirements de l'esprit où il vous semble sortir d'un rêve, la trahison de Charlie l'accablait de remords à l'égard de sa fille.

Après la naissance d'Albany, la première femme de Thomas, Julie-Anne, était restée de plus en plus souvent assise sur son lit à regarder par la fenêtre. Le couple allait mal, cette dépression l'emporta. Un an plus tard, Julie-Anne fut internée une première fois. Pour elle, une vie intermittente commença, où se succédaient séjours à l'hôpital et rétablissements précaires. Les affaires de Thomas l'appelant trop souvent à l'étranger, Albany fut élevée dans la famille de Julie-Anne, chez sa grand-mère puis l'une de ses tantes. Son père lui envoyait des lettres affectueuses sans savoir quoi penser de cette enfant réservée qui le réclamait, paraît-il, mais ne soufflait plus un mot quand il paraissait devant elle. Par une ironie déplaisante, Albany ressemblait à sa mère à la façon de ces copies de grandes œuvres qu'on vend parfois à l'entrée des musées. Elle avait les grands yeux de Julie-Anne, mais un peu trop grands, et ses lèvres très fines, mais trop fines. Un large front et un menton fuyant l'enlaidissaient alors que sa mère avait été si belle, disait Thomas, et Albany le confirmait.

Elle l'appelait « Thomas » plus souvent que « papa » et devenait lointaine tout en guettant des marques de tendresse. Victorieuse de plusieurs courses d'endurance, elle aurait voulu qu'il l'admire, qu'il la chérisse comme d'autres pères chérissaient leur fille, et même si elle disait parfois de lui : « C'est un enfant gâté », elle racontait avec orgueil sa vie d'aventurier. De son côté, il envoyait des cartes postales de Nouakchott ou Colombo et la couvrait de cadeaux lorsqu'il la retrouvait. Devant ceux qui s'occupaient d'elle, il disait qu'il pensait trop à la petite – et il aurait aimé que ce fût plus souvent vrai. Il s'était remarié, il eut un autre enfant. Quand elle vit Charlie pour la première fois, Albany assura que c'était le plus beau jour de sa vie puis pleura toute la soirée. Son père monta pour la consoler, elle n'ouvrit pas sa porte.

L'adolescente lui semblait difficile, la jeune adulte le déconcerta. Elle avait réussi le concours de médecine et rencontré un garçon énergique, bien dans sa peau, souriant, puis l'avait délaissé pour un kinésithérapeute bientôt chauve et incapable de raconter jusqu'au bout une histoire. L'amour suit sa propre logique, répétait Thomas, mais il peinait à la comprendre. Ensuite Albany eut trois enfants, quitta Paris pour Châteauroux, et deux ans plus tard il apprenait qu'elle fermait son cabinet, elle avait fait le tour de la médecine et s'improvisait libraire. Il ignorait tout de son amour des livres, il eut le tort d'émettre un doute et de dénigrer Châteauroux. Pendant sept ans, on ne se parla plus. Par sens du devoir, sans doute, Albany envoyait en janvier une lettre factuelle, les enfants grandissaient bien. Thomas répondait qu'ils lui manquaient mais ne cherchait jamais à les revoir.

Cette nuit-là, incapable de trouver le sommeil, il retourna sur le chantier. À Cooper et Marsillach, il raconta qu'il n'avait accepté qu'une seule fois d'aller encourager sa fille à l'arrivée d'un cross. Elle était entrée sur le stade en deuxième position et, tandis qu'elle allongeait en vain sa foulée pour rattraper sa devancière, il n'avait vu, lui, que le corps bizarrement penché d'Albany quand elle courait, ses bras moulinant comme ceux d'un automate et sur son visage le rictus douloureux qui lui valait d'être surnommée « Zatopek » dans le club où elle s'entraînait. Devant ce personnage disgracieux, il avait eu honte, honte pour elle et pour lui.

À présent, confia-t-il à Cooper, il avait honte de cette honte-là. Elle ne l'avait jamais écouté, tant mieux. Elle était indomptable, comme lui. La peur de la perdre alors qu'il la redécouvrait lui causait une peine d'un genre nouveau. Il l'aimait.

Comme le lendemain encore les deux garçons et la fille d'Albany attendaient devant l'abri, les visages des deux aînés mâchés par l'inquiétude, Cooper les éloigna du campement pour les distraire et résolut sur une impulsion de les emmener vers le volcan. Il leur montrerait les rigoles d'eau diaprée qui miroitaient sur la roche et les premières fumeroles flottant dans les ravins.

Les trois enfants le suivirent, graves et voûtés comme de vieilles personnes. Ils marchèrent longtemps à travers la forêt. Le Cubain avait cru que le chemin était plus court, leurs pieds se heurtaient aux racines enchevêtrées. Roumi, en trébuchant, poussa un cri perçant. Plus ils avançaient et plus Cooper se demandait pourquoi il avait emmené les enfants avec lui. Ils étaient désagréablement silencieux. L'Amiral ou d'autres l'attendaient sur le chantier naval et maintenant il était assailli de pensées importunes : que deviendraient ces enfants si Albany mourait ? Le deuxième en particulier, Roumi, ce garçon à l'esprit fragile et un peu lent, qui s'en occuperait ?

Enfin ils atteignirent les pentes du volcan. Là, Osvaldo Cooper montra aux enfants une flaque moirée d'orange et de violet. Jeanne se rappelait une chose assez semblable qu'elle avait vue en France, puis elle rit quand le souvenir se précisa, c'était un canal pollué près d'une zone industrielle, et elle rit encore en voyant l'air déçu, vexé presque, du vieux Cubain.

– Mais ça c'est tellement plus beau, dit-elle.

Et elle avait l'air de le penser vraiment.

Cooper aurait voulu savoir le nom des minerais qui donnaient ces couleurs à l'eau. Il aimait cet endroit malgré l'odeur de soufre, il aimait mettre sa main à plat sur les roches tièdes, et les deux aînés s'en émerveillèrent aussi, tandis qu'Ariel voulait lancer du sable sur la fumée brûlante. Après tout, Cooper avait bien fait de les emmener là.

Le soleil devenait brûlant, ils eurent faim et soif. En redescendant, ils s'arrêtèrent au bord du ruisseau. Cooper cueillit de gros fruits orange à la chair grumeleuse et sucrée, ils les mangèrent accroupis sur les rochers tous les quatre. Ensuite ils obliquèrent vers une colline où Jeanne avait aperçu d'autres arbres ployant sous leurs fruits. Un peu plus haut dans la pente, Cooper entrevit la silhouette de Charlie qui s'éloignait. L'Amiral lui avait demandé s'il pouvait garder un œil sur son fils, alors il fut plus attentif : c'était bien Charlie, et le jeune homme, se retournant, l'examina un instant dans un sourire trouble. À côté de lui se tenait une femme de dix ans son aînée. Cooper reconnut au premier coup d'œil la distance étudiée que les amants mettent entre eux.

La femme s'appelait Kenza, elle travaillait dans l'armée, Cooper la connaissait bien. Ils s'étaient enfuis ensemble d'un poste militaire où on le retenait parmi une vingtaine d'étrangers. C'était une femme grande et anguleuse, au long cou, à la peau mate. Quand elle avait décidé avec d'autres soldats de désobéir aux ordres pour quitter la France au plus vite, le Cubain l'avait vue braquer une arme sans trembler sur un soldat en sentinelle. Un jour, elle et les autres déserteurs, on les jugerait, elle devait y penser.

Cooper redescendit au campement. Les enfants se hâtèrent vers l'abri où leur mère luttait toujours contre la fièvre. Près du cercle, l'Amiral était en discussion avec

Elorriaga et un autre homme. Cooper approcha. De Charlie, il ne voulut rien dire devant eux. Mais lorsque ensuite il se trouva seul avec l'Amiral, il ne dit rien non plus. « C'était trop tard, raconte-t-il. Je n'y suis pas arrivé. » Il regarda le visage de son ami, son air bougon, ses rides d'une vie au grand air, et plus l'Amiral parlait – d'Albany qui n'allait pas mieux, des bateaux, du cercle –, plus Osvaldo Cooper s'enfonçait dans le silence. Il aurait dû rapporter ce qu'il avait vu dans la forêt, il s'y était engagé quand l'Amiral lui avait demandé de surveiller son fils. Mais une brusque réticence lui interdisait de trahir les amants. Fermant les yeux, il revoyait le regard que lui avait lancé Charlie. Ce n'était pas une imploration, plutôt un jugement. Il ne serait pas ce mouchard.

6

L'Amiral regarda son fils, les traits de son visage doux qui s'adoucissaient encore dans les ténèbres naissantes. C'était un de ces soirs sans vent où l'océan prenait des teintes brunes. Sur le rivage, de petits oiseaux gris arpentaient la plage d'un pas pressé. La chevelure de Charlie, éclaircie par le soleil, avait poussé jusqu'à s'effranger sur ses yeux et son père voyait peu à peu reparaître l'enfant qu'il avait connu quinze ans auparavant. Jusqu'à son entrée au lycée, Charlie avait eu les cheveux longs, il s'en plaignait parfois mais l'Amiral refusait qu'on les lui coupe, Charlie était tellement beau comme ça, avec ses yeux verts et sa peau blonde, beau quand il dormait, les cheveux trempés de sueur et la bouche entrouverte, beau quand il jouait en rêvant avec ses trains Brio, étendu sur le sol du couloir, beau sur le trampoline, beau dans le rétroviseur de la voiture et beau sur les photos enregistrées dans les téléphones, beau quand il passait sous le porche de l'école et se perdait dans la foule des camarades dont son père ignorait les noms.

Les deux hommes étaient entrés dans le bassin d'eau tiède, les algues ondulaient le long de leurs jambes. C'était Charlie qui avait proposé à son père de retourner là. De temps en temps, ils se regardaient en souriant vaguement et l'Amiral devait lutter contre la pensée, elle revenait sans cesse, que son fils allait enfin lui dire : « J'ai complètement merdé, papa », ou mieux encore (c'était son scénario préféré, le roman d'espionnage) : « J'étais un infiltré. Maintenant je sais tout. Voici ce qu'ils préparent. » Mais Charlie ne disait rien.

Un homme au visage allongé, Simon-Pierre, les rejoignit en courant. On avait aperçu Guilhem près de l'étang dans la forêt. Stacy et Madické l'avaient suivi jusqu'à sa planque. Stacy s'était embusquée tout près, Madické venait de rentrer les prévenir.

L'Amiral laissa Elorriaga et Cooper derrière lui pour veiller sur le campement. Personne ne devait en sortir tant qu'on n'avait pas pris Guilhem. Et comme il craignait que des complices ne veuillent avertir le fugitif, l'Amiral confia un fusil à Elorriaga, il tirerait s'il le fallait.

L'autre groupe, emmené par Marsillach, marcherait jusqu'au nord de l'île et prendrait Guilhem à revers. On leur donna un fusil à eux aussi. Quand ils demandèrent des lances et des couteaux pour compléter leur armement, certains détournèrent les yeux.

Servanne s'approcha de l'Amiral et lui dit quelque chose comme :

– Guilhem, il faut le ramener vivant. Qu'il puisse s'expliquer, qu'on l'entende.

– Oui, fit l'Amiral. Évidemment.

– Et ensuite ? demanda Servanne.

Ensuite on verrait bien, répondit l'Amiral. Il ferait un discours pour dire que c'était une connerie, cette histoire de peine de mort, il n'aurait jamais dû parler de ça. On revoterait. Voilà ce qu'il y aurait, ensuite : des hommes raisonnables.

Quand quelqu'un demanda si Charlie venait, de lui-même il répondit :

– Oui, bien sûr.

Et son père le prit dans son groupe, c'était encore le meilleur moyen de le surveiller. Ils étaient huit en tout. Si Guilhem leur échappait cette nuit, il y aurait d'autres occasions de l'attraper, répétait l'Amiral, mais cette pensée ne l'apaisait pas. « Il avait l'air tout raide, raconte Chloé Fondane. Il frissonnait, je m'en souviens. » Paul Aguilar, qui était dans son groupe, se souvient au contraire qu'une sorte d'ivresse avait submergé l'Amiral : « Il jubilait. À un moment, il a glissé, son pied a dû se prendre dans une racine et son genou saignait, mais je l'ai entendu rire. Il riait comme avant un bon coup. »

Les rayons de la lune, basse et fumeuse, perçaient à peine les ramures des arbres, l'air était lourd, tous transpiraient. En tête, l'Amiral et Madické pressaient le pas. Le neveu de Marsillach marchait juste derrière lui.

À la rivière, une forme sombre les attendait, accroupie sous un eucalyptus aux branches effondrées. C'était Stacy. Elle leur confirma dans un murmure que Guilhem n'avait

pas bougé. Il s'était retranché dans l'un des endroits les plus inextricables de l'île. Pas facile d'accès, indiqua-t-elle, mais pas facile non plus de s'en échapper. Son campement s'adossait à un rocher vertical, il avait l'air à bout de forces, il était fait comme un rat – et Stacy, prononçant ce mot, appuya sur le *r* d'une façon qui dut réjouir l'Amiral car il le répéta.

Il ordonna de se déployer sans un bruit et s'éloigna pour prendre position sur une aile. Les hommes avancèrent à son signal. Devant eux, entre les arbres, une lueur jaune tremblotait à hauteur du sol. « Il y avait comme un peu de fumée, raconte Paul Aguilar. Je me suis frotté les yeux plusieurs fois. Mais c'était bien Guilhem. »

Le fuyard tenait un bâton sur lequel étaient embrochées deux choses noires, qu'il rôtissait au-dessus d'un petit feu. Sa barbe le faisait paraître plus maigre encore et les ombres allongeaient sa figure épuisée. Il avait de fortes mains, « des mains vraiment énormes, je ne m'étais jamais rendu compte de ça », se souvient Paul Aguilar. Avec celle qui était libre, il attrapa une mouche d'un geste sec. Paul Aguilar frémit.

Il se demandait ce qui allait venir ensuite, si l'Amiral sauterait sur cet homme, s'il crierait pour le terrifier. Ce n'était plus la nuit mais les coulisses d'une scène où il fallait entrer. L'Amiral toussa.

Guilhem, sursautant, leva les yeux. Mais il ne fit aucun geste, sinon celui d'ouvrir son poing – la mouche en profita pour se sauver.

– Tu bouges pas, dit l'Amiral d'une voix enrouée.

Le regard de Guilhem paraissait flou, comme s'il avait entendu l'Amiral mais ne le voyait pas. Au bout de sa broche, qu'il n'avait pas lâchée, un des morceaux de viande grésillait. Il était à eux maintenant.

Paul Aguilar fouilla son campement. Il y avait un bidon, un couteau et un bout de bois à moitié sculpté dont émergeait une tête d'oiseau à bec crochu.

Ils décidèrent d'attendre Marsillach mais l'autre groupe n'arrivait pas. Guilhem, assis, contemplait le petit feu d'où montait une odeur de viande brûlée. Debout, les autres, bras ballants, n'osaient parler.

Après quelques minutes, l'Amiral annonça qu'ils repartaient. Guilhem se redressa quand on le lui demanda. Il se laissa conduire.

La lune s'était élevée au-dessus des nuages et baignait la forêt dans une clarté de crépuscule. L'Amiral devait garder un œil sur Charlie. Il fermait la marche, ses yeux étaient baissés.

– J'ai mal partout, fit Guilhem sur le chemin.

Et un peu plus loin, il ajouta :

– Je vous ai espionnés plusieurs fois.

Un rire étouffé le fit hoqueter.

– Vous aviez l'air tellement cons.

L'Amiral se tourna vers lui. « J'ai pensé qu'il allait le cogner, raconte Paul Aguilar. Mais il n'a rien fait. Il paraissait comme engourdi. Lent. Je me sentais pareil. L'air même était gluant. »

Soudain, trois hommes furent devant eux. Damso tenait un fusil, braqué sur l'Amiral. Derrière eux, il y avait d'autres silhouettes. Les saboteurs les entouraient. Certains s'étaient couvert le visage de boue, pareils à des commandos dans les films de guerre.

L'Amiral regarda où se trouvaient les deux fusils que son groupe avait emportés. Le premier était entre les mains de Rémi, le neveu de Marsillach. Lui, il gardait un air de simplicité et presque d'idiotie qui inspirait confiance. Mais l'autre fusil était passé entre les mains de son fils Charlie.

– Rends-le à Paulo, souffla l'Amiral.

Charlie n'en fit rien. Il était immobile. Les ténèbres de la forêt absorbaient son visage. Comment en est-il arrivé là ? avait l'air de se demander l'Amiral, et il clignait des yeux. Qu'est-ce que j'ai raté avec lui ?

Un coup de crosse au ventre le plia en deux. Damso lui cria de se mettre à genoux.

Lui, il avait réussi son entrée en scène, pensa Paul Aguilar. La fureur brillait dans ses yeux ronds et sa bouche saignait – il avait dû se battre, au campement, pour arracher à Elorriaga ce fusil qu'il tenait maintenant.

Sur sa droite, Castellan apparut. Guilhem et lui s'étreignirent.

– Ils voulaient te tuer, dit Castellan. Ils avaient décidé ça. Ils l'ont voté.

Guilhem se pencha en avant pour cracher sur l'Amiral.

– Vous allez faire quoi de lui ? demanda-t-il à voix basse.

Paul Aguilar n'entendit pas la réponse mais vit Guilhem qui acquiesçait. Castellan s'approcha de l'Amiral.

– On pouvait pas laisser faire ça. *Tu comprends ?*

Et ces derniers mots, douceâtres, furent suivis d'un sourire que Castellan fit durer. La bouche entrouverte, l'Amiral le regardait d'un air confus. Quand il avait quitté le campement, le jeune homme était prisonnier. Vaincu. Inoffensif.

Castellan dit quelque chose comme :

– Maintenant, on va devoir faire des trucs pas très beaux. Parce que tu nous as emmenés là-dedans, avec tes histoires de tuer des gens.

Soudain, dans les hauteurs, retentit la voix de Marsillach. Ignorant le danger, il appelait l'Amiral et son groupe.

Damso appuya le canon du fusil sur la poitrine de l'Amiral.

– Dis-lui que vous êtes là. Dis-lui de venir.

L'Amiral voulut se redresser mais vacilla. Très loin, on entendait Marsillach.

– Allez, vas-y, réponds, dépêche-toi !

À cet instant, un rayon de lune tomba sur Castellan et lui fit un visage si blanc qu'il paraissait poudré comme celui d'un comédien. L'Amiral s'élança.

Des branches pointues le griffèrent, il courait droit devant lui dans l'obscurité, tomba peut-être, se redressa, courut toujours plus loin. Un homme avait crié derrière lui, une balle siffla qui ne le toucha pas. Paul Aguilar l'avait rejoint dans sa fuite. Ils se jetèrent dans un ruisseau, voulurent se hisser de l'autre côté, mais le passage se refusait à eux et leurs doigts s'écorchaient sur la roche glissante. Tous les oiseaux, réveillés par le coup de feu, criaient à leurs oreilles. Puis la forêt se tut.

Soudain des branches craquèrent. Quelqu'un descendait vers le ruisseau, avançant lourdement, sans précaution. Un homme sûr de sa force, pensa Paul Aguilar. Alors, paniqués, ils firent de grands pas dans l'eau sans voir où ils mettaient les pieds. Enfin l'Amiral entrevit une trouée sur l'autre rive. Ils allaient y ramper.

– C'est moi, fit Rémi.

L'Amiral se retourna et leva les mains devant lui. Mais le neveu de Marsillach n'armait pas son fusil. Et la peur creusait son visage luisant.

– J'ai tiré, dit-il à voix basse. Sur Damso. Mais je crois pas que je l'ai touché.

L'Amiral considéra Rémi avec hésitation, comme s'il n'était pas sûr de vouloir qu'il les accompagne. Puis Paul Aguilar murmura que Castellan allait chercher à leur couper le chemin.

S'ils couraient, ils feraient du bruit. S'ils marchaient, ils laisseraient aux autres le temps de s'embusquer près des sentiers qui conduisaient au campement. Paul aurait voulu que la nuit les enveloppe tout entiers. Qu'elle les engloutisse. Ses mains en sang le brûlaient.

Le clapotis du ruisseau les empêchait d'entendre leurs poursuivants – ils s'en éloignèrent. Mais la sente qu'ils remontaient les menait vers le nord de l'île. S'ils poursuivaient dans cette direction, ils allaient s'enfermer dans une péninsule aux pentes escarpées.

Deux autres coups de feu retentirent dans les hauteurs. Ils s'accroupirent. Une odeur d'urine s'échappait de Rémi. Il tourna vers l'Amiral et Paul un visage désolé. Des cris brefs, des appels peut-être, résonnèrent dans la combe. Qui tirait sur qui, ils n'y comprenaient rien. Une oie grise passa au-dessus de leurs têtes, ses ailes battant dans un balancement soyeux. Paul Aguilar se souvient qu'il respirait avec peine et sentait l'emprise d'une force inconnue qui lui paralysait les membres comme un venin très doux.

On appelait l'Amiral. C'était la voix de Marsillach, il le cherchait pour lui venir en aide. Mais l'Amiral n'esquissait pas le moindre geste et sa bouche restait fermée. « Lui aussi, raconte Paul Aguilar, il attendait la fin. »

– On est là ! cria finalement Rémi.

La voix de Marsillach descendait du haut de la colline. Soudain, ils s'aperçurent que d'autres hommes montaient à leur rencontre. Ils avançaient très vite, comme des chasseurs.

– Viens, dit Rémi.

Et il força l'Amiral à se mettre debout. Paul Aguilar l'aidait. Ils l'entraînèrent plus haut avec eux et l'Amiral, titubant, se laissa conduire.

En contrebas, une silhouette apparut. Elle portait à la main un fusil qu'elle remonta sur sa poitrine, la tête s'inclinant vers le viseur. L'Amiral crut reconnaître Kenza. Il leva les deux paumes devant ses yeux. Rémi se retourna et s'effondra. Le fracas du tir résonna juste après.

Paul Aguilar ne se souvient pas de la suite. Il lui sembla qu'il se battait avec des fougères, des ronces l'enserraient, la forêt l'emportait comme une vague roule un baigneur.

Marsillach et un autre homme retrouvèrent l'Amiral quelques heures plus tard, dans le demi-jour gris de l'aube. Il était allongé sur un monticule de la Déchetterie, torse nu. Sa peau zébrée d'éraflures était blême. Grelottant, il ouvrit la bouche mais aucun son n'en sortit.

Aidés de ceux du campement, Marsillach et les siens avaient intercepté les saboteurs sur la plage. Quelques secondes après, une balle transperçait la main de Castellan.

– On a fait comme toi avec Collardi, dit Tholonet à l'Amiral. Comme Magellan. On a foncé.

Les saboteurs s'étaient rendus. On apprit aussi à l'Amiral que Rémi n'avait pas survécu. Son fils Charlie était le tireur, il venait d'avouer.

– Mon fils ? fit enfin l'Amiral.

– Ton fils.

L'Amiral hoqueta. La douleur dans son genou l'élançait violemment.

– J'ai vu une fille qui tirait, fit-il. Kenza.

– Ton fils dit que c'est lui qui a tiré sur Rémi.

L'Amiral hocha la tête dans un sourire pâle. La nuit se levait à peine et dans le ciel des nuages jaunes flottaient.

7

Marsillach fit construire de nouveaux abris pour enfermer les saboteurs et il organisa les tours de garde. Damso donna d'autres noms, ils étaient seize en tout. Certains résistèrent ou tentèrent de s'enfuir. Castellan, lui, se laissa faire en souriant. Tous, on leur lia les poignets et les jambes puis, après une discussion suivie d'un vote, on décida de leur mettre un bâillon pour qu'ils ne puissent pas se concerter.

Un nouveau bateau serait prêt d'ici trois jours. On tuerait quelques tortues de l'enclos et on fumerait leur viande, on chargerait toute autre provision qu'on pourrait emporter, enfin, sans cérémonie particulière, quatre ou cinq volontaires quitteraient cette île, mettraient le cap vers l'ouest et toucheraient la terre du Brésil ou les Antilles ou le sud des États-Unis au bout de quoi, vingt jours, trente au maximum. Le monde serait autre chose qu'un tas de ruines désertées. Quarante-huit heures plus tard, un navire accosterait ici et tous seraient sauvés.

– On va compter large, dit Marsillach. Quarante jours. Plus que quarante jours à tenir.

Tholonet disposa quarante galets blancs à l'entrée de la plage. Tous les matins, il en jetterait un à la mer.

– Ils sont seize, on est quatre-vingts, rappela Marsillach.

On n'allait pas avoir peur d'eux.

Il avait vu son neveu agoniser dans ses bras et des larmes rayaient ses joues quand il racontait cette scène, Rémi appelant sa mère, le sang noir s'écoulant de son ventre, les gémissements. Pour Marsillach et pour d'autres, Charlie devait mourir, comme tous ceux qui avaient trempé dans ce complot. Parce qu'il avait brûlé deux voiliers, Guilhem s'était vu condamner à mort ; le même châtiment devait punir un assassin. Mais parmi ceux qui avaient voté contre l'exécution de Guilhem, quelques-uns demeuraient inflexibles. On ne tue pas les gens, même pas les complices des tueurs, même pas les tueurs, on ne tue pas, c'est tout.

Tandis que les esprits s'échauffaient, Albany apparut aux abords du cercle. On la croyait mourante mais elle avait poussé seule la porte de son abri. Le soleil lui brûlait les yeux, sa chemise souillée laissait voir son corps maigre. Avec ses cheveux collés en paquets par la sueur, elle avait l'aspect vaguement effrayant de ces poupées racornies qu'on trouve parfois dans les greniers. Il se fit un grand silence.

– Si vous les tuez, vous serez jugés, dit-elle.

Sa voix était âpre mais sûre. Et la main gauche qu'elle avait posée en visière au-dessus de ses yeux lui donnait l'air de scruter les naufragés jusque dans leurs pensées.

– Vous serez jugés, répéta-t-elle. Là où vous irez, vous allez raconter ce que vous avez fait et vous croyez quoi ? Qu'on va vous excuser d'avoir exécuté des gens ?

– Elle dit ça parce que c'est son frère, jeta Walid.

Mais les autres se taisaient. Et certains survivants, se souvenant des années après de ses lèvres blanches et de ses yeux vitreux, ne devaient jamais se débarrasser de l'impression qu'Albany était morte puis revenue à la vie, tout était possible sur l'île.

L'Amiral regardait sa fille. Il était sans forces depuis la nuit du guet-apens. Son genou meurtri le lançait à chaque pas, il dormait mal et pour la première fois de son existence la fatigue, gangrenant son esprit, avait ralenti le cours de ses pensées. Mais Marsillach et d'autres prenaient le relais, on n'avait plus autant besoin de lui, « et il se surprenait à estimer que c'était bien, se souvient Cooper, ça l'arrangeait ».

– Tu proposes quoi ? dit Marsillach à Albany.

Elle rappela qu'il y aurait des tribunaux, en Guyane, de vrais juges, des lois. On leur raconterait ce qui s'était passé, les magistrats diraient qui était coupable et de quoi.

– Et pour Charlie ? fit Marsillach.

– Il a tué quelqu'un, et ça, c'est puni partout. En Guyane aussi, répondit Albany.

Alors l'Amiral, se raidissant tout entier contre l'injustice, demanda la parole. Les regards se tournèrent vers lui. « Il n'aurait pas dû », pense aujourd'hui Cooper. Et Paul Aguilar se range à son avis : « Il fallait laisser faire Albany. » Mais, peut-être par gloriole, peut-être par naïveté, l'Amiral crut qu'un élan de franchise pouvait encore tout arranger. Cependant, rattrapé par la gravité de la scène et sentant qu'il fallait être décisif, il refoula ses larmes et parla d'une voix forte, en prenant soin de ménager des silences cérémonieux pendant lesquels son regard se poserait sans faiblir sur chacun de ses auditeurs. « La gorge serrée, des sanglots plein les yeux, ça aurait peut-être marché, estime Maria Guéret. Au lieu de ça, il nous a fait la leçon. »

L'Amiral affirma que Charlie n'avait sans doute pas tué Rémi. Son fils s'accusait pour sauver quelqu'un d'autre, quelqu'un que peut-être il aimait, et ça lui ressemblait bien parce que Charlie n'avait rien d'un mauvais garçon, c'était tout le contraire, un garçon généreux, un garçon droit. D'ailleurs, l'Amiral continuait de ne pas bien comprendre ce qui avait pu entraîner Charlie parmi ces salopards et même, si l'on voulait connaître le fond de sa pensée, il était prêt à lui pardonner d'avoir participé au guet-apens, on peut tout pardonner, surtout en ce moment, surtout ici.

Des injures et des huées couvrirent ses dernières phrases. Il y eut même des rires.

– Mais si c'était pas ton fils, tu lui pardonnerais aussi ? voulut savoir Marsillach.

– Bien sûr, dit l'Amiral trop brusquement.

Marsillach fit tomber le mot « Pitoyable » et l'Amiral, retrouvant de la force, lui ordonna de répéter plus haut, pour voir. Albany baissa les yeux.

Elle vota contre la mort de son frère mais une majorité en décida autrement. Il serait tué le lendemain. Les autres, on les remettrait à la justice de là-bas, comme Albany le proposait.

– Repose-toi, fit Elorriaga à l'Amiral. Reprends-toi.

Lorsqu'il se retrouva seul, après le cercle, l'Amiral resta longtemps assis, les doigts croisés sur ses cuisses, l'air ébahi. Albany vint s'accroupir près de lui, ils n'échangèrent aucun mot, on vit les épaules de l'Amiral trembler comme s'il pleurait. Au bout d'un moment, il se leva et fit quelques pas dans le campement. « Je suis allé le voir, se souvient Osvaldo Cooper. Il m'a montré le ferry et demandé s'il n'avait pas un peu bougé depuis la veille. Je lui ai répondu que non, mais je crois qu'il pensait quand même le contraire. » Et le Cubain dit aussi : « Tout ce qu'il regardait, c'était avec les yeux d'un étranger. »

Cooper et lui marchèrent sans but sur la grève, à l'ouest. Au large, les stries tremblantes de l'écume dessinaient la ligne des récifs sur lesquels se brisait la houle. Ce repère-là ne disparaîtrait jamais.

– Ça manque de tempête, dit l'Amiral à son ami.

Des nuages vaporeux mouchetaient l'horizon. Si le vent ne se levait pas, son fils allait mourir par temps calme, sous un soleil éclatant. Vraiment le monde était mal fait, déclara-t-il à Cooper, qui n'osa pas le contredire.

Au bout de vingt minutes de marche, la douleur dans son genou lui vrillait l'esprit et il s'allongea de tout son long sur le sable humide. Il resta ainsi peut-être une heure, c'était une heure de gagnée.

Puis il se redressa et, la nuque cuisant au soleil, il entretint Cooper de Sir Ernest Shackleton. Ces dernières heures, il avait tenté d'invoquer l'explorateur dans l'espoir qu'il lui dispense, face à l'exécution de Charlie, le conseil adéquat, une maxime stoïcienne, un début de plan peut-être. Mais le magnifique Irlandais restait rivé à sa chaloupe ballottée entre les montagnes d'eau du détroit de Drake, ou bien il se cramponnait sur une paroi ventée de la Géorgie du Sud, et ses lèvres crevassées refusaient de s'ouvrir, il n'avait rien à dire ici. La trahison d'un enfant, une parodie de justice, il n'avait jamais eu à connaître de telles épreuves et il ne saurait pas y faire, on le voyait à son sourire figé dans son visage rectangulaire, à sa carrure de soldat en plastique. Osvaldo Cooper se souvient : « Thomas disait que, en fait, Shackleton était sans doute un crétin. » Un crétin qui avait mis en danger la vie de son équipage, tout ça pour battre un record inutile.

Quand ils revinrent au campement, Marsillach terminait de rédiger un billet qu'on porterait à Charlie afin de lui signifier sa condamnation.

– Il faut faire ça bien, expliqua Tholonct à Cooper.

Et il cligna des yeux devant le petit groupe qui se penchait studieusement sur la copie de Marsillach. Derrière eux, Fayçal et un autre homme donnaient de grands coups de masse sur les rivets d'un cercueil.

Le premier mort de l'île, Steven, on l'avait inhumé à la va-vite. Pour l'enterrement de Rémi, un Basque prénommé Gorka offrit de jouer du tambour en tête de la procession. Il avait fabriqué sa caisse claire en étirant le latex d'un ballon gonflable sur une marmite, le ballon était rose mais Gorka l'avait repeint en noir pour l'occasion. Dans son répertoire composé principalement de chants traditionnels basques, on finit par choisir « La Marseillaise », qui se devina même si les autres instruments manquaient. Derrière lui, quatre hommes portaient le cercueil à pas comptés. Lucia, la fille de Marsillach, avait confectionné des fleurs en papier que les processionnaires jetèrent une à une dans le trou et les enfants chantèrent « Emmenez-moi » de Charles Aznavour, dont ils avaient appris par cœur les deux premiers couplets. Devant la fosse, Marsillach eut un dernier débordement de pleurs. Puis il prononça un discours bref qui les remua. La seule fausse note fut l'apparition de l'Amiral au loin sur une butte, silhouette noire qui les regardait sans un mot.

Dans la nuit, son abri flamba.

Comme on ne voyait pas l'Amiral, on craignit qu'il ne soit encore à l'intérieur. Le temps que les survivants organisent une chaîne pour apporter de l'eau, les flammes avaient tout consumé.

Léo, de l'endroit où elle était, entendit le tumulte. Elle se redressa, avança sur ses genoux et prit appui contre la paroi de l'abri-cellule pour se mettre debout malgré les liens qui l'entravaient. Par une fente entre deux planches, elle distingua de grandes flammes rouge et orange.

Elle se retourna. Quelqu'un avait poussé un bref râle dehors, de l'autre côté de la porte. Léo s'allongea sur le sol et rampa. Charlie et Guilhem, ligotés eux aussi, se tordaient comme de gros vers, leurs yeux exorbités. Ils tirèrent tous les trois sur la porte. Une corde la retenait mais elle céda, Charlie tomba sur le sable froid, tout près du garde étendu là, inconscient. Il aperçut un couteau près de lui, s'en saisit, trancha les liens, tous les trois étaient libres.

Un deuxième abri avait pris feu près de celui de l'Amiral. Les prisonniers aperçurent des éclats de lumière sur des silhouettes qui luttaient contre les flammes tandis que la fumée s'engouffrait comme un essaim furieux dans les travées du campement. Appelés pour faire la chaîne, trois des quatre autres gardiens avaient abandonné leur poste. Charlie courut sur le dernier d'entre eux et lui planta son couteau dans le ventre. Il coupa la corde qui fermait la porte devant lui, découvrit Castellan, Kenza et On-est-où, les libéra. Ils ressortaient quand Elorriaga les surprit. Il était courageux, l'avait souvent montré, mais Charlie tenait une arme et son bras était éclaboussé de sang. Le Basque recula en criant pour donner l'alerte.

Marsillach se saisit d'un fusil et s'enfonça dans la nuit. D'autres hommes l'accompagnaient. La course des fugitifs avait laissé une large traînée d'empreintes sur la grève. Plus loin, à l'endroit où ils étaient entrés dans la forêt, elles s'effacèrent brusquement.

8

Un qui s'appelait Augustin et avait une voix puissante se plaça au bout de la longue plage à l'ouest, puis sur la lagune de l'est, puis au poste de guet, et il cria chaque fois en direction de la forêt les deux phrases mises au vote dans le cercle, qu'une courte majorité avait entérinées : il était encore temps de revenir à la raison ; si les fugitifs ne se rendaient pas, on tuerait leurs camarades encore prisonniers, un par jour. Jérôme Vasquez, l'ancien sous-officier, accompagnait Augustin dans ces proclamations. Il était armé d'un fusil et d'une machette.

Le premier jour, la forêt demeura silencieuse, aucun des fugitifs n'en sortait. Au campement, les gorges se serrèrent. La nuit tombait, des mouettes à tête noire criaillaient autour du ferry et il allait falloir exécuter quelqu'un. On ne pouvait pas se dédire, affirmait Marsillach. Et il employait aussi le mot « reculade » – l'humiliation et le danger d'une reculade, rien que ce mot les meurtrissait.

Mais on pouvait mentir, objecta Osvaldo Cooper, et de nombreux survivants furent contents de le voir prendre la parole dans le cercle, lui qui était resté muet ces derniers jours et avait trouvé différents prétextes pour s'isoler sur le ferry. On annoncerait qu'on avait tué un prisonnier, expliqua le Cubain, on pourrait même tirer un coup de feu pour donner le change. La nuit était très sombre et les fugitifs avaient dû se retrancher dans les profondeurs de la forêt. Ils ne pourraient pas savoir qu'on mentait.

Comme personne ne s'imaginait accomplir le geste du bourreau (personne sauf Marsillach, mais on lui conseilla de se calmer un peu, il devenait presque aussi inquiétant que ceux d'en face avec ses yeux enfoncés et sa colère de plus en plus noire), le vote décida de surseoir à l'exécution d'un prisonnier. On tira un coup de feu en l'air puis on alla se coucher soulagés. Cette nuit encore on ne serait pas des tueurs.

L'Amiral occupait l'un des abris-cellules maintenant. On l'accusait d'avoir aidé les saboteurs à s'enfuir.

Quelqu'un avait assommé le garde posté devant l'abri de Charlie et tailladé la corde qui maintenait la porte close. Le garde avait entrevu un bref instant son agresseur, qu'une espèce de cagoule recouvrait. Un homme de fort gabarit, la silhouette de l'Amiral correspondait. Pour expliquer son absence du campement tandis que son abri brûlait, il affirma que, pris d'insomnie, il avait eu besoin d'aller marcher. Ce n'était pas dans ses habitudes. Et ça faisait quand même beaucoup de coïncidences, avait lancé Servanne Pélissier.

Quand Walid avait présenté la corde tranchée à l'accusé, il avait longuement hoché la tête et demandé, dans un dernier sursaut d'orgueil, si on avait pensé à consulter Hercule Poirot. Enragés par l'évasion, son ancien ami Marsillach et d'autres hommes le jetèrent au sol, des coups de pied partirent. Un des Zubeldia saisit une barre de fer et le frappa en plein visage. « Ils vont le tuer ! » cria quelqu'un, mais Albany s'interposa.

Elle ne s'était toujours pas lavée depuis qu'elle avait quitté le lit où elle agonisait. Sa tunique crasseuse et ses mèches hirsutes lui donnaient l'air farouche. Elle avait pris un long bâton, qu'elle allongea devant elle jusqu'à toucher de son extrémité le ventre de Marsillach. Il la regarda, puis regarda le bâton tout contre son nombril. « Faites pas les cons, dit-elle. Ou alors on s'entre-tue. Mais ça, pour Castellan, c'est cadeau. »

Comme l'Amiral n'avouait rien, il avait été décidé qu'on l'enfermerait en attendant d'y voir plus clair.

Le lendemain, Augustin et Jérôme retournèrent lancer le même message que la veille, assorti d'une précision : seul Charlie était réclamé, les autres on les laisserait tranquilles. Ils vont commencer à gamberger, pensait-on, ça va les diviser. Ses complices, tant pis si on ne les capture pas, des gens de l'armée ou de la police viendront plus tard les débusquer.

Vers midi, Fayçal mourut de sa blessure. C'était la sentinelle que Charlie avait attaquée au couteau. Comme souvent avec les morts, on regrettait qu'il soit déjà parti, on n'avait pas pris le temps de le connaître, venait-il des Mureaux ou de Stains, il n'avait pas son pareil pour repérer les bancs de poissons dans la baie – et dire qu'il y a trois jours encore on discutait avec lui comme si de rien n'était. Quand on le souleva pour l'installer dans son cercueil, un liquide noirâtre s'échappa de sa bouche, ce qui causa des haut-le-cœur.

Le soir, Augustin et Jérôme Vasquez ne revinrent pas de leur tournée.

On les appela. Marsillach parla d'aller à leur recherche, mais beaucoup craignaient de perdre encore des hommes et d'autres armes à feu. Ces six ennemis retranchés dans la forêt semblaient de plus en plus redoutables. On compta leurs possessions, un fusil, une machette, un couteau, ils pouvaient se fabriquer des pieux et des flèches, Charlie faisait un dangereux archer. Comme Tholonet, d'humeur crépusculaire, voulait parler du Vietnam et des techniques d'embuscade vietcong, quelqu'un lui ordonna de la fermer.

La peur les gagnant, certains réclamèrent la libération de l'Amiral. Depuis qu'il avait rejoint l'un des abris-cellules, il n'était sorti que pour satisfaire ses besoins. À cause des liens autour de ses chevilles, il marchait à petits pas comme un vieillard. Mais son genou ne lui faisait plus mal et il se tenait bien droit, le menton haut, les épaules tirées en arrière. Braqué au loin, son regard ignorait les naufragés. Certains espéraient que, d'un geste, il leur ferait sentir qu'il regrettait ses fautes et qu'il les aiderait si on lui en donnait la chance.

Parmi eux, Elorriaga hésitait, ne sachant plus qui suivre. Il croyait que l'Amiral était coupable. Mais il croyait aussi que Charlie n'avait pas tué Rémi d'un coup de feu. Le jeune homme, il le devinait, s'était accusé à la place d'une femme qu'il aimait. Et si son fils avait fait la même chose, se demandait Elorriaga, il aurait agi comment ? Est-ce qu'il l'aurait aidé ?

Il n'était plus temps d'y répondre. Charlie avait tué Fayçal, on fabriquait des lances, une pluie hargneuse écrasait l'île et tout s'obscurcissait dans la tête du Basque.

Ce furent des jours étranges, sans rythme. Il fallait élire un nouveau chef pour remplacer l'Amiral, les heures se passaient en débats et en conciliabules, on parlait de fortifier le campement ou de quitter l'île au plus vite, les enfants traînaient sur la plage, Marsillach voulait former des combattants, et devant cette confusion Elorriaga éprouva des vertiges, il devait de plus en plus souvent s'asseoir et appuyer ses paumes sur ses tempes.

Une cigarette, c'est cela qu'il aurait voulu. Juste une cigarette, le bruit qu'elle fait quand elle s'embrase, comme un froissement, et le temps qui vient avec, ce temps plein de quelques minutes.

Je n'ai pas encore parlé d'Elorriaga. C'était un vrai colosse comme on en croise dans certains villages basques, deux mètres de haut, cent vingt kilos, du muscle mais inapparent. À Ascain, où il avait grandi, un garçon aussi large d'épaules était voué aux terrains de rugby. Son histoire commençait là : le rugby, une place dans le groupe, le bon géant taiseux. Il excella dans les empoignades obscures des lignes d'avant, gagna un peu d'argent en s'alignant avec des équipes de troisième et quatrième division mais cessa de rêver à une carrière professionnelle quand un choc à la tête, en sortie de mêlée, brouilla sa vue plusieurs jours durant. Lors d'une fête de famille, un cousin lui parla de la gendarmerie, il y entra l'année suivante comme motard. Et son histoire se poursuivait ainsi : un bon boulot, une vie sûre. Sa première femme donna naissance à un garçon paisible, Aïtor, qui serait grand et fort comme lui. Bientôt, une fille suivit, Alice, si blonde et belle qu'Elorriaga peinait à croire qu'elle était bien de lui. Maintenant, il s'ennuyait mollement dans le métier de gendarme, mais il aimait rouler vite et par tous les temps sur sa Tracer. Quand la neige tombait, surtout, il aimait s'imaginer dans le regard des conducteurs, seigneurial sous l'averse blanche. À cette époque, quelques extravagances lui vinrent : il se mit en tête d'apprendre l'italien, puis le russe, qu'il abandonna bientôt. Dans l'idée de participer un jour à un concours de barbes, il se laissa pousser la sienne à la Garibaldi. Il eut envie de lectures sérieuses et suivit pendant tout un trimestre des conférences de philosophie. Ou bien il proposait à sa femme, pour les vacances, de relier des lieux qui s'appelaient entre eux par des échos sonores, Bandol-Oléron-Roncevaux, Bordeaux-Bardos-Burgos, et alors, sans doute, des voyages agréables et remplis de surprises se donneraient à eux. Un divorce survint, qu'il n'avait pas vu venir. Il pensa que tout était fini, il allait mourir peut-être. Trois mois plus tard, muté à sa demande dans les Côtes-d'Armor, il avait rencontré une femme jeune, sportive et d'humeur égale, qui voulait souvent faire l'amour et disait qu'elle veillerait sur lui. Le week-end, il donnait du muscle et de la voix dans une équipe de petit niveau à Plouaret, c'était facile, c'était plaisant. Il se gardait maintenant de toute fantaisie, l'histoire avait continué et rien ne dévierait son cours. Mais, parfois, il lui semblait attendre quelque chose, quelque chose de plus grand, de plus beau, des odeurs inconnues, des sentiments nouveaux, et une déception tenace le clouait certains dimanches au lit. À la tombée de la nuit, toujours plus triste, il disait qu'il aurait dû habiter ailleurs, dans une plus grande ville, à une autre époque, cette vie-là ne suffisait pas.

Sur l'île, il fut étrangement heureux. Sous le commandement de l'Amiral, il avait aimé sentir que le projet de repartir liait les naufragés entre eux et assignait une place à chacun, même l'île s'ordonnait, il y avait tout ce qu'elle leur refusait et ce qu'on lui arracherait, c'était le cadre de leur travail et ils le faisaient tous ensemble, pendant que les uns ramassaient du bois plusieurs pêchaient, d'autres cueillaient des fruits, tressaient des cordes, et leur survie prenait la forme d'un long chemin où l'on se sentait guidé d'une main sûre.

Mais parfois, agité d'une inquiétude ancienne, il montait seul vers les hauteurs du volcan. Dans l'air âcre, la tête lui tournant, il voyait son corps s'effriter. Et c'est là-haut qu'il lui sembla, un jour, sentir la présence de ce manque qui l'accompagnait partout en France. Comme un esprit mauvais, il avait voyagé jusque-là et il allait rentrer en lui. « C'est ainsi qu'il me l'a raconté, dit aujourd'hui Maria Guéret. Une histoire vaudoue. » Terrifié, Elorriaga fit volte-face et redescendit à toutes jambes au campement. Il dévalait, dérapait, tombait, l'air lui manquait, il avait vu le démon.

Une heure après, il aperçut Albany dans ce milieu nouveau pour lui, lourd de menaces, et elle portait soudain comme un espoir, elle seule pouvait l'arracher à son mal. Elle avait le front large et bombé, la bouche petite et la peau si fine qu'on devinait les veines à ses tempes, mais il vit aussi sa chevelure épaisse, ses yeux brillants ; une impression charmante se dégageait de son visage. Quand elle parlait, Elorriaga écoutait chaque phrase avec attention, et l'intelligence d'Albany, exprimée en mots si simples, le transportait sur un plan plus dense, mieux équilibré. Elle ne ressemblait pas aux autres femmes et il ne savait pas dire qui ni ce qu'elle était. Il aimait l'appeler par-devers lui « Alba », comme si elle lui appartenait déjà.

Devinant peut-être qu'il ne serait pas facile de se faire aimer d'elle, il sut dissimuler cette affection naissante. Il lui parlait peu et ne la regardait jamais. Pour elle, il s'était montré sous son meilleur jour, celui d'un homme volontaire et loyal. L'Amiral l'appréciait, les enfants d'Albany aussi. Un jour, elle aurait envie d'un homme et ne verrait que lui.

Maintenant que l'Amiral était captif et que les saboteurs rôdaient dans la forêt, Elorriaga crut que le temps était venu de découvrir son jeu. Il souriait à Albany, acquiesçait à ses propositions, lui demandait si elle avait besoin de quelque chose. « On a tous vu qu'il avait changé, témoigne Paul Aguilar. Et Albany, elle l'a bien vu aussi. » Mais lorsqu'il s'attardait auprès d'elle Albany inventait des urgences, une tâche l'appelait, quelqu'un réclamait son aide, il fallait convaincre Servanne Pélissier de se présenter à l'élection face à Marsillach, ou bien elle tournait la tête quand Elorriaga tentait de faire durer l'échange et prêtait l'oreille à d'autres conversations.

Éconduit, il se vexa. Maria Guéret témoigne : « Dans son esprit, Albany aurait dû être flattée qu'il s'intéresse à elle », elle que tous les autres hommes regardaient comme un laideron et qui était la sœur d'un tueur, la fille d'un traître. Une colère neuve remuait Elorriaga.

– Lave-toi, quand même, finit-il par dire à Albany d'une voix plus coupante qu'il ne l'aurait voulu.

– Plus tard.

– Si tu veux qu'on te respecte –

– Je m'en fous qu'on me respecte.

Et ce furent les derniers mots qu'ils s'adressèrent avant plusieurs mois.

Dans l'après-midi, il apprit qu'Aïtor avait à son tour disparu. Son fils s'était éloigné un instant des autres cueilleurs, on l'avait appelé, la forêt ne répondait pas.

Frappé de stupeur, Elorriaga pivota lentement comme si son fils pouvait s'être caché derrière lui. Puis il aperçut Aïtor attaché à un arbre, le torse en sang, les yeux pâles. Et cette vision, murmura-t-il, ne se dissipait pas. Il se saisit d'un couteau, arracha un fusil. Gauthier Lanckaert voulut le retenir mais Elorriaga leva sa crosse et menaça de le frapper. On le regarda entrer dans la forêt. Beaucoup pensèrent qu'ils ne le reverraient jamais.

Le soir, à l'heure du cercle, Marsillach annonça qu'il ne participerait pas à l'élection du nouveau chef, ni comme votant ni comme candidat.

Une quinzaine d'hommes et de femmes se tenaient autour de lui. Les deux fusils restants étaient entre leurs mains. Le cercle, c'est formidable, dit-il, sauf que ce n'est plus le moment. En France, la Constitution prévoyait un état d'urgence, il fallait faire pareil ici. Les bavardages, les états d'âme, on ne pouvait pas se permettre ça. Et puis, de toute façon, lui n'envisageait plus de palabrer avec des gens qui ne voulaient rien faire. Tout le monde voyait bien que ça partait en vrille.

– Mais on est plus nombreux, ajouta-t-il. On s'organise et on les neutralise (il évita de dire « on les tue »). Ceux qui sont avec moi, venez de ce côté.

Ensuite, d'après les personnes que j'ai interrogées, il y eut à peu près cet échange :

– Et si on n'est pas d'accord ? demanda Servanne Pélissier.

– Si tu n'es pas d'accord, je m'en fous, c'est ton problème. Mais tu restes pas ici.

– On peut prendre un des bateaux ?

– Si tu veux.

– Et les prisonniers, tu comptes en faire quoi ? demanda Albany.

– Ton père reste là où il est, annonça Marsillach pour l'amadouer.

– Et les autres ?

– Un par jour tant que Charlie ne se rend pas. Là, on n'a plus le choix.

Albany baissa les yeux pendant que, sur les soixante adultes présents dans le cercle, près d'une trentaine rejoignaient les soutiens de Marsillach. Alors à son tour elle fit les quelques pas qui la séparaient d'eux. Servanne, restée du côté des récalcitrants, secoua la tête avec mépris. « Mais Albany ne pouvait pas laisser son père entre les mains de ces hommes-là, dit aujourd'hui Chloé Fondane. Elle n'avait pas le choix. »

La pluie redoubla dans la soirée. Portée par des bourrasques, elle tombait presque horizontalement. Ils eurent faim. Depuis que les six prisonniers s'étaient enfuis, nul n'allait plus chasser dans la forêt par crainte d'une embuscade. Leurs réserves de viande et de fruits s'étaient épuisées en deux jours.

Le lendemain, Marsillach et Krano emmenèrent le vieux Max Roussel derrière une barre de rochers. Il y eut deux détonations. Le jour suivant, ils exécutèrent Damso. « Ça nous a aidés, dit Paul Aguilar, qu'ils aient commencé par deux salopards. Et qu'ils fassent ça derrière les rochers, aussi. Il y avait le bruit des coups de feu, mais on arrivait quand même à être pas tout à fait sûrs. »

Ni Charlie ni aucun de ses compagnons n'étaient réapparus quand le deuxième voilier fut prêt. Marsillach avait refusé que les partants prennent la première embarcation, dont on avait éprouvé la solidité en lui faisant tirer des bords le long de l'île. C'est donc sur un voilier encore jamais sorti en mer que douze des survivants s'en iraient. Il y avait parmi eux deux zombies, Patrick et Laetitia, un couple d'infirmiers à peu près absents depuis le naufrage, qui parlaient par monosyllabes et avaient manifesté d'un « Oui » leur souhait de partir sur-le-champ. Les autres, Servanne Pélissier et Osvaldo Cooper en tête, formaient une petite cohorte de naufragés qui soit n'aimaient pas Marsillach et le tour que prenaient les événements, soit ne supportaient plus la vie dans l'île et préféraient jouer leur va-tout à bord d'un navire incertain.

Même si Marsillach leva les sourcils avec dédain, quelques-uns descendirent sur la plage pour donner l'accolade aux partants. L'écume blanchissait l'horizon, on devinait une grosse houle au large et les risées bousculaient la voile goudronnée, assemblée avec les serviettes de bain trouvées sur le ferry.

À la barre, Cooper laissa le bateau filer sous le vent. Il traversait la baie à bonne allure. Pendant quelques secondes, certains qui regardaient s'éloigner la silhouette bientôt floue du voilier eurent l'impression que déjà ses passagers s'étaient enfoncés dans un autre monde, de l'autre côté d'une barrière trouble. Mais soudain il sembla que la voile se rétractait comme du plastique brûlé. Une corde ayant lâché, elle se déploya un instant au-dessus du bateau puis, libérée, tomba un peu plus loin dans l'eau. Au même moment, malmené par la houle, l'un des flotteurs se dégagea, ses attaches ne tiendraient pas longtemps, le voilier se disloquait. Les deux zombies se jetèrent dans les vagues, Laetitia y laissa la vie. Marsillach envoya la barge récupérer les autres.

L'Amiral ne sut rien de cette tentative. L'ordre avait été donné qu'on ne lui parle plus. De sa vie entière il n'avait jamais été aussi seul. Avant de faire son séjour en prison, il avait eu peur de l'isolement, mais la détention, c'étaient des cris à n'importe quelle heure, aucun endroit à soi, l'espace toujours compté et disputé, des corps partout trop proches et même des odeurs si fortes qu'elles vous empêchaient de penser. Depuis l'abri où on l'avait enfermé, il entendait à peine les vagues qui se brisaient en contrebas et les voix lui paraissaient lointaines comme si toute cette partie du campement n'était plus habitée. À l'aube un oiseau lançait des notes rondes et puissantes qui se réverbéraient sous les grands arbres. Le reste du temps il était tout entier à lui-même.

Ce qu'il pensait, il ne l'écrivit pas, il ne le dit à personne. Albany seule put lui rendre visite. Avec elle, les manières de l'Amiral étaient redevenues distantes. Pendant l'agonie de sa fille, il avait tenté de l'aimer, puis, comme finalement elle allait vivre, cette envie s'émoussa. Il était trop tard peut-être, ou bien c'était chimique, une affaire de molécules qui ne pouvaient cohabiter. L'un de ses gardiens, Vincent Baltimore, m'a raconté qu'il entendait parfois la voix rauque de l'Amiral. Il se parlait à lui-même. Des réflexions douloureuses devaient tourner dans son esprit. Peut-être comprenait-il enfin quel genre d'homme et de père il était.

Des souvenirs revenaient, toujours les mêmes. Il avait brossé les dents de Charlie jusqu'à ses dix ou douze ans, déclarant la guerre au tartre et administrant à l'enfant des recettes de grand-mère (bicarbonate en poudre, bains de bouche au vinaigre blanc) avec une régularité qui ne tolérait aucun manquement. Une année, rêvant que son fils se distingue sur un terrain de football, il s'était improvisé entraîneur et avait écœuré Charlie en lui imposant des gammes matinales le samedi, le dimanche et les jours fériés – il se revoyait sur une pelouse du douzième arrondissement, grimaçant devant une passe mal assurée et lançant des piques à son rejeton, qu'il espérait galvaniser. Il était allé jusqu'à relire et amender une lettre d'amour que Charlie avait écrite pour sa voisine de classe en quatrième.

Peut-être ne pensait-il à rien de tout cela. Peut-être demeura-t-il, jusqu'au bout, aveugle à sa propre histoire. Mais je veux croire le contraire.

L'Amiral voyait maintenant s'écrire sous ses yeux, en caractères éblouissants, la vie trop docile du fils, la rage et l'étouffement face au père absolu, auquel il serait toujours soumis, jusque sur cette île où, le monde avait beau s'être effondré, leurs rôles survivaient, le chef et l'enfant, éternellement.

À mesure que l'Amiral s'y enfonçait, ses réflexions s'apaisaient. Tout seul, il avançait jusqu'à la conclusion de son procès. Il éprouvait maintenant un calme profond à se tenir aussi près de la vérité : ce n'était pas le monde qui était mal fait, mais lui. Jamais il n'avait autant aimé Charlie.

Un matin, on frappa à sa porte. Il s'entendit grogner. Quelqu'un repoussa la barre et la lumière entra. Sa fille Albany se tenait devant lui, Cooper l'accompagnait. Marsillach était entre la vie et la mort, lui dirent-ils.

La veille au soir, le nouveau chef avait pris la tête d'un petit groupe qui partait à la recherche du campement où Charlie se terrait. Ils avaient aperçu une lueur dans la forêt. Accroupis autour d'un feu, deux hommes discutaient tout bas. Marsillach avait donné l'ordre de se déployer pour les encercler. Soudain, tout autour d'eux, leurs ennemis avaient surgi. Une flèche s'était fichée dans la poitrine de Gauthier, Marsillach avait reçu un coup de machette en plein dos. L'un des rescapés jurait avoir vu Aïtor, le fils d'Elorriaga, parmi ceux qui les assaillaient.

Au campement, alors que Marsillach agonisait, ses partisans hésitaient sur la conduite à tenir. Certains s'étaient battus entre eux aux premières heures du jour. Servanne Pélissier, qui ne disait plus un mot depuis son départ manqué, avait voulu se jeter d'une falaise.

L'Amiral cligna des yeux. Allongé sur sa paillasse, il était enroulé dans une couverture râpeuse qui lui tenait bien chaud. Quand il parlait, raconte Cooper, on avait l'impression qu'il grattait le fond de sa cervelle pour en arracher les quelques mots dont il se souvenait encore.

– Viens, dit Albany.

– Pour quoi faire ? fit l'Amiral après un moment.

– Parce que ça part en couilles. Il n'y a que toi qui peux –

– Non, dit l'Amiral. Pas moi.

Et il se retourna contre le mur. Le lendemain, on le retrouva mort, son cœur avait lâché.

2/3

Albany

9

Albany prit le temps de l'étudier. Elorriaga était aussi grand que dans son souvenir, mais ses mains paraissaient trop petites. Étrangères et molles, elles pendaient le long de ses bras.

Quatre hommes l'accompagnaient, musclés, farouches, les plus beaux des Basques peut-être. Leurs barbes et leurs cheveux s'emmêlaient, des traînées de boue sèche blanchissaient leurs corps sombres. Dans un effort de diplomatie vestimentaire, ils avaient enfilé des shorts ou ce qu'il en restait.

– On vient chercher Amir, dit Elorriaga très lentement.

Dans leur version de l'histoire, c'était Amir qui avait déclenché la rixe. Les Basques, descendus à Rivière Blanche en fin de matinée pour attraper des écrevisses, allaient repartir quand Amir et deux autres Partants, venus prendre de l'eau, avaient posé leurs bidons sur la rive d'en face.

– D'habitude, vous y êtes à l'aube, on se croise jamais, observa Albany. Qu'est-ce qu'ils faisaient là, vos jeunes, à cette heure ?

Elorriaga ignora sa question et poursuivit : en repartant, l'un des leurs, qui fermait la marche, avait reçu un cône sur le crâne.

– Un cône ? fit Albany.

– Les espèces de pommes de pin qu'y a là-bas, dit Elorriaga. Je sais pas comment vous appelez ça, vous…

Le Basque, contrarié d'avoir dévié de son récit, reprit d'une voix plus forte : après cette provocation, des insultes avaient fusé de part et d'autre de la rivière, les Partants s'étaient baissés pour ramasser des pierres, l'une d'elles avait touché Teddy à l'œil et la blessure était très laide, l'œil paraissait crevé.

– Amir nous raconte pas la même histoire… dit Albany.

– L'œil est crevé. Tu peux venir voir.

Albany demanda s'il voulait qu'elle se rende chez eux, plus tard dans la journée, pour y jeter un œil. L'expression était malencontreuse, elle s'en aperçut trop tard. Et maintenant Elorriaga la toisait avec amertume, comme s'il croyait que par ce jeu de mots elle avait cautionné l'agression d'Amir (ce salopard savait qu'il n'en était rien, raconterait ensuite Albany, mais il n'allait pas laisser passer une occasion de s'offenser).

– C'est pas ce que je voulais dire…

– L'œil est crevé, répéta Elorriaga.

Les siens n'avaient rien fait. Pas provoqué. Pas riposté aux jets de pierres. Et les pierres, ajouta-t-il, c'était inacceptable. On lance des pierres sur les chiens.

– Vous nous le donnez, on va le punir, dit-il. Après, on vous le rend.

Et elle :

– Tu sais qu'on fera jamais ça. Vous le donner.

– Je sais pas.

– Si, tu le sais.

Amir reconnaissait que Marlon et lui avaient répliqué à des insultes en jetant des « cailloux ». Albany désapprouvait ce geste. Les Partants allaient parler entre eux.

– Vous allez parler quand ? demanda Elorriaga.

– Ce soir.

– Tu pourras me faire savoir demain, alors. Comment vous décidez de le punir. Je te dirai si ça nous va.

Elle le regarda s'éloigner.

10

Il fallait un nom pour ces sauvages. On les avait appelés « les autres » pour commencer, Tholonet disait aussi « les Rouges » à cause des idées de Castellan, puis « les Basques » s'était imposé quand on avait su qu'Elorriaga était devenu leur chef et que sa garde rapprochée comptait, en plus de son fils Aïtor, plusieurs amis d'Ascain et de Saint-Jean-de-Luz. Ils étaient venus en Bretagne rendre visite à leur ami la veille du jour où l'épidémie fut déclarée hors de contrôle – il y avait là deux frères, Gorka et Julien Zubeldia, ainsi qu'un Augustin Dupuy dont la façon de concasser les *r* signalait à coup sûr la provenance. Ensemble, ils avaient participé à l'assaut sur le ferry de Roscoff. Ils s'étaient toujours entraidés.

Les Basques avaient établi leur campement sur un promontoire au nord-ouest de l'île. La douzaine de huttes y formaient un village, appelé « Bermeo » en souvenir d'un port de pêche non loin de Bilbao. Des arbres prolifiques les fournissaient en fruits ; l'eau transparente de la crique en contrebas regorgeait de poissons plats et candides ; ils chassaient des sangliers, qui près de chez eux se multipliaient, comme dans les miracles. À présent que leurs habits étaient devenus des haillons, ils allaient presque tous nus. Ils se baignaient, ils jouaient au foot ou au beach-volley, ils somnolaient dans l'herbe ombragée ou bien ils s'étreignaient sans se cacher, selon des combinaisons multiples. Ils avaient l'air parfaitement heureux.

Juste après la sécession, alors que, pour leur nouvelle communauté, toute une vie restait à inventer, Jérémie Castellan avait proposé de bâtir un moulin et de semer du blé, il apprendrait aux siens à fabriquer des socs, à fondre l'aluminium, à produire du verre. Des efforts titanesques s'annonçaient mais justement la difficulté l'exaltait, défricher, labourer, élever des maisons sur pilotis et façonner de leurs mains un nouveau monde, tous ensemble, c'était l'avenir qu'il leur prédisait, une autre France où ils seraient égaux et frères. Il affirmait qu'un jour ils seraient capables de construire une machine à vapeur et aussi, grâce aux petits gisements de cuivre et de fer qu'il avait repérés, une pile électrique. Maintenant qu'ils s'étaient libérés, tout devenait possible, et tout dépendait d'eux.

Les compagnons de Jérémie, anciens et plus récents, l'aimaient trop pour le contredire. On se mit au travail. Le matin, vers six heures, Jérémie réveillait le camp. Mais rien d'obligatoire : ceux qui voulaient dormir les retrouveraient après. Ici, on était libre, Jérémie le rappelait. Cependant, il vit baisser au fil des jours le contingent des agriculteurs volontaires. Sur le plateau, ils n'étaient plus que cinq ou six à dépierrer le champ.

Jérémie n'était pas le dernier à se laisser bercer dans le courant de la crique et à profiter du régime pansexuel qui se donnait libre cours à l'ombre des grands arbres, mais un sentiment d'aigreur l'assombrit peu à peu. Au cours d'une veillée, il demanda : c'était quoi, le programme ? Pas de programme, justement ? On n'allait plus rien faire jusqu'à la fin du monde ? Elorriaga lui fit observer que certains chassaient, d'autres pêchaient, on s'entraidait pour la cuisine, les corvées de bois et d'eau, ceci sans désaccord ou presque, est-ce que ce n'était pas ça, le communisme en acte ? Il fit suivre le mot « communisme » d'un sourire bonhomme.

La colère suffoqua Jérémie. Donc personne n'avait envie qu'ils améliorent leur condition de naufragés ? Qu'ils bâtissent un pays nouveau ?

– Peut-être après, dit Guilhem.

Même Guilhem l'abandonnait.

– Très bien, siffla Jérémie.

D'ici deux semaines, ils m'auront rejoint, confia-t-il à On-est-où, son dernier fidèle. L'ennui va les rattraper. Et le vertige, aussi. Passer une vie à ne rien faire, sans projet, sans évolution, qui pouvait endurer ça ?

Mais les jours s'écoulèrent et, tandis que Jérémie et On-est-où s'épuisaient à bêcher leur champ, les autres dormaient de plus en plus tard, leurs rires semblaient plus joyeux et leurs orgasmes plus bruyants. Bientôt, prétextant une douleur au genou, On-est-où fit à son tour défection. Jérémie secouait la tête. C'était donc ça, les hommes vraiment libres ? Des vacanciers perpétuels qui s'épanouissaient dans les bains de mer, les barbecues de crustacés et la stimulation sans fin de leurs parties génitales ? Il eut le tort de leur prédire un avenir désolant, ils allaient devenir des larves humaines. On lui conseilla de se détendre. Puis, comme il n'écoutait pas, Elorriaga lui annonça la décision que les Basques avaient prise : pour éviter que leurs relations ne s'enveniment, Jérémie était prié de quitter Bermeo.

À cet instant, il dut détester l'air indulgent du Basque et la main miséricordieuse posée sur son épaule. Dans la nuit, il chargea ses affaires sur la brouette qu'il venait de construire et quitta ces infidèles qui, quelques semaines auparavant, ne juraient que par lui.

La saison des vents survint, des arbres s'effondraient dans la tourmente et les Basques évitèrent de traîner à l'intérieur de l'île. Ils étaient sans nouvelle du banni. La dernière personne à l'avoir aperçu rapportait que Jérémie, accroupi près de la rivière, avait l'air sale et ricanant de ces fous qu'on croisait, avant, sur les trottoirs des grandes villes.

Les Basques pensaient de moins en moins souvent à lui, comme d'ailleurs à ceux qui vivaient dans l'ancien campement. Par précaution, ils avaient entouré Bermeo d'un rempart de broussailles et de pieux. Mais, depuis la mort de l'Amiral, les Partants ne les avaient pas menacés, seul leur désir de quitter l'île semblait encore les animer. Plus d'un an s'était écoulé, le reste du monde n'avait donné aucun signe de vie. « Qu'ils s'en aillent s'ils ont envie, disait Elorriaga. Il n'y a plus rien là-bas. Que des hôpitaux remplis de squelettes. »

De temps à autre, des Partants se présentaient devant Bermeo et demandaient à les rallier. Ces défections se multipliant, les deux communautés avaient une taille presque égale. Les Basques étaient quarante-deux, les Partants quarante-cinq mais en comptant les cinq zombies. Et, plusieurs femmes se trouvant chez eux enceintes, les Basques seraient bientôt les plus nombreux.

Du côté des Partants, un voilier avait enfin quitté l'île, trois mois plus tôt. Juste avant le départ, ils fêtèrent cette victoire sur les saboteurs en dégustant l'une des dernières bouteilles d'alcool qu'ils possédaient. Trois hommes et Servanne Pélissier embarquèrent. Ensuite le bateau s'éloigna, de belles risées gonflaient la voile. Moins d'une heure plus tard il avait disparu sur l'horizon brumeux.

Osvaldo Cooper espérait se joindre à l'équipage mais Albany l'avait imploré de rester sur l'île. Le Cubain était populaire, même les Basques l'aimaient bien, sa présence serait utile ici en attendant les secours. « Et puis, elle a toujours prétendu le contraire mais elle pensait que cette expédition n'avait presque aucune chance de réussir, raconte Chloé Fondane, à qui Albany se confiait parfois. Elle aimait trop Cooper pour l'envoyer crever au beau milieu de l'océan. »

Et si les passagers du voilier avaient pu toucher terre, qu'y avaient-ils trouvé ? Albany s'imaginait les métropoles aux longues avenues vides déjà gagnées par l'herbe et les plantes grimpantes. À Paris, sur la place de l'Étoile, elle éparpillait des meutes de chiens errants et des survivants faméliques. Poussés là par le vent, des masques anti-grippe constellaient le bitume. Parfois, Albany tentait d'aménager un autre paysage, merveilleusement ordinaire quoique un peu dépeuplé. C'était Châteauroux : des voitures tournaient sur les ronds-points, des hommes en costume devisaient à la terrasse des cafés, des grues pivotaient dans le ciel, un hypermarché annonçait des rabais monstres pour le Mois de la Reconstruction. Mais une lumière fantastique baignait cette suite de tableaux. Bientôt, les passants disparaissaient, et avec eux cette ville s'évaporait comme un mirage.

Quand ses enfants la questionnaient, Albany répétait des fables : les sauveteurs ne viennent pas nous chercher parce qu'ils sont débordés, disait-elle, il faut tout remettre en ordre là-bas ; il y a tellement d'îles, ils n'ont pas encore visité la nôtre ; les pilotes sont presque tous morts, il faudra un peu de temps avant que des avions reviennent survoler cette partie du monde. Les enfants l'écoutaient, pensifs. Son fils Rémi, qu'on surnommait « Roumi » depuis son plus jeune âge, ne parlait plus et ne grandissait pas. Souvent, il pleurait en silence au milieu de la nuit et Albany le prenait dans ses bras. Pour le consoler, elle lui parlait à voix basse de l'hydravion qui se poserait bientôt dans Petite Baie, avec ses flotteurs rouges.

Trois mois après le départ du voilier, on cessa de scruter l'horizon. Ils ont pu être ralentis, affirmait Gauthier Lanckaert, ça ne veut pas dire qu'ils sont morts. Pour ne pas le désespérer, on fit mine d'y croire.

Les plus nombreux suivaient une routine réglée par Albany, dont ils aimaient les façons sèches, cette autorité qu'elle n'exerçait, on le sentait bien, qu'à contrecœur. Des corvées simples, entrecoupées de siestes et de baignades, morcelaient leurs journées. Au moins le temps passait. Dans deux viviers qu'ils avaient creusés, les Partants élevaient des brochets roses et des écrevisses. Tholonet, enfin utile, avait fabriqué de larges parasols à palmes qui projetaient de l'ombre au bord de l'eau, là où glissaient des vents coulis aux heures les plus chaudes. Avec la sève d'un palmier, aux propriétés élastiques, ils façonnèrent des bouchons, qu'ils vissaient dans leurs oreilles pour éloigner la rumeur de l'océan.

L'avenir, ils ne savaient plus quoi en faire. C'était une chose flasque et insaisissable. Ceux qui persistaient à s'y intéresser s'épuisaient en conjectures. Un jour, tout changerait. En attendant, ils étaient là.

Comme les secours n'arrivaient pas, Albany avait lancé la construction d'un nouveau bateau. C'était déjà le septième, on savait y faire maintenant. Les tenons, on les taillerait en queue-d'aronde pour que la fixation soit plus solide. Un mélange bien gluant d'étoupe et de mastic, lui-même composé de chaux et d'huile de tortue, calfeutrerait les jointures des planches. Mais, aucun matériau n'étant plus disponible pour fournir une voile à l'esquif, il faudrait sans doute ramer pendant des semaines ou des mois avant d'apercevoir le continent. Même s'ils évitaient de le dire, beaucoup pensaient que c'était une aventure impossible, personne n'aurait assez de forces pour accomplir un tel exploit, et puis la nourriture, l'eau douce manqueraient. Promis à l'abandon, le chantier traînait. Seul Osvaldo Cooper y travaillait vraiment. Seule Albany l'encourageait encore.

Ici, les Basques étaient détestés. On remâchait leurs crimes et, plus le temps passait, plus leurs sabotages devenaient odieux. Maintenant ils vivaient le sexe à l'air, ils baisaient n'importe où, avec n'importe qui. On fait peut-être ce qu'on veut, répétaient certains Partants, mais pas quand on a des enfants.

– Tu as cinq ans et tu vois ta mère à poil au milieu de deux types qui la tripotent… Franchement, c'est comme ça qu'ils vont éduquer leurs mômes ? Y a pas un endroit au monde où ça se passe comme ça, assurait LD.

– Même pas chez les Aborigènes ? demanda Tholonet (il croyait se souvenir d'un reportage vu sur la chaîne Planète).

– Pas un endroit.

Certains parlaient de monter un commando nocturne pour arracher les enfants des griffes de ces barbares. Mais des représailles suivraient, qui seraient redoutables. Quelques-uns assuraient avoir vu ceux de Bermeo manger de la viande de singe, la dépouille de l'animal tout juste ouverte à côté d'eux. Dans leur village, ils avaient dressé un mât sculpté comme un totem païen. Et deux jeunes Partants qui s'étaient approchés de nuit au-dessus de leur crique avaient entrevu un sabbat qu'aucun mot ne pouvait décrire.

– Alors si nous on punit pas Amir, dit Albany, vous croyez qu'il va se passer quoi ?

– Tu veux qu'on le punisse pour faire plaisir aux Basques ? répliqua LD.

Elle trouva de meilleurs arguments pour expédier l'affaire : on devait condamner toutes les violences, quelles qu'elles soient, d'où qu'elles viennent, celle d'Amir aussi. On apaiserait ainsi ce début de dispute avec Elorriaga. Elle parla de « coup double » pour donner du relief à son propos.

– On a assez de problèmes comme ça, approuva Madické. On va pas en plus se mettre les Basques contre nous.

Des protestations parcoururent l'assemblée. Les Partants en étaient arrivés là : le simple fait de déplaire aux Basques pouvait leur faire plaisir. Chaque défection aiguisait leur rancune. Il semblait que les mœurs de Bermeo avaient le pouvoir de fasciner les esprits les plus faibles. Deux jours auparavant, Clou avait cédé, Clou qui s'appelait Nicolas Crémieux, était ingénieur, supervisait le chantier naval et réclamait il y a une semaine encore qu'on délimite un périmètre où les Basques n'auraient pas le droit d'entrer. Il était parti, pourtant, laissant sa fille derrière lui. La colère le disputait à la consternation.

Ce soir-là, tous les Partants étaient présents et Albany les en félicita. D'ordinaire, le cercle était peu fréquenté, elle entendait souvent ses compagnons lui dire : « C'est comme tu veux, Albany », ou bien : « On te fait confiance, vas-y. » Les délibérations pour parler des problèmes toujours les mêmes avec des gens toujours les mêmes, ils en avaient assez. Mais pas ce soir où il était question d'Amir. Tholonet parlait de « légitime défense », LD de « réponse appropriée ». Ça ne servait à rien, Albany le savait, mais elle espérait encore que le bon sens l'emporte, alors elle ferrailla. Si on excusait le geste d'Amir, on ouvrait la porte à quoi ? Les Partants la regardaient d'un air tranquille. À côté d'Albany, le visage défait d'Amir tremblait dans la lumière du feu. On vota. Avec deux tiers des voix, il fut déclaré que le jeune homme n'avait aucune raison d'être puni.

11

Son père, les gens le critiquaient quand elle était enfant et Albany, pour le défendre, l'imaginait autrement qu'il n'était. Ce devait être une sorte d'aventurier, entouré d'amoureuses. Elle attribuait ses absences à des péripéties lues dans *Corto Maltese*. Puis il devint un homme très occupé, elle lui prêta le grand projet d'améliorer l'Afrique, il n'avait pas le temps d'être un de ces pères insipides qui accompagnent leur progéniture aux cours de danse et au tennis. Adolescente, elle détesta Thomas, sa distance, ses jugements, mais dès qu'il repartait elle lui pardonnait tout : il était juste trop pudique. Plus tard, comme il restait froid, Albany le devint aussi. Elle avait pris son parti de n'avoir pas de père – après tout, certaines de ses amies rêvaient de se débarrasser du leur.

Vers sept ans elle comprit qu'elle n'était pas très belle et vers dix ans qu'elle était plutôt laide. Trop jeune pour s'effondrer devant cette injustice, elle en combattit comme elle put les effets. Son corps serait tonique, elle l'entraînait à faire des tours de piste et décrochait des médailles de cross ou de saut en longueur. Puis elle se maquilla, perça son nez, décolora ses cheveux, qu'elle aplatissait en une mèche asymétrique sur son front de gargouille. Il fallait camoufler d'un côté et exhiber de l'autre : ses fesses et cuisses galbées par les séances d'athlétisme, elle les moula dans des jupes courtes et des fuseaux. Elle apprit à embrasser en aspirant la langue et à susurrer des mots obscènes aux oreilles des garçons. En terminale, des petits cons l'avaient surnommée « Turlutte 1re » mais elle s'en moquait, ils auraient juste voulu qu'elle les emmène eux aussi dans le parc du lycée. Et le soir où elle posa nue pour la première fois dans une école d'art de la rue Montgallet, elle commanda un verre de champagne dans le bistrot d'en face. C'était comme un triomphe.

Elle n'imaginait pas que son premier amour lui demanderait, une nuit, si elle avait un problème avec ça. Elle ne répondit rien, la honte la gifla. Il avait raison, elle donnait du plaisir mais elle n'en prenait pas. Ensuite, comme cette vérité l'oppressait, elle n'y arriva plus. Son bas-ventre se contractait, elle gigotait, se traitant d'huître et d'anguille, les garçons trouvaient ça drôle au début puis ils perdaient patience ou se vexaient, et quand certains voulaient entrer de force elle avait si mal qu'elle griffait.

François se rangeait sans se cacher parmi ceux qu'il appelait « les accidentés de la route sexuelle ». La nudité l'angoissait ; les émotions, trop fortes, ne duraient pas. Ensemble, Albany et lui prirent le temps de s'approcher.

Ils n'eurent plus peur, ils finirent même par prendre du plaisir dans ces moments d'intimité. Et Albany s'aperçut qu'elle aimait beaucoup d'autres choses chez François, sa passion mélancolique pour l'AS Nancy-Lorraine, ses imitations de Francis Cabrel à la guitare, sa manière d'utiliser des mots désuets sans même s'en apercevoir.

Quand la grippe avait frappé près de chez elle et que son quartier s'était retrouvé entièrement bouclé, elle avait essayé de tenir, plusieurs fois par jour, la chronique de ce qui arrivait. Parfois, sur l'île, elle rouvrait le carnet qu'elle avait emporté avec elle. Relisant les dates et les mots de terreur qu'elle avait jetés là, entre lesquels perçait une sorte d'ensorcellement, elle avait la sensation que cette femme écrivant pour ne rien oublier, c'était elle et une autre. Des pages entières lui restaient à peu près impénétrables. Les souvenirs du confinement, des médecins secrets derrière leur masque et des jeunes soldats en charge des ravitaillements ne lui étaient que vaguement familiers, comme une expérience parallèle à la sienne, le tableau qu'un autre voyageur dresserait d'un pays où vous êtes allé, vous aussi, mais il y a bien longtemps.

Les premiers mois sur l'île, elle avait situé son mari dans un camp de réfugiés en Guyane, qu'elle imaginait être une ville basse de longues tentes blanches avec la jungle en arrière-plan, trop verte. Maintenant, il était sans doute mort, comme tous les gens qu'elle connaissait ou presque, mais cette mort n'avait pas de lieu et dans son esprit les yeux de François restaient ouverts, son sourire léger, sceptique, ne masquait nulle souffrance, il avait l'air tranquille et bon. Elle aimait que son mari lui apparaisse ainsi, intact, et cependant elle regrettait de ne pouvoir se le figurer autrement, sous un autre angle, avec une autre expression. Ils avaient passé douze années ensemble, les souvenirs étaient innombrables, pourquoi ne pouvait-elle extraire de sa mémoire autre chose que ce visage modérément souriant, sans décor autour, un cliché de Photomaton ? Sur l'île, le passé était comme les autres rivages, invisible, incertain. Elle se forçait à penser à la première chambre où ils faisaient l'amour ; au bar près d'Odéon où il lui avait pris la main avant de l'embrasser ; à ses accouchements ; à leurs rares disputes. Pourquoi, dans ces autres souvenirs qu'elle voulait convoquer, son mari était-il flou et comme inachevé ? Jamais elle ne rêvait de lui. Jamais elle ne croyait apercevoir son spectre. Elle confiait à Chloé qu'il lui manquait, mais elle n'était pas sûre que ce fût encore vrai.

Pour s'éloigner du campement, elle disait qu'elle avait besoin de réfléchir et de marcher un peu. Au début, c'était vrai. D'autres s'isolaient pour des motifs plus insolites, comme Harlereau, un joggeur métronomique qui courait jusqu'à la pointe de l'île un jour sur deux, ou Martine, une vieille femme qui aimait camper seule dans une petite caverne au pied de la falaise. Quand Albany à son tour s'écartait, nul ne lui posait de questions.

Maintenant, comme elles n'avaient pas de témoin, je dois imaginer certains détails pour raconter ces échappées. À cette époque de l'année, la forêt était saturée d'un air sec et brûlant de fournaise, le bruit des insectes semblait plus fort, le craquement des pas plus lourd. En gravissant la colline, Albany devait apercevoir entre les arbres la silhouette du ferry. Il s'était incliné d'une trentaine de degrés depuis qu'en février une tempête avait jeté contre lui des vagues de cinq mètres. Les lettres de son nom étaient pâles, la peinture blanche jaunissait. Depuis le sentier qu'elle empruntait,

Albany pouvait voir les centaines de mouettes à tête noire qui occupaient les ponts, immobiles et somnolentes dans la chaleur.

En allant ce jour-là vers la grotte, elle s'arrêta pour écouter les trilles d'un oiseau. Ils lui rappelaient la ritournelle d'un jeu que son mari avait acheté pour son portable. Albany leva les yeux mais l'oiseau ne se montra pas. Les tiges rouges d'une plante parasite enserraient comme une mantille les ramures des arbres alentour. Elle n'était pas certaine d'être déjà passée par là. Ou bien l'île avait réinventé dans les derniers jours ce passage – c'était impossible, mais Albany commençait à croire elle aussi que des choses impossibles avaient lieu.

Parvenue au bord du ruisseau, elle regarda autour d'elle et se glissa dans le dédale de rochers ronds qui s'étendait là. Un peu plus loin, au pied de la paroi, une brèche apparaissait dans la pierre, juste assez grande pour y entrer accroupi. Albany avait dû la découvrir par hasard, un jour où elle traînait sur cette rive. Longtemps, elle avait cru que personne d'autre n'en connaissait l'existence.

Il faisait froid à l'intérieur. Elle enleva sa casquette et la vieille robe en coton H&M qui lui tenait lieu de tunique, puis s'avança dans l'obscurité. L'air frais l'enveloppa. Du bout des doigts, elle reconnut le roc strié, ligneux au toucher, qu'il fallait contourner par la gauche pour trouver le passage menant dans le tréfonds de l'île. Peu à peu, sous ses pas, le gravier laissait place au sable. À mesure qu'elle s'enfonçait dans la grotte, même ses bras disparaissaient. La galerie donnait sur une salle basse où elle aimait s'asseoir. Retenant son souffle, elle écoutait pour le plaisir de n'entendre rien, ni les cris de la forêt ni le bruit blanc de l'océan. Les silences n'étaient pas tous les mêmes, selon l'heure et le jour. Certains avaient une couleur mate, d'autres un timbre clair et profond. Des silences froids la terrifiaient – ils semblaient imposés par une créature chtonienne tapie là depuis des siècles, un monstre qui devait haïr les hommes. D'autres silences, ses préférés, l'aspiraient peu à peu, vers quoi, un autre plan de l'existence, le Grand Nuage de Magellan peut-être. Des frissons couraient sur ses mains, ses pieds, qui fourmillaient, qui s'effritaient, qui brûlaient un instant, puis tout cessait. Alors, ne percevant plus ni ses extrémités ni le sol sous elle, elle se découvrait apaisée, exactement là où elle devait être, nulle part, à nulle époque. Parfois, ce néant lui donnait le vertige, elle vacillait de n'être plus rien, elle avait des battements de cœur. Et c'est dans cet état qu'un après-midi elle avait décelé une présence. Quelqu'un d'autre était là.

La panique l'avait transie. L'autre s'était avancé vers elle. Des doigts avaient frôlé sa hanche. Elle s'était enfuie. Mais le lendemain elle avait voulu revenir. Et d'autres jours encore.

Souvent, l'homme était là. Ses cheveux sentaient le cèdre, sa peau avait le goût du sel. Elle ne connaissait pas le son de sa voix. Au début, la peur qu'ils s'inspiraient prévenait toute parole. Ensuite le silence entre eux s'était prolongé, accompagnant le secret qui les liait maintenant qu'ils partageaient ce refuge. Enfin l'absence de mots était entrée dans leurs habitudes, comme un jeu qui les excitait.

La première fois, leurs mains s'étaient maladroitement aventurées sur leur visage et leurs épaules. L'homme avait une barbe mousseuse ; sous ses cheveux bouclés la peau de son front était douce comme celle d'un enfant. Il avait appuyé les paumes de ses mains de chaque côté du visage d'Albany, avant de toucher sa poitrine nue. Elle s'était reculée. La fois suivante, il lui avait semblé entendre, dans la respiration de l'homme, la demande qu'il lui faisait. Elle avait avancé sa main jusqu'à son sexe. Il était dur et tiède, elle avait aussitôt aimé le serrer dans son poing. Et quand il l'avait pénétrée, elle avait ri et pleuré de retrouver le plaisir exactement comme elle l'avait connu dans le monde d'avant. À l'intérieur de son corps, rien n'était changé. Rien n'avait eu lieu, ni maladie ni cataclysme. Il n'y avait pas d'île déserte, il n'y avait même pas de grotte. Simplement, dans le noir absolu, la réponse de son corps au corps qui la soulevait.

Ils faisaient l'amour, doucement ou violemment, puis ils restaient enlacés sur le sable frais de la grotte. Parfois, elle posait sa tête sur la poitrine de l'homme pour écouter son cœur. D'autres fois, c'était l'homme qui se blottissait contre elle. Elle repartait toujours après lui. En général, trois jours passaient avant qu'elle ne revienne et le plus souvent il était là. Il devait avoir trente ou quarante ans. Elle devinait qu'il était beau.

Je crois qu'elle se sentait amoureuse, même si c'était d'un inconnu, même si ce mot, « amoureuse », la couvrait comme un habit mal taillé. Plusieurs fois par jour, le manque la prenait, cognant son ventre, la forçant à s'asseoir. La nuit, le sommeil la fuyait tandis qu'elle cherchait à retrouver l'homme en pensée, le goût de sa salive ou le contour fuyant de sensations qu'elle avait éprouvées quand il l'entourait de ses bras. Il lui venait des peurs nouvelles : que la grotte soit vide quand elle y retournerait ; que l'homme se noie ou qu'une maladie l'emporte. Et maintenant qu'Elorriaga s'était montré au campement pour réclamer justice, maintenant que les Partants se refusaient à punir Amir et qu'un conflit menaçait d'éclater entre les deux groupes, une angoisse sourde la tenaillait.

Elle hésita longtemps et finalement, alors qu'ils étaient allongés, elle dit :

– Parfois j'ai peur pour nous.

L'homme cessa de respirer. Il s'était tout entier raidi.

– Tu es de Bermeo ? murmura-t-elle.

Il se dégagea brusquement. Ses doigts cherchèrent la bouche d'Albany pour la faire taire.

– J'ai besoin de savoir. Si tu es de Bermeo, hoche la tête.

Elle posa sa paume sur la joue de l'homme et elle sentit qu'il acquiesçait. Puis il se leva et quitta les lieux, sans ce dernier geste de la main, glissant avec douceur de sa joue à son bras, par lequel il annonçait d'habitude son départ.

Albany attendit quelques minutes puis sortit à son tour. Un étourdissement la prit lorsqu'elle retrouva l'air moite du sous-bois. Elle descendit dans un vallon bossué par des rochers. Les arbres étaient petits, tordus. Elle s'accroupit près du ruisseau. L'eau rafraîchit ses joues, elle tamponna sa nuque. Dans l'arbre au-dessus d'elle, un oiseau sautillait minutieusement le long d'une branche comme s'il en mesurait la longueur. Albany voulait penser que tout irait bien si elle pensait que tout irait bien – son père lui avait enseigné cela il y avait longtemps, ce qu'il appelait « la méthode Shackleton ». À un craquement, elle se retourna. Il lui semblait que quelqu'un d'autre était là, dans la futaie au-dessus d'elle. Elle appela mais nul ne répondit. Alors, le cœur battant toujours trop vite, elle reprit sa marche à grandes enjambées.

12

Ceux de Bermeo étaient venus en son absence. Elle était partie où, d'ailleurs ? Plusieurs le demandèrent mais la réponse ne les préoccupait pas, seule sa défaillance importait, qui ajoutait du déplaisir à leur humiliation. Outragé, LD parlait le plus fort, il voulait sur-le-champ se lancer à la poursuite des Basques. Deux hommes, tenant des haches, étaient déjà prêts à le suivre. D'autres ne se décidaient pas, redoutant le danger.

Albany se fit raconter l'intrusion. Elorriaga et huit ou neuf autres hommes, armés de lances et de fusils, avaient surgi au milieu du campement – « Il nous faut des sentinelles », répétait Tholonet pendant qu'elle s'efforçait d'entendre le récit que d'autres lui faisaient. Les Basques avaient dû espionner les Partants avant de faire mouvement, ils s'étaient avancés sans hésiter jusqu'au bungalow où Amir venait d'entrer. Tandis que quelques-uns l'encerclaient, quatre autres s'y étaient engouffrés. Amir avait été traîné dehors. Elorriaga l'avait retourné sur le ventre, s'était assis à califourchon sur son dos (« à califourchon », répétaient plusieurs Partants avec dégoût) et lui avait lié les mains.

Ils auraient voulu pouvoir dire le contraire, mais aucun Partant ne s'était interposé. Les chasseurs n'étaient pas là, l'effroi avait paralysé les autres. Les Basques, le corps blanchi par une croûte de terre qui se dissipait au-dessus d'eux en volutes de plâtre, avaient l'air de spectres fumants. Deux d'entre eux s'étaient dirigés vers l'abri d'Albany. Sous l'auvent, on entreposait les pieux, les arcs et un fusil. Ce fusil, ils l'avaient pris. Ils avaient volé l'une des deux armes à feu que possédaient encore les Partants.

Leur prisonnier, gémissant, implorait ses compagnons d'agir. Morgan s'était approché des Basques pour demander ce qu'ils comptaient faire d'Amir. Et l'un d'eux lui avait répondu avec délectation : « À ton avis ? » On les avait regardés disparaître d'un air content dans la forêt.

Albany s'approcha de LD, qui allait partir sur leurs traces.

– Ils sont dix et ils sont bien armés. Vous êtes trois, avec des haches…

– On… on va les surprendre, bredouilla LD.

– Les surprendre rien du tout, fit Albany.

– Ton père aurait fait ça, c'est sûr.

Albany recula d'un pas et considéra LD avec un air de curiosité. Puis elle lui allongea une gifle.

– Ou ça, dit-elle.

Sonné, LD se tint la mâchoire, ne sachant comment répliquer.

La plupart des chasseurs pensaient comme Albany, il ne fallait pas se précipiter. Les Basques étaient plus forts maintenant. Trois fusils contre un. Des mecs qui savaient se battre.

– Et puis Elorriaga, dit Vincent Baltimore.

LD sauva la face en estimant que, à trop tergiverser, on avait laissé bien trop d'avance aux Basques, on ne les rattraperait jamais.

– Faut qu'on mette des sentinelles, s'obstinait Tholonet. Et qu'on se construise des remparts.

– Si tu veux, dit Albany.

Et elle le laissa planifier des fortifications.

La nuit suivante, elle fit un rêve qu'elle raconterait le lendemain à son amie Chloé.

Elle marchait jusqu'à Bermeo. Dans le village, une odeur sure s'élevait, une odeur de viande crue. Des hommes déchargeaient des fardeaux de bois. Elle peinait à les reconnaître sous leurs cheveux embroussaillés, le soleil et la crasse avaient bruni leur peau. Un homme, était-ce Goran, oui, ce pouvait bien être Goran, était occupé à débiter un renard écorché, dont il jetait les entrailles dans le feu. Des putains de Cro-Magnon, pensait-elle. Puis Elorriaga et Charlie apparaissaient à l'angle d'une rue et elle leur demandait à voir Amir. Elle s'exprimait à voix trop haute, avec des intonations théâtrales, elle en était déçue. Elorriaga et Charlie refusaient en riant de lui montrer le prisonnier. Elle n'aimait pas les yeux d'Elorriaga sur elle, l'insistance de ce regard coulé vers son entrejambe, qui lui rappelait qu'avant il l'avait désirée.

Sur le coup de minuit, Albany s'éveilla et vomit un filet de bile. Ses trois enfants dormaient sur une natte près d'elle, blottis les uns contre les autres. Elle sortit marcher sur la plage. Du temps où elle était lycéenne à Paris, il lui arrivait de descendre sur les quais de la Seine et d'espérer qu'une idée majeure, quelque chose comme le sens de la vie, lui tombe dessus à la manière de la foudre. Cette nuit-là, elle distingua dans le noir épais du ciel trois gros oiseaux qui se poursuivaient au-dessus de la baie en battant lourdement des ailes, mais rien ne lui fut révélé.

Au matin, personne ne partit se baigner. Près du rivage, des hommes se battaient avec des épées de bambou sous l'œil vigilant de LD, qui s'était improvisé maître d'armes comme Marsillach avant lui. Au campement, on fabriquait des flèches, Walid forgeait des épées. La poignée de zombies et de désespérés étaient toujours aussi éteints mais les autres avaient retrouvé cette ardeur des premiers temps sur l'île quand, galvanisés par l'Amiral, les gestes de chacun s'additionnaient. Toute la journée, on sua, on haleta et on s'encouragea. Au loin, en contrepoint de ce tumulte, le marteau d'Osvaldo Cooper cognait plus bruyamment sur le squelette du prochain voilier. Il avait prodigieusement vieilli en quelques mois. Son dos s'était voûté, d'innombrables rides froissaient maintenant ses joues creuses. Une barbiche, qu'il lissait de ses doigts déformés, descendait sur son torse amaigri. Entre Basques barbares et Français civilisés, on aurait dit que le Cubain refusait de choisir. Plus tard, cette neutralité lui serait reprochée.

D'Albany, on attendait une décision. LD et d'autres laissaient entendre leur impatience dans des soupirs appuyés alors que, tournant la tête, ils l'apercevaient sous l'auvent de son bungalow. Une idée miraculeuse, qu'elle voulait chasser, s'accrochait sans cesse au fil de ses pensées : ils allaient s'introduire de nuit dans le village des Basques et, véloces, invisibles, ils libéreraient Amir sans un bruit, sans une effusion de sang. C'était un projet impossible, elle le répétait à Chloé Fondane. Mais les solutions les moins probables, les prodiges et les espoirs fous essaimaient dans son esprit et il lui était de plus en plus difficile de les en déloger. Elle racontait à son amie ces rêveries radieuses : un navire allait accoster, un jour, qui les rembarquerait, et même ceux de Bermeo viendraient. En attendant, ils finiraient par découvrir, quelque part dans la forêt, un bunker souterrain où les précédents occupants de l'île entreposaient des cartons de lait impérissable, du shampooing et du démêlant, un vieux lecteur mp3 en état de marche, avec la discographie complète d'Aretha Franklin, une montagne de serviettes hygiéniques, des draps qui sentaient fort l'assouplissant.

Albany s'aperçut que le soleil avait changé de place et la frappait en pleine tête. Elle souffla, tout était si compliqué. Elle en voulait à son père d'être mort. Souvent, il lui venait l'envie de démissionner. Elle ne souriait pas quand les autres, pour plaisanter, l'appelaient « la Cheffe », elle n'aimait pas commander. Commander quoi, d'ailleurs ? Parce qu'elle voulait arracher ses enfants à cette île, elle faisait semblant de croire qu'un jour, c'est sûr, ils partiraient. Mais, dès qu'elle était seule, elle ne rêvait qu'à la grotte où son amant la retrouvait.

Sur la plage, les hommes organisaient des courses de relais. Ensuite ils se mesurèrent dans un concours de javelot – un peu trop primitif, le javelot, avait objecté Tholonet, mais on n'avait rien trouvé pour le remplacer. Les corps luisaient de transpiration. Classé premier, Madické fut très applaudi. Comme, pour rire, on le portait en triomphe, LD fit un signe à Albany et remonta vers elle, les mains dans le dos. Il avait un short moulant, des pectoraux, le cheveu court presque roux, et sa quarantaine d'années n'y paraissait pas. Il réfléchissait depuis la veille à un projet, déclara-t-il : la création d'une escouade, d'une phalange, on appelait ça comme on voulait, un groupe de douze guerriers, ou guerrières d'ailleurs, qu'on entraînerait de manière intensive. LD entrevoyait quelques inconvénients (exemptés des autres corvées, ces soldats feraient peut-être des jaloux), mais il lui semblait que, globalement, c'était la meilleure des idées. Face aux Basques, il fallait opposer une force de dissuasion. Alors, cachant mal son entrain, il voulait la sonder : bien sûr elle était pacifiste, mais elle en pensait quoi ?

– Si tu veux, on en parle ce soir au cercle, dit Albany.

– OK, mais toi, ça te plaît ?

Elle allait répondre quand un groupe d'hommes apparut à la lisière de la forêt. Charlie était à leur tête, Albany le reconnut au premier regard. Il lui semblait que son frère avait un peu vieilli. Son visage était plus sec, des cernes ombraient ses yeux. Elle espérait qu'il dormait mal, que sa trahison et la mort de Fayçal le rongeaient. Et peut-être le fantôme de leur père, qu'elle avait cherché au début dans la forêt, voulant croire que l'île avait le pouvoir de le retenir et désirant à tout prix qu'il lui parle, qu'il la conseille, qu'il l'approuve maintenant qu'il était mort, peut-être ce fantôme fréquentait-il le village des Basques et tirait-il sur le bras de son frère, la nuit, quand il venait de trouver le sommeil.

Charlie rapportait le fusil. Sans un mot d'excuse, il annonça simplement :

– On vous le rend.

Et Amir ? Il répondit qu'il leur serait « retourné » quand sa punition aurait pris fin.

– Ce sera quand ?

– Quand ce sera fini.

– C'est ça, faites les malins, siffla LD.

Albany sentit qu'il regardait autour de lui, comptant les hommes, calculant leurs chances face à ce détachement de Basques toujours aussi insolemment robustes et bien armés. (Depuis quand étaient-ils si baraqués ? demanderait plus tard LD. Est-ce qu'ils s'entraînaient dur, avec des exercices particuliers ? Est-ce qu'ils faisaient de la musculation pour les impressionner ?)

Avant de repartir, Charlie annonça que les terres à l'ouest de Rivière Blanche appartenaient maintenant à ceux de Bermeo ; elles étaient interdites aux Partants, ceux qu'on y trouverait seraient punis.

– Punis comment ? dit LD.
Charlie sourit.
– Vas-y et je te montrerai.

13

LD fut très déçu : au cercle, une courte majorité vota contre la création de sa phalange. Il accusait Albany d'avoir saboté le projet, bien qu'elle n'y fût pour rien. Endurer un surplus de corvées pour que d'autres s'adonnent à l'art de la guerre soulevait des réserves chez nombre de Partants. « Ça va faire comme une caste », avait observé Baltimore, et ce mot inquiétant détermina les indécis à voter contre. À la place, il y aurait des entraînements, une à deux heures par jour, pour les Partants de quatorze ans ou plus.

Comme tous s'accordaient à dire qu'après l'enlèvement d'Amir on ne pouvait rester sans réaction, Albany étancha leur soif de revanche en proposant qu'on capture un Basque, le fils d'Elorriaga par exemple, ou sa compagne s'il en avait une. Ensuite, ils échangeraient leurs prisonniers. Elle y avait réfléchi deux jours durant, ce projet-là était sensé.

– Ce qu'il nous faut, dit-elle, c'est une monnaie d'échange.

Tholonet, approuvant, le répéta :

– Une monnaie d'échange, c'est sûr, c'est ça qu'il nous faut.

L'expression avait fait son effet.

Ils épièrent. Malgré l'interdiction de franchir Rivière Blanche, Albany et deux autres éclaireurs se hissèrent de nuit dans l'un des hauts arbres surplombant la crique où les Basques pêchaient et se baignaient. Au petit matin, ils se félicitèrent d'avoir choisi ce poste de guet. Assis sur des branches incurvées qui leur offraient des sièges sûrs et confortables, ils apercevaient distinctement le petit groupe de pêcheurs occupés à scruter l'eau basse autour d'eux, harpon en main ; l'équipe des ramasseurs de coquillages éparpillés un peu plus loin sur les rochers ; un couple rallumant un foyer près du village tandis que des enfants apportaient des brassées de bois. Sur le plateau herbeux qui s'élargissait vers le sud, Elorriaga et quelques autres s'entraînaient à lancer des boomerangs, ils n'étaient pas très bons et en riaient. Derrière les palissades, trois hommes discutaient à l'entrée d'une hutte (était-ce là qu'ils avaient enfermé Amir ?) et enfin on devinait une grosse femme presque engloutie dans un hamac, ils la reconnurent, qu'est-ce qu'elle avait grossi, c'était Diana qui paressait. La vie de Bermeo s'offrait aux yeux des Partants dans un panorama si nettement organisé qu'on aurait pu douter de sa véracité. Ce n'était pourtant pas un simulacre, c'était leur vie, c'était ainsi qu'une journée passait.

Descendant vers la crique, un homme et une femme nus s'attardèrent contre un rocher, où ils copulèrent un instant. La brièveté de leur étreinte rassura les deux Partants mâles et les fit glousser tout bas. Albany, cachée à côté d'eux, regardait sans mot dire. Celui qu'elle rejoignait dans la grotte se trouvait-il parmi les harponneurs ? Était-ce le jeune homme rougeaud parti ramasser son boomerang ? Ou peut-être, le ventre d'Albany se contractait à cette pensée, celui qui venait de s'accoupler à cette femme sur le sentier ? Son amant portait la barbe, comme deux Basques sur trois, et il lui semblait qu'il n'était ni grand ni massif. Une dizaine au moins des hommes qu'elle apercevait ce matin-là correspondaient à ces critères. Elle s'interdit de les observer plus longtemps, c'était mieux de ne pas savoir.

Ses compagnons lui montrèrent deux jeunes femmes qui s'éloignaient vers la forêt en tenant à la main des paniers grossièrement tressés. Elles n'avaient pas d'arme et paraissaient menues. L'une d'elles devait être Alice, la fille d'Elorriaga. Deux heures plus tard, ils les virent qui revenaient, la bouche barbouillée, les paniers pleins de fruits orange et vernissés ressemblant à des mangues.

– Elles, c'est bien, fit l'un des éclaireurs.

De retour au campement, Albany aperçut un panonceau posté à quelques pas de là, dont les lettres tout juste peintes proclamaient :

PARIS
45 habitants
Interdit aux sauvages

Est-ce que ça lui plaisait ? L'idée leur était venue, comme ça, en attendant de leurs nouvelles. Les Basques avaient Bermeo, il était temps qu'ils nomment eux aussi leur campement, et l'unanimité pour une fois s'était faite – même les Hollandais, Boudewijn et Dirk, avaient soutenu cette initiative. Pour ne froisser personne, Albany répondit que c'était très bien. Très bon choix, « Paris ».

Puis, un sourire en coin, LD et quelques autres lui demandèrent de s'asseoir et d'ouvrir grand les yeux.

Gabrielle posa par terre une calebasse remplie d'eau et fit avancer un renard en laisse, l'un des derniers qui subsistaient sur l'île (les autres, ils avaient dû les chasser et les manger pendant l'hiver). Le renard but dans la calebasse et ensuite il flaira le sol, s'intéressa vaguement à l'assistance, se coucha, se releva, lorgna un long moment du côté de la forêt – bref, mena sa vie peu palpitante de renard en captivité.

– Il doit se passer un truc ? dit Albany. Il se transforme en hibou ?

– Attends, attends, grommela LD. Tout est normal, Gabz ?

Sans quitter le renard des yeux, Gabrielle acquiesça. Comme par un fait de sa volonté, l'animal à cet instant leva la tête vers le ciel puis la secoua brusquement de droite et de gauche. L'une de ses pattes avant fit un écart, il vacillait. Quelques secondes encore et, allongé sur le flanc, il se tordait en piaulant, traversé de soubresauts.

Gabrielle, Albany l'ignorait, était préparatrice en pharmacie avant la pandémie – ancienne major de promotion, assurait Tholonet. Elle manifestait pour son métier une passion vibrante, aimant par-dessus tout la fabrication des onguents, des lotions et des poudres, sa curiosité la poussant à herboriser le week-end et à suivre par Internet des cours de phytothérapie. Sur l'île, après le suicide de Steven et le procès où elle avait admis l'avoir aidé, son désespoir l'avait poussée vers la forêt. Elle en rapportait des champignons, des mousses et des plantes avec lesquels concocter des tisanes contre le mal de tête, des pommades cicatrisantes, des purées analgésiques et même une pâte vanillée faisant office d'écran total. Tout récemment, une plante aux longues feuilles palmées avait retenu son attention. Elle crut pouvoir en extraire un purgatif, mais la dose qu'elle s'administra lui causa de puissants désordres nerveux. Soluble dans l'eau, cette poudre bleuâtre venait de terrasser le renard. Désormais, les Partants disposaient d'un poison très violent.

– Très bien, fit Albany, et qu'est-ce que vous comptez en faire ?

Elle connaissait la réponse mais ils évitèrent de la donner, préférant évoquer une « solution au cas où », une arme de dissuasion si jamais les Basques voulaient leur faire la guerre.

LD ne ferait pas les mêmes erreurs que Marsillach, dit Albany à Cooper. L'ambition le rendait prudent, il avancerait pas à pas. Pour l'heure, répétait-il, seuls importaient les résultats de l'infiltration en territoire basque. Et il se réjouissait des nouvelles que les espions leur apportaient : des cueilleuses, bien sûr, c'étaient des proies faciles. Les enthousiastes ajoutaient déjà une ou deux idées de vexation supplémentaire, un mot qu'on pourrait envoyer à Bermeo avec des sous-entendus salaces ou bien un bouquet de fleurs assorti de la mention « Condoléances ». Mais Albany les interrompit :

– Le projet, c'est de les énerver ou c'est qu'ils nous rendent Amir ?

Après cela, nul n'osa plus plaisanter, et certains en voulurent à la Cheffe. Quant à LD, loin de montrer de l'amertume, il devait se réjouir qu'Albany soit cassante.

Un peu plus tard, il lui dit à l'oreille :

– On n'est pas bien malins, nous, hein ?

Et il souriait d'un air satisfait.

Le surlendemain, trois Partants retournèrent sur les terres des Basques afin de repérer l'endroit où les femmes trouvaient leurs fruits. Ils revinrent avec des renseignements précis sur leur zone de cueillette mais jetèrent la consternation en annonçant que, cette fois, elles étaient accompagnées par Aïtor et Guilhem. Les deux hommes étaient armés, ils semblaient sur leurs gardes. À ces mots, tous s'agitèrent dans le cercle.

– Vous croyez qu'ils savent ?

– Comment ils pourraient savoir ?

– S'ils savent, c'est que quelqu'un de chez nous les rencarde.

Tholonet évoqua la possibilité qu'il y ait un devin dans les rangs des Basques, ou plutôt une devineresse, et il voulait raconter une longue anecdote au sujet d'Éléonore, qui lui avait semblé en une certaine occasion pourvue de dons extralucides. Mais on ne l'écouta pas. L'hypothèse que les Basques aient été renseignés, donc qu'il y ait ici un espion, ravivait le souvenir des premiers saboteurs. Les soupçons se concentrèrent sur les deux Hollandais, ils avaient disparu la veille pendant de longues heures.

– On était partis se baigner !

Mais quelques-uns jugeaient qu'ils y avaient passé trop de temps et Walid les accabla en calculant que leur absence avait duré exactement le temps qu'il fallait pour un aller-retour à Bermeo. Dirk et Boudewijn, devant ces calomnies, voulaient se défendre en anglais.

– En français, s'il vous plaît !

Blêmes et balbutiants, les Hollandais détournèrent l'attention sur Martine, qui allait dormir seule au pied de la falaise, d'accord, mais personne ne savait à quoi elle employait ses nuits.

– Je dors ! répétait Martine.

– Et en une nuit, poursuivit Dirk, l'aller-retour de la falaise à Bermeo, il est faisable.

– Martine, c'est absurde, décréta LD.

– Pourquoi ?

– Parce que Martine, on connaît tous Martine.

Incapable de supporter plus longtemps ces discussions, Albany s'échappa.

Ce qui suivit, elle tenta de l'écrire. Mais les mots sur la feuille, figeant son souvenir, le rendaient étranger. Cela ressemblait à un rêve, brusque et discontinu. Ce n'était pas un rêve, il fallait le dire à quelqu'un. Chloé lui promit de garder le secret.

Tandis qu'Albany marchait vers le rivage à pas rapides, des mains l'avaient saisie. C'était la nuit et les hommes portaient des masques carrés découpés dans des peaux grisâtres. Une main lui écrasa la bouche, la surprise l'avait transie. Alors qu'on l'emportait comme un paquet vers la forêt, elle se dit qu'elle aurait dû crier, et ce sentiment hideux la gagnait que tout ce qui suivrait serait aussi sa faute puisqu'elle n'avait pas su s'y opposer. Des doigts malaxèrent ses fesses, ses seins, et elle hoqueta de terreur quand elle sentit qu'on versait sur son ventre une espèce de bouillie tiède à l'odeur infecte. Deux hommes l'en badigeonnèrent. Elle cherchait à respirer.

– On te l'a dit, faut pas venir chez nous.

Ce n'était pas la voix d'Elorriaga mais celle d'un autre Basque, elle reconnut l'accent, un des frères Zubeldia peut-être.

Ils s'éloignèrent. Elle était seule. Trente ou quarante secondes avaient dû s'écouler.

Au début, elle n'osa pas bouger. Elle avait l'impression qu'elle allait tomber et se briser en morceaux, des morceaux qui rebondiraient puis s'éparpilleraient dans l'île. Ensuite la puanteur monta. Surtout, ne pas le dire aux autres, pensa-t-elle. Ne rien dire, sinon ce sera la guerre. Et c'était ce qu'Elorriaga désirait. Il l'avait fait recouvrir de merde pour qu'elle entraîne les Partants dans le conflit. Le souffle court, elle se promit d'y résister.

Ses yeux la brûlaient. Elle marcha en tremblant jusqu'au rivage, entra tout entière dans l'eau et se frotta pour enlever ce qui la recouvrait. Elle revint sur la plage et s'enduisit de sable. Elle ramassa un galet allongé puis racla. Des traînées visqueuses s'accrochaient dans les plis de son corps. Six fois, elle s'immergea, se sabla, racla. Peu à peu, l'odeur s'atténuait. Les cheveux, imbibés jusqu'à la racine, il faudrait les couper dans la nuit. Et prendre un peu du savon qu'ils fabriquaient, se recouvrir dix fois de savon, ensuite, quand les autres dormiraient. Au matin, ils lui demanderaient pourquoi elle avait coupé ses cheveux. Si elle disait la vérité, alors les autres prendraient prétexte de la venger pour faire usage du poison. Elle se recroquevilla par terre, une algue dans le creux de sa main, où elle enfonçait son nez. Les cheveux, elle dirait qu'elle en avait eu envie, c'est tout.

Quelques heures plus tard, elle retourna dans son abri. Jeanne avait les yeux ouverts.

– Tu fais quoi, maman ?

Albany ne répondit pas.

– Cette odeur…

– C'est rien.

Et elle décida d'oublier. Il n'y avait rien eu. Rien. Juste la nuit, l'eau, se laver.

Le lendemain, on lui fit une ou deux réflexions sur ses cheveux coupés mais l'odeur, elle, ne fut pas remarquée. Seule Jeanne fixait sur elle ses yeux graves.

14

Des cris retentirent. Dans la chaleur qui embrasait Longue Plage, un air trouble stagnait. La silhouette de l'homme avait d'abord semblé s'étirer ou se tordre comme du métal fondu. Sur son visage gris, ses yeux faisaient deux trous noirs, on aurait dit qu'un fantôme avançait. Mais il avait trébuché. Alors, certains que les fantômes ne titubaient pas comme ça, des Partants accoururent.

C'était Amir. Les Basques l'avaient relâché au matin. Un de ses pouces manquait, le droit.

– Pour qu'il puisse plus lancer de pierres, hasarda Tholonet d'un air sinistre.

Amir n'en savait rien. Il ne gardait aucun souvenir du moment où les Basques lui avaient tranché le doigt. Un feu, oui. Il y avait eu du feu. Et le visage d'Elorriaga tout proche du sien.

Le soir même, devant tous les autres réunis dans le cercle, LD déclara :

– Ils nous l'ont rendu, mais quoi ?… Ça veut dire qu'on est quittes ?

– On n'acceptera pas, dit Tholonet.

– Amir, tu veux quoi, toi ? lui demanda LD.

Blotti dans une couverture, Amir soupirait faiblement. Un instant, on attendit qu'il parle. Certains le pressaient, d'autres réclamaient qu'on le laisse tranquille, avec ce qu'il venait de vivre. Comme aucun mot ne sortait de sa bouche, LD s'empressa de poursuivre :

– Ils lui ont coupé le doigt. Comme au Moyen Âge. Et encore, je sais même pas si au Moyen Âge ils faisaient des trucs comme ça.

Dans la discussion, qui devenait confuse, on jeta des idées sur la barbarie, la violence gratuite, l'époque. Sybille Imbert, une agrégée de latin que tous appelaient « Prof », avait été la voisine d'un homme à qui des jeunes avaient arraché une oreille. Tholonet réclamait de parler mais à la fin LD les fit tous taire en écartant les bras.

– Parmi les Basques, y a des gens que vous connaissez bien. On les a tous bien connus. Moi, je veux juste vous demander : est-ce que vous les *reconnaissez* ? Amir, t'as été avec eux pendant presque une semaine, tu les as reconnus ?

Très pâle, Amir secoua la tête avec douceur. LD, les yeux écarquillés, acquiesça gravement comme si l'ancien otage venait de faire une réflexion profonde, qui devait être méditée.

– Non. Amir les a pas reconnus ! Il les a pas reconnus parce que ces mecs sont complètement défigurés !

Beaucoup ne voyaient pas bien pourquoi il employait ce mot mais pour cette raison même il frappa les esprits. Tous se penchèrent pour l'écouter. Il les toisa.

– Cette île, elle leur a bouffé le cerveau. Et maintenant, ils sont en plein délire. Je parle pas de ce qu'ils font entre eux. C'est pas mon affaire, ça me dégoûte mais c'est pas mon affaire. Je parle de ce qu'ils veulent faire de nous. Ils coupent le doigt d'Amir. Comme ça. Ils nous interdisent de franchir la rivière, et du coup y a toutes ces ressources auxquelles on n'a plus accès. Je parle de nourriture. Je parle de plantes qui peuvent guérir. Et ensuite quoi ?... Demain, ils vont venir chercher des filles qu'ils trouvent jolies ? Des enfants ? Pour s'amuser encore un peu, ils vont nous mutiler ? J'ai pas grandi dans un pays où on coupe les doigts des gens juste parce qu'on en a envie. La France, c'est mille ans de civilisation. Mille.

– Faites-le taire, dit Baltimore. Nous casse les couilles avec sa France.

– Je suis désolé, poursuivait LD, mais, même dans les pires moments, on a toujours essayé de rester civilisés. C'est peut-être pas facile, mais en France on essaie !

– Être humain, c'est du boulot, renchérit Simon Chevallier.

Les regards se tournèrent vers lui. Un zombie venait de parler. Il souriait, l'air incrédule lui aussi. Certains l'avaient reconnu dès le départ de Roscoff, Simon Chevallier le secrétaire d'État aux Transports, ou à l'Énergie (les avis divergeaient). Il apparaissait de temps en temps à la télévision, sa jeunesse et son beau visage loyal y faisaient oublier les dossiers trop techniques qu'il avait à traiter. La plupart des naufragés tenaient les gouvernants en piètre estime, plus encore après l'évacuation si chaotique du pays, mais certains avaient espéré, au début, voir Chevallier quitter sa léthargie. Un homme politique, pensaient-ils, même de second plan, aurait été utile pour s'organiser mieux, rappeler des points de droit ou faire de bons discours. Mais le secrétaire d'État ne s'était pas ranimé. Le matin, il se rasait soigneusement les joues ; ensuite il s'asseyait à l'ombre d'un arbre-pieuvre. Parfois, Roumi, le fils un peu dérangé d'Albany, le rejoignait et ensemble ils observaient, du même regard absent, la flottille de lourdes mouches noires qui tiraient des bords dans le sable autour d'eux. Chevallier oubliait de manger, il fallait le prendre par la main pour le conduire à son abri. Un légume.

– Être humain, répéta-t-il.

On le prit par les épaules, on le félicita et on rit avec lui. Il avait entendu la harangue de LD, les mots assourdis d'abord, comme prononcés derrière un rideau de théâtre, puis tout était devenu net, la France, ça lui disait bien quelque chose, et soudain il se trouvait là, assis sur une pierre parmi les naufragés, revenu d'entre les morts, téléporté. Devant ce miracle, le prestige de LD s'accrut.

Ils eurent une autre satisfaction le lendemain. Amir put les renseigner sur les Basques, comme quelques fragments de sa captivité lui étaient revenus. Il se souvenait d'avoir entendu des bribes d'une conversation qui se tenait autour du feu. Les Basques aussi avaient une espèce de cercle. Et eux aussi ils s'engueulaient. Elorriaga et Charlie avaient un désaccord. Amir n'en savait plus le motif mais ce devait être sérieux, peut-être même qu'ils parlaient d'eux, les Partants, de ce qu'il fallait faire.

– Des dissensions, dit Tholonet. C'est comme ça que ça s'appelle.

Les autres acquiescèrent devant ce mot qu'ils n'avaient plus entendu depuis longtemps. Des dissensions, c'était un fait nouveau et qui leur réchauffait le cœur.

La chance tournait, ils le voyaient à des signes insistants. De la Déchetterie, la crique où s'entassaient bois flottés, canettes, copeaux de polystyrène et plastiques poussés là par des laisses de mer, l'équipe des collecteurs avait rapporté une petite bouteille ventrue, sans étiquette mais bien scellée, et remplie d'un liquide sombre qui s'était révélé être un cognac tout à fait buvable. La semaine précédente, l'océan avait livré un casque de chantier et une basket Nike taille 44. Dans les entraînements, on progressait un peu, les armes en bambou se heurtaient violemment, les archers atteignaient plus souvent leur cible. Aux veillées, il semblait aux Partants qu'ils se redécouvraient. Les amateurs dégustèrent le cognac, il avait le goût réconfortant des jours meilleurs.

15

Dans la grotte, Albany s'accroupit, effleura le sol du bout des doigts et rencontra le bras de son amant. Elle le caressa mais ses gestes étaient gauches et sa main comme engourdie. Alors une crainte la saisit, qu'elle avait déjà éprouvée avant d'arriver sur l'île, la crainte de ne plus savoir faire, d'être enfermée dans son corps comme dans un scaphandre. Elle s'allongea sur l'homme et guida son sexe jusqu'à l'entrée du sien. Mais après quelques instants il s'immobilisa. Avait-il perçu son malaise ? Albany devinait qu'il braquait son regard sur elle.

Avec son mari, le désir avait disparu d'un seul coup, un soir qu'elle avait vu le corps de François sur le lit, malingre et trop blanc, un corps d'intrus. Elle s'était mordu l'intérieur des joues pour ne pas éclater d'un rire nerveux – mais que faisaient-ils là, ce corps, son sexe dressé, sa demande grossière –, et tout avait pris fin sur cet étonnement. Ensuite, Albany avait dû vivre avec l'idée terrifiante qu'entre elle et son désir le lien pouvait se rompre ainsi, comme un câble en tension se brise d'un coup sec.

Elle se pressa contre l'homme, dont le bassin remua pour se dégager, mais elle resserra son étreinte. Au bout de quelques secondes, le ventre de l'homme remonta contre elle, son sexe avait durci. Ils firent l'amour longtemps, le plus longtemps possible.

Après, elle eut envie de lui parler. De ces crétins qui avaient baptisé leur pauvre campement « Paris ». Qui, se remémorant un cycle de conférences organisé par l'Amiral, avaient lancé un nouveau programme, consacré aux grands hommes dans l'histoire de France. Et surtout elle voulait lui parler du poison que Gabrielle avait préparé, du renard mort, de cette idée qui tournait désormais dans la tête des autres. Mais, l'oreille posée sur la poitrine de l'homme, elle dut sentir que son cœur battait vite. Il l'épiait. Sans doute redoutait-il qu'elle enfreigne une autre fois leur règle. Alors elle ne dit rien, elle avait trop peur de le perdre. Il déposa plusieurs baisers sur son visage avant de repartir.

Cette fois encore, de retour de la grotte, elle entendit des cris en approchant du campement. Mais une grande joie était la cause de ce tumulte. Parti d'une bonne foulée faire son footing, Franck Harlereau, l'ancien maçon, était tombé sur l'épave d'un petit bateau, échoué sur la plage à cent pas de la Déchetterie. Des Partants le halaient en ce moment même vers Paris.

Albany se porta au-devant d'eux. Ils avaient passé des câbles dans les garde-corps et le bateau avançait sur les eaux de Grande Baie. C'était un hors-bord de pêche, long de six mètres environ, verdi et tavelé. Ses vitres étaient brisées, l'eau s'insinuait par sa coque enfoncée, mais il flottait toujours. Walid venait d'inspecter le réservoir et le miracle était complet : il contenait encore un fond de carburant. Exultant, LD tapota l'épaule d'Albany.

– C'est pas magnifique, ça ?

Le nom du bateau, *Twister*, était inscrit en lettres bleues ourlées d'un trait d'argent.

Dans cette humeur où ils étaient, aucune difficulté ne leur résisterait. Réparer la coque serait un jeu d'enfants. Ils trouveraient un moyen de relancer le moteur – attendez, si on pouvait démarrer une voiture sans posséder la clé, on ne réussirait pas à faire pareil avec un petit bateau, sérieusement ? Et pour le carburant, deux solutions se présentaient. S'ils sondaient les réservoirs du ferry, ils trouveraient sans doute, au fond, un résidu de fioul ; ou bien ils fabriqueraient leur propre essence – et pourquoi pas ? Plusieurs se souvenaient de vidéos sur les substituts du pétrole et ils avaient en Gabrielle une chimiste de génie. Ensuite, ils partiraient. Si ce bateau était arrivé jusqu'ici sans couler, alors il pouvait rallier la terre d'où il venait. Aucune tempête ne l'en empêcherait. Le seul vrai risque, c'étaient les Basques.

Leur espion (il y en avait un, oui, la chose était à peu près sûre), leur espion ne tarderait pas à les informer que les Partants avaient trouvé ce bateau apte à prendre la mer. Les Basques refusant qu'on les retrouve, ils tenteraient de le détruire. LD fit poster sur-le-champ des gardiens.

La surveillance les rendit nerveux. Ils fixaient jour et nuit la forêt. Toutes sortes de bruits suspects en jaillissaient continûment. Et pour cause : c'était une forêt suspecte, toujours opaque et bien trop favorable aux mouvements de l'ennemi. LD pestait, l'emplacement de Paris n'était pas bon. Beaucoup trop près de la lisière, pas de visibilité, on avait eu tout faux dès le départ. Il réclama des patrouilles pour quadriller la forêt. Et il fallait bâtir des plates-formes de guet le long de la rivière, les Basques la franchiraient s'ils décidaient d'attaquer. À moins qu'ils ne descendent du nord en longeant la côte : on monterait sans attendre un haut rempart de bois et de broussailles en travers de Longue Plage. Et s'ils attaquaient par la mer ? Et s'ils lançaient leur raid au milieu de la nuit ? On alimenterait plusieurs feux et on dormirait moins, annonça LD. Pas le choix.

Osvaldo Cooper, sollicité pour colmater les fissures du *Twister*, tailla des morceaux de plastique et appliqua une résine de son invention. Première victoire : le bateau ne prenait plus l'eau. Et le rempart sur la plage, alors qu'on prévoyait deux ou trois jours pour le construire, les dix Partants qui s'y étaient attelés l'édifièrent en quelques heures seulement. On fit applaudir cet exploit juste avant le dîner.

La construction des plates-formes allait bon train, mais une corde, hissant une solive, se rompit. Prof se trouvait en dessous quand la poutre tomba.

– Qu'est-ce qu'elle foutait là ? explosa LD.

On la crut morte mais Prof rouvrit les yeux. Son épaule était détruite. Albany fabriqua une attelle, il aurait fallu opérer.

– On l'opérera dès qu'on sera rentrés.

Et, lancés sur ce sujet, ils passèrent une soirée bienheureuse à évoquer tout ce qu'ils feraient de retour en France. Manger un steak, disait l'un. Avec de la moutarde, ajoutait Harlereau. Et d'autres suggéraient : boire un café, boire un verre de vin rouge, prendre un bain moussant, aller chez l'esthéticienne, écouter France Info à midi, regarder le match du dimanche soir en sirotant sa bière, traîner dans les rayons d'un supermarché, ou sur Facebook pendant des heures, juste pour le plaisir de traîner.

Sur la plage, une marée plus forte emporta la moitié du nouveau rempart. L'équipe des constructeurs avait travaillé vite, oui, mais comme des sagouins, tempêtait LD. L'un d'eux prit mal l'accusation. La fatigue malmenant leurs nerfs, les deux hommes en vinrent aux mains. LD, livide, bafouillait des insultes.

Quelques heures plus tard, Walid fit ce constat : non seulement lui et sa petite équipe n'avaient pas réussi à démarrer le moteur du bateau mais, à force de triturer le contacteur, ils l'avaient sans doute endommagé.

– Niqué, corrigea LD. Faut dire les mots. Vous l'avez complètement niqué.

Et comme Simon-Pierre, vexé, menaçait de le frapper, LD l'accusa de ne plus vouloir partir.

– Comme un saboteur, tu veux dire ? Tu me vois comme un saboteur, c'est ça ?

LD tordit la bouche, la prudence lui commandait d'éviter ce mot-là.

– Tu l'aimes beaucoup, l'île, c'est tout ce que je veux dire.

– Mais toi aussi ! s'écria Simon-Pierre. Tu me l'as dit ! Je vous jure qu'il me l'a dit ! L'eau chaude. Il m'a parlé de l'eau qui était chaude et délicieuse.

Le calme revint. LD le reconnut, il s'emportait facilement. D'ailleurs, c'était normal, toute cette tension. Enfin ils tenaient entre leurs mains une vraie chance de partir. L'exaltation et la nervosité se mêlaient. Et puis ils se dépensaient sans compter.

Un dimanche arriva.

– Aujourd'hui, tournoi de pétanque, proposa Walid.

Ils prirent les boules en bois qu'avait tournées Fayçal avant sa mort – « Ce pauvre Fayçal », soupira Walid, et certains s'en voulurent de n'avoir plus pensé à lui depuis qu'ils l'avaient enterré. Mais ils eurent plaisir, au cours de la partie, à retrouver les blagues attendues, l'accent provençal de rigueur et les petites chicanes au moment de compter les points.

Le lendemain, un crachin froid les cueillit au réveil et le problème du moteur se rappelait à eux. Du côté des cuves du ferry, les nouvelles n'étaient pas plus encourageantes. Blindée, la trappe d'accès du réservoir ne cédait pas. Et pour forer un orifice dans la paroi d'acier, manquait le matériel adéquat. Le sentiment que la malchance les poursuivait s'accrut encore lorsque, dans la journée, Gabz dut l'admettre enfin : il lui faudrait des mois pour fabriquer du biocarburant, et sans garantie de succès.

LD serra les poings. Donc pas de carburant, pas de moteur, une pauvre épave qui flotte, c'est tout.

– Y a plus qu'à ramer, quoi…

Et lorsqu'il vit que certains semblaient s'y résigner, il eut envie d'en gifler un ou deux. Quand ils apprendraient leurs déboires, les Basques allaient bien se marrer. Et Albany aussi. Elle n'avait rien dit ou presque depuis la découverte du *Twister*. Et pendant tout ce temps elle les avait regardés s'agiter. Maintenant, LD examinait son visage impassible et la colère montait en lui. Il se souvenait que l'Amiral non plus ne l'aimait pas. Qu'il se plaignait des airs supérieurs de sa fille, et des questions qu'elle formulait trop calmement.

– On est des gros cons, hein ? fit-il. On est des buses.

Elle répondit que c'était normal de s'être enthousiasmé. Un moyen de repartir, tous en rêvaient. Ils avaient juste rêvé un peu trop fort.

À ces mots, la honte étreignit LD. Plus tard il raconterait qu'il s'en était voulu d'éprouver cette honte même. Un petit élève face à son professeur, voilà ce qu'il devenait devant cette moitié de femme laide et indéchiffrable.

Mais si c'étaient les Basques qui avaient disposé le *Twister* à cet endroit ? Tholonet fit cette hypothèse et beaucoup y acquiescèrent avec dégoût.

– Pour nous faire saliver, dit-il.

Comme par hasard, un bateau apparaissait sur le rivage ? Non. Les Basques avaient trouvé cette épave en premier, ils l'avaient accostée près de Paris et depuis, planqués dans les arbres, ils regardaient les Partants s'exciter, se prendre pour les rois du monde, et ils devaient se mordre les lèvres pour ne pas exploser de rire.

Ce n'était qu'une supposition, Tholonet l'admettait, mais elle les apaisa un peu. Les Basques s'étaient bien foutus de leur gueule. Et si certains Partants, découragés, furent tentés de retomber dans l'inaction, le lendemain cette idée leur passa.

En poursuivant un sanglier dans la forêt, deux jeunes Partants franchirent par mégarde la rivière et tombèrent sur des Basques plus nombreux. Elorriaga lança un ordre, aussitôt les deux Partants furent jetés au sol, battus, et alors qu'à demi conscients ils suppliaient que les coups cessent un Basque leur pissa dessus. Ils revinrent à Paris couverts de sang et mortifiés. L'un des deux, Mehdi, avait été frappé à la tête et délirait. Réclamant un couteau, il voulait prendre le chemin de Bermeo pour se venger. Le jour suivant, comme il enrageait encore, on dut l'attacher à un arbre. Voilà où on en était par la faute des Basques : un fou de plus, une vie brisée.

– Et maintenant ils nous pissent dessus. Littéralement, fit LD.

Le poison occupait les pensées des plus déterminés. C'était l'arme nucléaire, disaient-ils. On en introduirait une petite dose dans l'un des réservoirs où les barbares stockaient leur eau, juste assez pour qu'ils tombent malades. Un avertissement, voilà ce que ce serait.

– On pourrait les tuer. Tous. Alors ils vont se calmer.

Certains émirent des réserves, pratiques aussi bien que morales. Mais, chez les autres, le besoin d'agir l'emportait. Elorriaga accroupi au-dessus d'Amir, son doigt coupé, l'urine répandue sur Mehdi, qu'on entendait maintenant, ligoté à son arbre, brailler comme un dément : c'était trop et ils en suffoquaient. Les indécis, ils les regardaient comme des pleutres qui n'avaient rien à proposer. Il fallait simplement éviter d'en parler devant Albany, les partisans du projet s'accordaient sur ce point. Sauf LD.

– Vous avez peur de quoi ? tonna-t-il. Elle va dire qu'elle est pas d'accord et vous, vous allez la fermer ?

Deux jours plus tard, elle le fit mettre aux arrêts.

16

Elle avait vu venir la conspiration. À cette époque, dans chaque ombre les Partants craignaient de trouver un Basque. L'histoire de l'espion les avait mis sur le qui-vive, leurs sens s'y étaient aiguisés. Épiant elle aussi, Albany dut sentir dans certains visages fermés, certains regards plus lourds, que quelque chose se tramait. Finalement, Walid lui désigna le chef des comploteurs. Il n'avait pas supporté que LD le chapitre en public, et devant son fils en plus, à propos du contacteur pété.

Quand elle apprit qu'ils voulaient empoisonner l'eau des Basques, Albany, hors d'elle, marcha vers LD dans l'idée de lui dire le fond de sa pensée. Mais en route elle croisa le regard de Simon Chevallier. L'ancien zombie l'observait d'un air réprobateur. Il y avait donc mieux à faire ? Elle se donna l'après-midi pour y penser.

Dans la forêt, elle s'accroupit plusieurs fois, aux aguets, et vérifia qu'elle n'était pas suivie. Sans bruit, elle descendit à l'intérieur de la grotte. C'était un jour où l'homme devait la retrouver, mais il n'était pas là. Albany attendit, il fallait prévenir les Basques. Dans le silence, elle crut entendre quelque chose, le son grêle d'un caillou qui en heurtait un autre. Poussé par un pied peut-être. Elle appela. Comme elle ne savait pas le nom de l'homme, elle cria : « Ho ! », puis : « Y a quelqu'un ? » Cette phrase lui sembla dérisoire et elle la répéta un peu moins fort. Il ne viendrait pas ce jour-là.

Elle retourna au campement. Simon Chevallier la dévisageait. Il semblait las et contrarié. Elle s'approcha.

– Tu veux me dire quelque chose ?

Il avait entendu Gabz et LD discuter du poison. Maintenant il se demandait ce qu'Albany comptait faire. Elle le toisa. Il avait un conseil à lui donner ? Chevallier promit d'y réfléchir mais elle lui attrapa le bras : c'était tout de suite ou jamais. Alors il dit qu'il fallait bâillonner LD.

– Et comment je fais ? fit Albany. Je le mets en prison ?

– Oui, répondit Chevallier. Exactement.

Comme son père l'avait fait avec Castellan.

Des stocks du ferry, dilapidés sans réflexion aux premiers jours du naufrage, ne restaient plus que deux bouteilles de whisky, dont l'une était encore inentamée, à quoi s'ajoutait le cognac trouvé dans les rejets marins de la Déchetterie. Même ceux qui n'en buvaient pas considéraient les bouteilles avec le respect dû aux choses sacrées. La longue cantine où elles étaient entreposées se trouvait dans l'abri d'Albany, et sous sa responsabilité.

Un soir, au cercle, elle demanda qui sifflait en douce le whisky. Comme aucun des Partants ne répondait, retournant la bouteille elle leur fit constater l'écart entre le niveau du liquide et la discrète marque qu'elle avait incisée sur le verre (deux jours avant, prétendit-elle, quand un doute s'était transformé en soupçon). La bouteille passa de main en main, on murmura devant l'entaille.

– Donc quelqu'un vient chez moi, dans mon dos, siphonner tout le whisky, poursuivit Albany.

Tholonet hasarda une hypothèse sur l'évaporation naturelle des alcools mais se tut quand il sentit qu'on le scrutait. La plupart des visages étaient graves.

Plus tard dans la soirée, Osvaldo Cooper posa sur la cantine un des cadenas trouvés dans le ferry. Par crainte qu'il ne la désapprouve, Albany ne dit rien au Cubain de ce qu'elle préparait.

Le lendemain, elle prit soin de passer la journée loin de chez elle. Son cœur battait trop vite, elle avait peur de mal tenir son rôle quand le moment viendrait. Elle fit la planche dans la baie puis perdit encore une heure à regarder, au-dessus d'elle, les boursouflures changeantes des nuages. Ses yeux descendant vers la forêt, elle observa longtemps l'ondulation des cimes, les coulées de métal qui apparaissaient quand une risée soulevait le feuillage, celui-ci comme pris d'un frisson et ses deux faces clignotant, vert, argent, vert, argent, tandis que, l'heure avançant, les ombres s'amassaient au pied des arbres.

Quand elle rentra, en fin d'après-midi, elle s'assura qu'aucun Partant ne traînait autour de son abri. Puis elle força le cadenas et prit dans la cantine les deux bouteilles de whisky. Elle les dissimula sous sa paillasse, dans un trou qu'elle avait creusé pour y cacher sa montre et ses papiers. Après une longue inspiration, elle ressortit.

Le whisky avait disparu ; on se foutait de sa gueule, on la défiait. Très bien. On trouverait qui c'était. Certains Partants vinrent examiner le cadenas brisé. Ils chuchotaient comme des badauds sur la scène d'un crime.

Le jour suivant, au matin, pendant que LD supervisait l'entraînement des troupes, elle entra dans l'abri qu'il occupait et glissa l'une des bouteilles de whisky dans un grand sac en toile où il gardait quelques effets. Puis elle annonça une inspection de tous les bungalows.

Des cris s'élevèrent quand celui de LD fut fouillé. Baltimore avait retrouvé la bouteille de whisky. Il la brandissait au-dessus de sa tête et on aurait dit, comme l'horreur le disputait à l'excitation, qu'il venait de découvrir un ustensile de magie noire.

LD, bouche bée, répétait que c'était absurde et parlait de machination. Le mot semblait théâtral ; il renforça les certitudes. Piétinant autour de lui, Tholonet appelait à ne rien conclure, l'enquête débutait à peine. Albany le fit taire en parlant de flagrant délit.

– Mais elle, je l'ai vue entrer chez LD tout à l'heure, dit Métro.

Un instant, Albany se crut perdue. Chevallier intervint, pressa Métro de questions et lui coupa la parole plusieurs fois. Métro bafouillait en tremblant, on ne l'écouta plus.

Ce n'était pas le whisky, le problème, diraient les autres par la suite, mais le mensonge. La fausseté du bonhomme. Un vrai père la morale, on ne s'était pas méfié. Et ils se souviendraient de, comment s'appelait-il, avec son cheveu bien lustré, ce type qui avait été Premier ministre ?...

– François Fillon, fit Chevallier.

Alors LD, presque vaincu, accusa la Cheffe et s'emporta, comme elle l'espérait. Sous l'émotion, une voix de tête lui venait, qui ne l'avantageait pas. On se pressa autour de lui ; des mains le retenaient comme s'il pouvait s'enfuir ; tout le monde parlait en même temps.

Le vol était puni d'un mois d'enfermement. Albany avait gagné trente jours de répit.

Le soir même, dans le cercle, elle put sans crainte le leur dire :

– Le poison, c'est *niet*.

Au premier geste hostile, les Basques répliqueraient. Et ensuite, ce serait violence sur violence, qui voulait ça ?

– Elle a raison, fit Chevallier.

Maintenant que LD n'était plus là, personne n'osait leur donner tort. Tholonet précisa :

– On pensait que c'était l'arme nucléaire...

Mais il avait haussé les épaules, comme si lui-même n'y croyait plus. Albany hocha la tête.

– La guerre froide, on va la faire sans la bombe, d'accord ?

Il y eut même quelques rires.

17

C'était déjà presque l'automne, elle en reconnaissait les premiers signes. Il semblait qu'on avait refermé sur la forêt une fenêtre qui repoussait derrière sa vitre le bavardage des oiseaux. Les éléments du décor, comme précisés, pesaient peut-être davantage et l'eau elle-même paraissait plus lourde, le ressac plus lent. Albany aimait mieux l'île ainsi, quand rien ne tremblait plus, que les couleurs perdaient un ton et qu'un vent frais, le matin et le soir, enveloppait le paysage d'un air profond de mystère. Les armes avaient été rangées, les entraînements abandonnés, et toutes sortes de bruits tranquilles résonnaient dans le campement, les cris des enfants qui jouaient, un marteau, une scie.

Cooper se proposait de tailler trois paires d'avirons, l'une pour ramer, les deux autres pour le cas où il faudrait la remplacer. Pendant ce temps, à la forge, on façonnerait deux dames de nage. Elles seraient assujetties aux plats-bords du *Twister*. À défaut d'un bateau motorisé, on disposerait d'une barque robuste pouvant prendre la mer.

Ramer, l'Amiral en avait parlé, un soir. Pas la meilleure solution, il l'avait dit, mais une solution quand même. Et à certains, il semblait entendre la voix du vieil homme, cette voix toujours un peu trop forte, mais claire, posant l'un après l'autre des blocs de mots qui formaient des lignes à peu près droites et bien visibles. Deux ou trois hommes se relaieraient pour faire avancer le *Twister*. Ils emporteraient de l'eau et en recueilleraient chaque fois qu'il pleuvrait.

– Ce bateau-là, murmura le Cubain, il va y arriver.

Et, parce qu'elle était murmurée, cette phrase plus qu'aucune autre sembla vraie.

Dans dix jours, les volontaires partiraient. Cette fois, le Cubain conduirait l'expédition. Il emmènerait avec lui le joggeur, Harlereau, et Morgan, un jeune sergent qui était le plus athlétique d'entre eux. Cette expédition serait la bonne, Albany le sentait. La houle brutaliserait le *Twister*, mais il tiendrait la mer. Et ces hommes survivraient. Les deux Français étaient solides, quant à Cooper il semblait d'une endurance à toute épreuve malgré son âge, ou peut-être grâce à lui, grâce au temps qui l'avait asséché et comme retrempé, laissant voir la boîte d'os qui lui tenait lieu de tête, le maxillaire saillant, la rugosité de la peau – il avait maintenant l'air d'un vieux morceau de bois trop dense pour être cassé.

Albany s'enfonçait dans la tristesse. Bientôt, ils quitteraient tous l'île, c'était ce qu'elle voulait, elle se le répétait. Pour ses enfants, évidemment. Pour elle aussi. Pour elle : avec un peu de volonté, elle finissait par s'en convaincre. Du bout des doigts, elle appuyait sur ses paupières et tentait d'imaginer ce qu'elle ferait là-bas, dans quelques mois. Mais elle ne s'apercevait sur aucun trottoir ni au volant d'aucune voiture. Châteauroux était vide d'elle, comme Paris, comme toutes les autres villes qui lui venaient à l'esprit. Et une colère la saisissait. Pauvre fille, sifflait-elle entre ses dents.

Deux nuits d'affilée, raconterait-elle à Chloé, elle rêva qu'elle était dans un avion qui l'emportait en France. Les autres passagers dormaient. Elle regardait nerveusement à travers le hublot, on voyait la campagne française, des carrés ocre et des carrés verts, des bâtiments gris à la croisée des routes, des villages qui avaient cet air inhabité que prennent les choses depuis là-haut. Puis apparaissaient de plus en plus de routes, de toits, de voitures en mouvement, les banlieues d'une grande ville. Dans l'un de ses deux rêves, Tholonet secouait l'épaule d'Albany et lui demandait ce qu'elle comptait dire à la descente de l'avion, elle était leur porte-parole, et Albany savait qu'elle avait préparé une déclaration, mais la première phrase lui échappait, elle ne retrouvait plus les premiers mots qui feraient jaillir la suite, et l'angoisse montait.

Elle voulait s'allonger sur l'homme. Elle voulait lui glisser à l'oreille qu'il fallait revenir ici tous les jours parce que ce serait bientôt fini, il n'y aurait bientôt plus d'endroit comme celui-ci dans leurs vies. Il fallait qu'elle le voie. Il était peut-être là-bas, il l'attendait.

Elle quitta le campement sans un mot. Tandis qu'elle remontait vers la grotte, elle entendit du bruit, plus haut, des craquements, des pas. Charlie et deux autres Basques descendaient vers elle en courant. Son corps se contracta tout entier comme le souvenir de l'agression resurgissait. Mais les Basques ne venaient pas à sa rencontre pour lui faire du mal. Charlie lui expliqua : Kenza était sur le point d'accoucher, ça ne se présentait pas bien, ils avaient besoin de ses talents de médecin.

– Si tu la sauves... fit-il avec cette douceur qu'il avait dans le monde d'avant.

Et un instant elle eut l'impression qu'ils étaient de nouveau ensemble, frère et sœur, dans l'un de ces cafés de Montparnasse où ils s'étaient retrouvés, souvent, pour faire le point sur leurs vies.

Elle redescendit au campement, prit la trousse de secours sans rien dire à personne, retrouva Charlie et ses compagnons dans la forêt, les suivit.

Ils ne mentaient pas. D'autres hommes avaient porté la jeune femme sur une litière jusqu'au ruisseau qui marquait la frontière de leur territoire. Kenza râlait, ses paupières étaient grises.

– Fallait pas la transporter, dit Albany. Vous êtes fous.

Elle s'agenouilla près de Kenza. Sa tête était renversée en arrière, les yeux fermés, et dans son visage blafard la bouche seule vivait, ses lèvres craquelées laissant s'échapper des plaintes basses, déjà lointaines. Albany répéta qu'elle ne pouvait rien faire. La panique jetait dans sa voix des notes aiguës. Puis elle s'entendit demander s'ils avaient une lame très fine. On lui présenta un rasoir à main. Pendant son externat, elle avait fait un stage en obstétrique. C'était loin, mais elle se souvenait de certains cas où le bébé ne sortait pas. Elle avait vu des césariennes.

– Ça va la tuer, fit Albany. Le bébé, peut-être je peux y arriver, mais elle, je vais jamais pouvoir recoudre...

Charlie la secoua.

– Nous, on veut que les deux vivent.

Albany regarda dans sa main le rasoir. Il tremblotait.

Tout à coup, Kenza se souleva en hurlant. La tête du bébé pointait entre ses jambes. Alors Albany encouragea la femme, tout s'arrangeait, ils y étaient presque.

Mais le bébé ne passait pas les épaules, sa tête bleuissait. Maintenant Kenza ne haletait plus. Ses yeux ouverts, fixes et aqueux, regardaient au-delà d'Albany, quelque chose que personne d'autre ne voyait. Autour des deux femmes, certains hommes étaient tombés à genoux et priaient. Albany avait déjà vu un cas semblable au cours de ses études, les épaules de l'enfant qui butaient sur le détroit supérieur, dans cette position il s'étouffait. Mais il y avait une manœuvre, le chef de service en avait dit deux mots d'un air content, est-ce qu'elle s'en souvenait – il avait toujours l'air content, cet homme, Joyard il s'appelait –, est-ce qu'elle se souviendrait de la manœuvre ? Albany força Kenza à remonter les cuisses et elle glissa sa main à l'intérieur, cherchant celle de l'enfant, qu'elle finit par trouver. Elle saisit le poignet – c'est ça, Joyard avait dit : le poignet – et le tira vers elle. Le bébé, tournant sur lui-même, replia ses épaules, les épaules passèrent et, riant comme une aliénée, Albany l'accueillit. Ils vivraient tous les deux.

– Cette histoire de rivière, dit ensuite Charlie. On vous emmerdera plus avec ça. Vous allez où vous voulez. Pas trop près de chez nous mais sinon…

– Elorriaga, il est d'accord ?

– C'est pas lui qui décide de tout.

Elle eut la sensation que Charlie voulait en dire davantage, mais il se tut et son visage reprit une expression lointaine.

– Voilà, fit-elle quand elle fut retournée au campement. Les problèmes, on peut aussi les régler comme ça.

Et Chevallier :

– S'ils ont pas de médecin, c'est peut-être ça, votre arme nucléaire.

Et elle :

– En tout cas, ça va se calmer maintenant. Ils nous doivent.

On regardait avec un respect nouveau cette femme dont on avait souvent, ces derniers temps, critiqué les manières distantes et les atermoiements. C'était la véritable héroïne de leur histoire. Elle avait gardé la tête froide, toujours, même pendant les tirades belliqueuses de LD, qui avaient bien failli les jeter contre les Basques et provoquer un bain de sang. Lui, on le haïssait déjà. Il les avait intoxiqués. Il était de cette espèce-là, comme Castellan, comme Marsillach avant lui. Dangereux sous ses dehors de militaire franc du collier. Et beaucoup furent presque contents d'apprendre qu'il se portait mal.

Les premiers jours de sa captivité, on l'entendait injurier Albany et maudire les autres. Puis celui qui lui apportait à manger signala que LD ne se levait plus de sa paillasse. Le jour suivant, comme il avait vomi et grelottait, on fit chercher la Cheffe. Suant, il se plaignait de douleurs dans l'abdomen ; on l'avait empoisonné, gémissait-il. Albany diagnostiqua une intoxication alimentaire et lui administra du Scoburen pour soulager ses crampes. Il se renfrogna sous sa couverture.

Le *Twister* fut mis à l'eau. Cooper proposait d'éprouver la qualité des avirons et la solidité de leurs attaches. Deux ou trois jours de manœuvres dans la baie pour s'entraîner, puis Harlereau, Morgan et lui partiraient.

Le lendemain, on ne trouva Morgan nulle part. Une dénommée Camille laissa entendre qu'il avait rejoint Bermeo. La chose paraissait impossible, pas Morgan, il s'était porté volontaire pour embarquer sur le *Twister*. Alors Camille avoua : la veille au soir, le jeune homme lui avait confié qu'il ne se voyait plus abandonner cette île. Ils avaient passé une dernière nuit ensemble, Morgan s'était levé à l'aube, lui avait laissé en souvenir ce bracelet d'argent et il était parti vers le village basque.

Il y eut surtout des haussements d'épaules. Vraiment, il y avait des gens qui étaient mal dans leur tête. Madické le remplacerait. Il n'était pas bon nageur mais il ramait avec aisance.

Et le *Twister*, propulsé par les avirons, sillonnait Grande Baie à bonne allure, sous l'œil attentif de Cooper. Immobile à l'arrière du navire, sa silhouette se découpant à contre-jour dans la lumière éblouissante d'un soleil de plus en plus bas, il avait l'aspect majestueux des capitaines comme on se figurait qu'ils apparaissaient dans les temps anciens, comme on en avait déjà vu sur certaines gravures, dans les livres.

Le lendemain, Charlie revint. Il portait sur ses épaules un sanglier qu'il offrit aux Partants. Trois autres leur seraient livrés si Albany voulait bien venir à Bermeo pour ausculter le nouveau-né. Il ne mangeait pas bien et paraissait fiévreux.

En chemin, elle lui demanda si le bébé lui semblait faible, s'il bougeait peu. Mais il la rassura : à son avis, ce n'était rien de grave.

– Alors pourquoi tu me fais venir ?

Albany reconnut au pli de son sourcil l'air faussement penaud qu'il adoptait quand quelque chose l'amusait. Elle avait fait forte impression lors de l'accouchement, expliqua-t-il. Certains Basques disaient qu'elle devait être un peu sorcière, mais du bon genre. L'enfant souffrait d'un petit quelque chose, les premiers maux de ventre peut être, et Charlie avait saisi l'occasion de la faire revenir. Elle ferait de sa magie blanche, on se dirait à Bermeo que les Partants pouvaient se rendre utiles, c'était bon pour la paix entre les peuples.

– Parce que ça t'inquiète, la paix entre les peuples ? demanda Albany.

– Oui, fit Charlie.

Ils entrèrent dans un taillis de bambous. Les piaillements alarmés des passereaux nichant là suspendirent leur conversation. Dans ce vacarme, Albany regardait son frère qui marchait devant elle. Ses longs cheveux tombaient sur ses épaules nues, la lumière fragmentée par les bambous rayait sa peau. Et elle vacilla un instant, comme cela lui arrivait encore, devant la réalité même, son frère aux épaules nues, les cris coléreux des oiseaux, les brisures de la lumière, cette réalité qui semblait impossible, impalpable comme un mirage, et qui pourtant ne se dissipait pas.

Quand ils eurent traversé le taillis, Charlie se tourna vers elle.

– Elorriaga, il m'inquiète.

Et son frère lui raconta ce que les Basques devenaient. Comme Castellan l'avait prédit, l'ennui s'était emparé d'eux. Les crabes et les mangues avaient perdu de leur saveur. Les baignades, le soleil presque constant, l'amour libre – à présent quelque chose manquait. Ils se lassaient les uns des autres, dans les accouplements l'ardeur avait baissé. Certains, déçus d'eux-mêmes, s'en faisaient le reproche ; une forme sévère de dépression les gagnait. Alors Elorriaga avait pris les choses en main, très fermement. Il serait leur chef désormais. On ne discutait plus, il annonçait chaque jour ce que les Basques allaient faire et les Basques obéissaient. Peu à peu son projet se dévoilait : ils allaient, par le travail, se déciviliser. Dans le monde d'avant, on leur avait appris à vivre insatisfaits et c'était comme une maladie inoculée en eux. Il fallait s'en purger. La tâche était immense. « Chacun transporte son tyran, avait dit Elorriaga. Mais ce tyran, on peut le tuer. » Des interdictions les aideraient : ils ne parleraient plus jamais du passé ; pour oublier qui ils étaient, ils ne prononceraient plus leurs noms ; chaque fois qu'ils se sentiraient tristes ou envieux, ils étaient invités à sauter un repas. Toute une rééducation avait commencé pour penser moins, pour sentir mieux. Il y avait des exercices de méditation et des séances de pleine conscience. Perchés dans les arbres, le nez au ras du sol ou les pieds dans l'eau de la crique, ils écoutaient et ils flairaient, les yeux bandés. Elorriaga les exhortait aussi à décélérer : ils devaient s'efforcer de manger, de marcher, de faire l'amour très lentement ; beaucoup s'en émerveillaient, l'agitation les quittait, et peu à peu il leur semblait qu'ils retrouvaient le monde. Le soir, de brefs sermons sapaient ces catégories fumeuses qui dénaturaient la vie : le sujet et l'objet, le temps du calendrier, l'homme et les animaux. Un jour, il n'y aurait plus d'avenir. Leur âme, enfin calmée, se livrerait au seul sentiment de son existence et leurs projets, bornés comme leur vue, s'étendraient à peine jusqu'à la fin de la journée. Ça devenait flippant, disait Charlie.

Albany l'écoutait sans comprendre. Elorriaga était un rugbyman et un gendarme. Il les sortait d'où, ces nouveaux principes ? Charlie haussa les épaules, il ne savait pas trop. On-est-où se référait souvent à un dossier qu'il avait lu dans *Le Point* sur Jean-Jacques Rousseau, deux filles avaient fait du yoga nidra, des idées s'agrégeaient dans l'entrain des conversations. Quant à Elorriaga, il avait parlé d'une inspiration soudaine, un matin où il nageait dans la crique. Une inspiration qu'il attendait depuis longtemps, depuis l'enfance peut-être. Son esprit s'était comme ébloui tandis qu'une violente palpitation lui soulevait la poitrine, et il avait rejoint le rivage à grand-peine. Toutes les contradictions de la vie moderne lui étaient apparues d'un coup. On les avait pervertis, ils allaient se purifier.

Charlie et sa sœur atteignirent Bermeo un peu avant midi. Le village était calme. Sur son passage, des Basques observaient Albany, d'autres au contraire l'évitaient.

Elorriaga lui tendit la main. Albany, quand elle la serra, détesta son contact chaud et rugueux. Et elle raconterait aussi à Chloé qu'ensuite il marcha derrière elle, trop près.

Dans l'abri, Charlie alluma une grosse bougie fumeuse et fit signe à Kenza d'approcher. Albany s'assit sur une chaise en tirant sur sa robe. Elorriaga se glissa dans un coin ; sa tête, frôlant le toit, penchait sur le côté. Albany voulait lui demander de sortir mais les mots lui manquèrent. Par l'œil-de-bœuf aménagé dans le mur de planches, elle apercevait un autre homme, qui ouvrait de grands yeux. Elle mit du temps à reconnaître Yvan Collardi, le patron de bar que son père avait fait enfermer juste après leur arrivée sur l'île.

On présenta le bébé à la docteure, il était rouge et agité. Quand son front se rida comme celui d'un vieillard, Kenza poussa un soupir angoissé. Alors Albany ajusta le stéthoscope, écouta le cœur régulier de l'enfant et rangea sans un mot l'appareil. Enfin, elle dit :

– Il est déshydraté, il faut qu'il tète. Autant qu'il veut.

Puis elle fit les préconisations habituelles et, pour emporter l'adhésion de son public, elle sortit de la trousse deux sachets de paracétamol.

– Un quart de dose toutes les six heures et si la fièvre ne baisse pas vous venez me chercher.

Tout le temps que dura l'examen, Albany avait senti les yeux d'Elorriaga sur elle, insistants, comme s'il voulait lui faire comprendre qu'il la tenait dans son regard.

Elle écouta les remerciements de Kenza puis sortit. Elle était quelque peu avancée dans l'allée centrale de Bermeo lorsque, à un bruit de pas, elle tourna la tête : c'était Yvan Collardi.

– Quoi ?

Collardi, la tirant à l'écart, lui parla de son fils, Sullivan, il se plaignait d'une douleur très vive dans le dos.

– Je suis pas kiné, dit Albany pour la forme.

Mais elle l'accompagna.

Pour faire un peu de lumière dans son abri, Collardi repoussa le panneau qui tenait lieu de fenêtre. Des mouches noires se glissèrent bruyamment à l'intérieur.

– La médecin est là, fit-il.

Soudain Albany remarqua le jeune homme allongé dans la pénombre. Il ne se retourna pas.

Elle s'approcha. Dans l'encadrement de la porte, Elorriaga apparut.

– Vous faites quoi, là ?

– Laisse, le coupa Collardi. Elle regarde Sull.

Albany demanda au jeune homme où il avait mal mais il ne répondit pas.

– Vas-y, dis-lui !

Sullivan grogna et de la main gauche désigna le bas de son dos. Alors Albany posa ses paumes sur les reins du jeune homme. Il ne portait qu'un short crasseux, d'un rouge lointain. Sa peau était douce et soudain elle eut le souffle coupé. Elle enleva ses mains. Cette peau, elle l'avait reconnue. Sullivan se dégagea, son regard croisa un bref instant celui d'Albany. Une cicatrice barrait sa tempe, qu'elle n'avait jamais sentie sous ses doigts. Tous deux tremblaient, seulement attentifs à Elorriaga, qui les observait depuis la porte.

Albany serra les lèvres. Si elle n'avait pas eu peur de se trahir, elle aurait fermé les yeux. Son émotion refluait, elle s'entendit parler de lombalgie en haletant un peu. Et, bien que sur un tel sujet son expertise fût assez courte, elle parvint à broder deux ou trois phrases raisonnées. Elorriaga la regardait toujours. Elle murmura qu'elle avait besoin d'air et sortit de l'abri.

Le soleil ne répandait aucune chaleur, l'angoisse l'étouffait. Quand elle entendit Elorriaga lui demander de partir, une joie douloureuse la traversa. Elle aurait voulu qu'il la chasse et lui dise de ne plus jamais revenir.

Elle marchait dans la forêt. Tout était silencieux autour d'elle. Ses mains n'avaient rien senti. Ses yeux n'avaient rien vu.

18

De LD, je n'ai appris l'histoire que bien longtemps après sa mort.

Il avait été l'un des derniers à monter sur le ferry. Sa femme Sandrine voulait qu'ils reprennent la route jusqu'à l'aérodrome de Morlaix, quelqu'un leur avait dit que des avions, là-bas, évacuaient encore les non-contaminés. Ils s'étaient disputés, et pour finir LD avait forcé Sandrine à embarquer sur le ferry en lui serrant si fort le bras qu'elle en avait gardé un hématome. Une semaine après le naufrage, elle lui annonça qu'à compter de ce jour ils étaient divorcés. Ils ne se parlèrent plus jamais, les autres oublièrent même qu'ils se connaissaient.

Un mois après la mort de l'Amiral, Sandrine rallia les Basques. Son surnom, « Sandi », LD le grava sur son avant-bras et le brûla. Jusque dans l'abri-cellule où Albany l'avait fait enfermer, il triturait sa cicatrice pour l'empêcher de disparaître.

Quelques heures après qu'elle fut rentrée de Bermeo, on retrouva LD inconscient sur son lit. Albany, dès le seuil de la porte, vit bien qu'il était mort. Les autres ne voulaient pas qu'elle s'approche, la salive aux lèvres du cadavre les horrifiait, comme sa peau d'aspect huileux. Albany s'accroupit pour vérifier, il n'y avait plus de pouls.

– Il est mort de quoi ? demanda Tholonet.

– Ça peut être plein de choses, fit Albany.

– Plein de choses contagieuses ?

LD pouvait avoir contaminé l'un de ceux qui lui apportaient à manger. Ils étaient trois. Albany n'observa chez eux rien d'anormal mais leur demanda de se tenir éloignés du campement pendant une semaine au moins. On leur dit au revoir comme à des condamnés. Mains emmaillotées, bouche masquée, deux Partants emmenèrent LD vers une fosse profonde creusée dans la forêt.

La grippe les avait-elle rattrapés ? Albany rappelait que les symptômes étaient différents mais on la croyait à moitié. Heureusement, LD vivait à l'isolement depuis six jours. Une chance, on se le répétait. Et puis il avait un mauvais karma, dit Prof. Les facteurs psychologiques dans la maladie, c'est quelque chose de connu. Ce n'était peut-être pas un truc contagieux, après tout, juste une punition pour tout le fiel craché.

Cependant, Simon-Pierre crut entrevoir les signes de la maladie chez son colocataire. Krano grelottait sur son grabat. Punaisées au-dessus de lui, des photos pâlies par la vapeur brûlante de l'air documentaient une vie de famille : fils costumé en Spider-Man, bougies d'anniversaire, selfie devant le Duomo de Florence, et sur certains clichés la même femme joufflue, au regard bleu et droit, paraissait vous scruter. Les bras de Krano avaient enflé, il articulait mal et se plaignait de douleurs dans le torse. Le caillou énorme qui lui tenait lieu de tête était perlé par la sueur. Agenouillé près de lui, Simon-Pierre sanglotait. Mais on ne pouvait pas être sûr, prétendit Albany. Elle donna du Doliprane au malade pour faire baisser sa fièvre. Bientôt, ils en manqueraient. La saloperie qui avait tué LD était contagieuse.

Plus tard, le même jour, Albany prit une inspiration avant d'entrer dans son abri. Jeanne se tenait là, sa peau blanchie par la nuit tombante, dans une tunique bleue devenue noire à cette heure, et de ses grands yeux sombres elle fixait l'océan par la fenêtre. Elle est belle, se dit Albany, moi je n'ai jamais été belle comme ça.

– C'est rien, maman, chuchota Jeanne pendant qu'Albany l'examinait.

Mais tout son corps tremblait. Ses lèvres étaient mauves. Elle observait avec une attention soucieuse les dernières lueurs du soleil, qui ondoyaient sur l'océan comme des bandeaux de brume.

D'ici cinq jours elle est morte, se dit Albany.

Elle la fit monter, comme Simon-Pierre, dans un nouvel abri construit en hâte au-dessus du campement. Jeanne pleura quand sa mère lui souhaita bonne nuit. Albany voulut l'étreindre mais Jeanne dit qu'il ne fallait pas.

Une fois seule dans la nuit noire, Albany fit quelques pas rapides en direction du campement et s'immobilisa, comme pour laisser à ses pensées le temps de la rejoindre. Si sa fille mourait – frissonnant, elle eut un haut-le-cœur et tomba à genoux. Si sa fille mourait – Albany prit du sable, le serra dans ses poings et frappa le sol autour d'elle. Un bruit la fit sursauter. Elle se remit debout et frotta ses yeux mouillés contre son bras. Qui lui avait appris ces gestes et combien de fois les avait-elle reproduits ? Sécher ses larmes, prétendre qu'il n'y avait rien, rien du tout, présenter son visage de fille moche mais brave. Brave fille.

C'était Chevallier, il venait s'informer de l'état de Jeanne. Albany lui dit quelque chose comme :

– Elle tiendra pas longtemps.

– Toi aussi, tu devais mourir, souviens-toi. Et puis non.

– Et puis non, répéta Albany.

Elle redescendit avec lui vers les feux. Comme Chevallier pouvait voir son visage, elle tournait la tête de l'autre côté. Dans son abri, elle prit la dernière cigarette qu'elle possédait et lui proposa de la fumer ensemble.

– Va falloir que tu me remplaces, dit-elle. Je peux pas continuer à m'occuper des autres.

– Je sais, fit Chevallier.

– J'ai plus pied.

– Tu perds pied, tu veux dire ?

– Les deux.

Toute la nuit, le vent souffla. Serrant contre elle ses deux garçons endormis, Albany l'écoutait tourner autour de l'abri, s'éloigner, revenir. Les yeux fermés, on pouvait l'imaginer, transparent mais pas tout à fait invisible, avec ses bras musculeux fouettant le sol, sa bouche noire et sifflante, chassé d'on ne savait quel pays et cognant, aveuglément, injustement, sur les abris de ces autres bannis. « Va te faire foutre », marmonnait Albany chaque fois que la charpente grinçait plus fort.

Au point du jour, le calme revenu, elle sortit vérifier si le monde extérieur était encore là. Renforcés au fil des mois, les abris avaient tenu bon mais, ce matin-là, un air de débâcle régnait, le sable à présent recouvrait les outils éparpillés, les chaises renversées, les galets du cercle, et tout le campement paraissait pris dans une boue crayeuse. Sur cette étendue encore vierge, une grosse tortue s'évadait lentement vers la plage. Le ferry brillait au soleil, plus incliné que la veille peut-être. Albany hésita puis marcha vers la tortue et la remit dans le corral.

– Je crois que je sais pourquoi ils sont malades, lui confia Gabrielle dans la matinée.

Il y avait une malle. Albany l'ouvrit. Elle aperçut un petit paquet proprement ficelé dans du papier journal – « Mes trucs à moi », dit Gabz. À côté, un cylindre en fer-blanc s'ornait d'une scène exotique, des cueilleurs de café perchés dans un grand arbre. Albany reconnut l'emballage d'une marque qu'elle avait achetée autrefois au Franprix. La boîte était remplie de sable. Avant, c'était le poison que Gabz conservait là.

– « Avant » quand ? Ça fait combien de temps que tu l'as pas vu ?

– Je sais pas… Une semaine. Je viens pas regarder tous les jours.

Albany s'emporta. Le stocker là… Du poison, merde, est-ce que ça n'aurait pas mérité des mesures de sécurité, une cache secrète ?

– Mais c'était secret ! Personne savait, fit Gabz.

Et comme Albany la toisait durement, Gabrielle s'effondra, tout était de sa faute.

Deux heures plus tard, elle avait mené son enquête. Le grand bidon rouge, celui qui servait de citerne, l'eau y était empoisonnée. Gabz venait d'en faire chauffer l'équivalent d'un verre, un dépôt bleuté apparaissait sur les parois de la casserole quand l'eau s'évaporait. C'était le poison.

Qui avait bu de cette eau-là au cours des derniers jours ? LD, tous les malades. Quelques autres aussi mais en très faible quantité. Certains se souvenaient de troubles passagers, un léger vertige, ils ne s'étaient pas alarmés.

On les avait empoisonnés. On avait voulu les tuer, tous. Ils écarquillaient les yeux en répétant ces mots, mais le sens leur échappait.

Tout accusait Morgan. Il avait rejoint les Basques une semaine auparavant, et il savait pour le poison. Lui qui ne disait jamais un mot plus haut que l'autre, on le revoyait à présent, debout dans le cercle : « Faites pas ça, les gars, avait-il dit. Faut pas. » Il en avait parlé aux Basques, pour les avertir du danger. Et les Basques, ils avaient fait quoi ? Les scrupules de Morgan, ils s'en contre-foutaient. Tandis qu'on l'instruisait de ce projet, Elorriaga écoutait sans un mot, un bonheur illimité le prenait. L'intention des Partants justifiait des représailles. Les Basques avaient dérobé le poison et la suite on la connaissait.

Albany hocha la tête. Si elle ne boit plus de cette eau, pensait-elle, alors Jeanne va s'en sortir. Ses yeux papillotaient, les figures autour d'elle devinrent lointaines et elle n'entendit plus leurs voix.

Chevallier entra lentement dans le cercle. Tous écoutèrent son discours guerrier. Ensuite, les armes ressortirent et certains, même pour s'entraîner, couvrirent leur visage de suie.

Ils rêvaient d'un guet-apens dans la forêt. Déjà ils apercevaient le colossal Elorriaga, mort, les yeux exorbités ; ils voyaient d'autres cadavres, ceux qui l'auraient défendu jusqu'au bout, les plus basques d'entre les Basques ; ils devinaient leur victoire dans les regards pitoyables des autres ; et ils trouvaient des mots pour se donner du courage, on en finit avec leurs chefs et c'est fini pour de bon.

Pendant deux heures, Albany resta auprès de Jeanne et la tint enlacée. Plusieurs taches brunes étaient apparues sur ses joues et ses bras. Jeanne haletait mais une expression de sérénité baignait maintenant son visage. À l'oreille, Albany murmurait à sa fille des mots tendres qu'elle aurait dû lui dire plus souvent. Jeanne, sans force, souffla qu'elle était fourbue et elles sourirent toutes les deux de ce mot, « fourbue », François aurait pu dire cela, des mots anciens ou rares apparaissaient souvent dans sa conversation.

Albany serait demeurée là quelques heures encore si on n'était venu la prévenir : d'autres allaient mal, Simon-Pierre, Boudewijn, le petit Kais, qui avait perdu plusieurs fois connaissance. Ils avaient le souffle court, des douleurs de poitrine, et les yeux bistrés de Boudewijn roulaient son désespoir. Les Basques avaient mis du poison ailleurs que dans le grand bidon. Quelqu'un, dans le campement, agissait donc pour eux ? On soupçonnait l'un des zombies, Thierry, escogriffe de trente ans qui souriait parfois. Personne ne les avait surveillés, les zombies. Leur air stupide, on l'avait pris pour argent comptant. Mais si l'un d'eux les avait mystifiés ? Si l'un d'eux s'était éveillé, comme Chevallier, et les épiait derrière son masque d'hébétude ?

Déjà ligoté, Thierry était assis sur un galet du cercle. Martine l'avait aperçu près du coin cuisine. Il répétait une seule syllabe, « err », et ses yeux trop grands n'en finissaient pas d'exprimer la surprise.

– Qu'est-ce qu'il dit ? Il essaie de nous dire un truc.

– Err… err…

– Nous prends pas pour des cons ! lui cria Tholonet.

Chevallier et deux autres Partants sortirent de la forêt. Ils avaient aperçu Elorriaga, un Zubeldia, Collardi et son fils Sullivan qui se baignaient dans la rivière. Quatre Basques seulement ; on prenait des renforts et on y allait, tout de suite. À ces mots, Albany se figea. Sullivan était là-bas.

– C'est maintenant, déclara Chevallier solennellement.

« Mais il avait l'air bien secoué, raconte Paul Aguilar. L'idée d'aller au combat, il avait pas les tripes pour ça. J'ai même cru qu'il allait vomir. »

Des douze qui étaient prêts à se battre, seul Fabrizio se désista, sa compagne l'ayant imploré de rester. Les autres s'équipèrent. Épées, boucliers, arcs, fusils. Albany les regardait, on aurait dit des personnages déguisés en guerriers, figurants d'on ne savait trop quelle pièce antique, mais mise en scène dans une production fauchée, de sorte qu'ils paraissaient alternativement lugubres et comiques, les deux faces d'une girouette bicolore.

– Faut pas se précipiter, dit-elle.

Mais ils ne l'écoutèrent pas.

Puis elle vit Osvaldo Cooper avancer, lever les mains, les insulter. Elle savait que les guerriers ignoreraient aussi le vieux Cubain, elle le savait mais dans le même instant elle voulait croire éperdument qu'il empêcherait la mort de Sullivan. Harlereau agita les bras devant Cooper puis s'écria, hors d'haleine :

– Faut le faire, faut le faire !

Ils rejoignirent la rivière et se dispersèrent en silence. Un peu moins d'une heure s'était écoulée depuis qu'on avait repéré dans ce secteur Elorriaga et les trois autres Basques. Les Partants se déplaçaient sans un bruit ni un geste de trop. La peur les quittait peu à peu, un monde neuf s'ouvrait sur leur passage. Ils se regardaient du coin de l'œil, avançant à pas souples et fouillant les bosquets avec une minutie qui les étonnait eux-mêmes.

Ils revinrent au campement sans avoir trouvé personne. Deux Partants soutenaient Gauthier Lanckaert, qui s'était donné une entorse en tombant d'un rocher mouillé. Certains s'allongèrent, recrus de fatigue. D'autres partirent se laver dans la baie. La mixture de suie et de boue dont ils avaient barbouillé leur peau les démangeait.

– Toujours la même histoire, fit Harlereau. On se chauffe, on se chauffe, et puis rien.

Une colère mêlée de honte les assaillait.

– Y aura d'autres occasions très vite, assura Chevallier.

Seulement ç'aurait été le bon jour, les autres le sentaient. Ce ne serait pas pareil d'y retourner. Il n'y aurait jamais plus la même excitation, ni cette bravoure aveugle qui vous pousse vers les premières fois.

– Prépare du poison, demanda Chevallier à Gabrielle.

À ces mots, certains approuvèrent. D'autres baissèrent la tête. « Maintenant, ceux qui étaient là racontent qu'ils ont baissé la tête. Mais on n'était pas si nombreux, affirme Paul Aguilar. Et puis de toute façon on n'a rien dit. »

– Vous êtes tarés, fit Albany.

– Tais-toi, répondit Chevallier.

Elle voulut s'approcher de Gabrielle. Les autres levèrent leurs épées.

Le visage d'Albany était devenu gris. Seuls ses cils battaient de loin en loin. Au bout de quelques minutes, elle retourna vers son abri, son petit pas s'accélérant à mesure qu'elle en approchait. Elle entra et avala une longue rasade de whisky. Lorsqu'elle vit Ariel et Roumi qui la dévisageaient, elle éclata d'un rire nerveux. Puis elle griffonna quelques mots sur un bout de papier qu'elle glissa dans sa tunique. Elle fit sortir ses deux garçons. Jeanne devait avoir soif, leur dit-elle, alors ils allaient tous les trois chercher de l'eau à Rivière Blanche. La nuit tombait dans moins d'une heure, il faudrait se hâter.

Sur la rive, elle s'accroupit devant ses fils et leur demanda de l'attendre là. Elle leur expliquerait plus tard. Roumi éclata en sanglots. Elle prit son visage entre ses mains et le serra trop fort.

– Mon héros, souffla-t-elle.

Puis elle s'éloigna vivement. Le jour devait bleuir déjà sous le couvert des arbres. Il fallait qu'elle dise à Sullivan de ne pas boire l'eau des citernes. Albany le savait, son amant ne l'attendait sans doute pas dans la grotte. Elle avait fait le compte, c'était le jour d'après qu'ils devaient se retrouver. Mais elle déposerait le message qu'elle venait de lui écrire. Il le lirait le lendemain.

Elle entra. Des cailloux, dévalant la pente en même temps qu'elle, rebondirent dans un bruit clair de verres entrechoqués. Il faisait froid. Et la peur dut la saisir soudain à l'idée de retrouver Sullivan, comme s'il s'était agi d'un inconnu maintenant qu'il avait un visage et un nom. Celui qu'elle avait aimé pendant quelques mois dans le noir était d'une autre espèce, un être à la fois précis et flou, aux gestes infiniment présents mais dont la présence était en même temps flottante, comme, sur les photos, ces silhouettes qui ont bougé trop vite par rapport au temps de pose et que l'objectif a capturées sous une forme trouble débordant leurs contours.

Elle descendit la galerie et pénétra dans la dernière salle. Le silence qui l'enveloppa était chargé de ce ton de menace que la grotte prenait certains jours. Peut-être pensa-t-elle reculer, mais ses jambes ne bougeaient pas. Quelque chose avait rampé jusque dans ces lieux, une chose encore impossible à nommer qu'elle sentait l'encercler peu à peu et ralentir le temps, ralentir ses pensées. Elle appela :

– Sullivan ?

Mais elle savait qu'il n'y aurait pas de réponse. Pas tout de suite. Cette chose tapie près d'elle et autour d'elle n'avait pas fini de prendre forme. Alors, pareille à une interprète soucieuse de tenir son rôle, Albany fit comme si elle n'avait rien remarqué – c'était ce que la scène réclamait. Elle sortit le message de sa tunique et sa main s'avança pour le déposer sur un renflement de pierre. Puis elle entendit un bruit, comme un frôlement.

– Sullivan ?

Derrière elle, une lampe s'alluma.

Elle jeta un cri aigu et recula. Mais une main la repoussa.

Ils étaient trois. Elorriaga tenait la lampe. L'éclairant par en dessous, elle modelait sur son visage une expression sinistre. À côté de lui, Julien Zubeldia et, derrière elle, Teddy à l'œil crevé. Quand elle le découvrit, Albany lui adressa un regard implorant puis son corps se raidit et, aveuglée un instant, elle faillit tomber. Il venait de la gifler, de toutes ses forces. « Je voulais pas qu'elle me regarde », dirait Teddy plus tard.

Elorriaga s'était douté de quelque chose, Sullivan avait tout avoué. Ils découvraient la grotte quand un bruit s'était fait à l'entrée. Le hasard, penchant pour eux, leur livrait Albany.

Elle sentit ses jambes se dérober sous elle, la commotion la fit chanceler et dans son regard des lumières tournaient. Mais elle voulut rester debout, comme un boxeur. Si elle restait debout peut-être que rien n'arriverait. À un moment – elle n'aurait pas su dire si elle se trouvait dans son corps ou si déjà elle flottait au-dessus de lui, séparée de son supplice –, elle demanda :

– Mon frère, il sait que vous êtes là ?

Et l'un des trois, Zubeldia peut-être, lui répondit :

– On lui racontera, t'en fais pas.

19

Ses fils étaient rentrés en pleurant, Roumi disait qu'une créature mi-homme mi-bête avait emporté sa mère vers le volcan. On l'avait cherchée en vain.

Elle reparut dans la nuit au campement. Son bras droit était couvert de griffures, un hématome noircissait sa joue. Elle ne dit rien. Chevallier demanda qu'on la laisse tranquille. À ces mots, elle tomba à genoux et on la vit ramper vers son abri. Madické la souleva pour la porter jusqu'à sa couche. Elle râlait en gloussant puis se haussa soudain pour lui lécher l'oreille. Madické l'écarta comme il put. Voulait-elle qu'on réveille ses enfants ? Elle se tourna vers le mur et se recroquevilla.

– Ils lui ont fait des horreurs, souffla Tholonet.

Chevallier hocha la tête. Autour de lui, il y avait une dizaine de visages aux yeux cernés.

– Faut cacher les enfants, fit-il. Et tous ceux qui sont pas en état. Ça va être violent. Même si on élimine Elorriaga, je sais pas pour la suite.

Le jour était à peine levé. Chevallier allait sortir dans son accoutrement de guerre, un plastron de bois ficelé sur le torse, les joues violemment charbonnées. Devant sa porte, Walid l'attendait.

– Simon… soupira-t-il.

Après avoir chassé une larme du revers de la main, il ouvrit ses bras pour une accolade. Chevallier examina un instant le visage de l'homme, puis lui fit signe d'entrer avec lui dans l'abri. Walid était un de ces personnages secondaires dont le secrétaire d'État avait à peine entendu parler depuis qu'il s'était éveillé. Un type pas très malin mais pas méchant.

– C'est par rapport à mon fils, glissa Walid.

Son fils, Mehdi, était resté attaché à son lit après que les Basques l'avaient roué de coups. Ces derniers temps, il allait mieux, ne hurlait plus, on l'avait libéré. Il s'occupait de nourrir les tortues et quelquefois partait pêcher.

Chevallier marcha jusqu'à son armoire, considéra un instant la photo de Justine et enfin se retourna.

– Ça va aller, ton fils, dit-il. Regarde, moi, j'étais un zombie et maintenant…

Il avait conservé ce portrait de Justine, qui était sa femme ou sa fiancée, il ne s'en souvenait plus, et qu'il aimait passionnément ou peut-être un peu moins, sa mémoire ne le précisait pas.

– Mon fils, commença Walid. Le poison…

Il fit une pause et répéta :

– Le poison, c'est lui.

Simon Chevallier blêmit. Il prit la photo de Justine et entreprit de l'épousseter.

– Mais non, répliqua-t-il.

Walid trouvait son fils plus agité depuis deux jours. Mehdi s'était livré la veille au soir. Il cherchait un moyen de « motiver les troupes ». Honte et fierté s'entrechoquaient, il riait de son audace clandestine et quelques minutes plus tard avouait tout : le poison, il l'avait pris chez Gabrielle ; il en saupoudrait l'eau à intervalles réguliers ; le remède était sévère mais bienfaisant ; enfin on allait régler ce problème des Basques.

Le brouillard des myopes s'était levé autour de Chevallier. Il frotta plusieurs fois ses yeux.

– C'est catastrophique, dit-il enfin.

Puis il répéta ce mot mais avec une hésitation. Il lui trouvait une résonance curieuse, comme s'il l'avait emprunté à quelqu'un d'autre.

– Fallait que je te le dise, continua Walid. Après ce sera trop tard.

Lentement, Chevallier défit son plastron. Un soupir lui échappa, ses forces faiblissaient.

– Il va falloir qu'on explique... aux autres...

– Mais les représailles, répliqua Walid. Mon fils, c'est sa tête qui va plus. Je lui ai dit qu'il y avait déjà eu un mort, et des malades, mais il percute pas.

La porte de l'abri s'ouvrit. Chevallier vit apparaître une forme indécise. Il mit du temps à reconnaître Albany.

– C'est pas un tueur, mon fils, fit Walid en pleurant.

Albany lui caressa le haut du crâne. Chevallier l'observa : elle allait pieds nus, ses genoux étaient écorchés, sa robe de coton partait en loques grises et ses cheveux emmêlés avaient l'aspect d'un crin, mais son visage, ce matin-là, semblait curieusement lisse et reposé. Devinant ses réflexions peut-être, elle se tourna vers lui et dit :

– J'ai bien dormi.

Walid lui raconta sa découverte et Albany l'interrompit avant la fin. Mehdi n'était pas coupable, expliqua-t-elle, puisque son esprit divaguait. Et surtout, surtout, même si le moyen était condamnable, il avait eu raison : il fallait régler le problème des Basques.

– Qu'est-ce que tu racontes ? souffla Chevallier d'une voix blanche.

Albany sortit la première puis fit le tour du campement. Les Partants la regardaient sans comprendre comment la femme qui rampait la veille au soir devant eux pouvait être à présent debout. Elle prit des mains de Harlereau une espèce de sabre. Cooper voulut la retenir au campement mais Albany posa deux doigts sur ses lèvres.

– Le prochain qui dit que je dois me reposer…

Et c'est à sa suite que le groupe entra dans la forêt pour l'embuscade.

– Il faudrait quand même un plan, murmura Madické. On pourrait faire une diversion.

Ou envoyer un homme-appât, il rabattrait des Basques jusqu'à eux. Albany haussa les épaules.

– Quand on a faim, y a pas de plan.

Les autres la regardaient sans mot dire. Elle les effrayait, bien que ni œil écarquillé ni sourire insensé n'apparût sur son visage. Fabrizio rapporterait que seules ses mains trop mobiles, grattant ses avant-bras ou frictionnant son cou, trahissaient l'émotion qui l'agitait.

Au-dessus d'eux, les branches des arbres oscillaient doucement. Deux singes passèrent, silencieux et empressés comme des invités qui craignent de gêner.

– Ils arrivent, annonça-t-elle.

Et c'était vrai. Trois hommes en tout : Julien Zubeldia et Goran, puis Elorriaga quelques pas derrière eux.

Fabrizio tira un coup de fusil avant même de savoir qu'il allait le faire. Touché, Elorriaga se déhancha comme s'il répétait au ralenti un mouvement chorégraphié. Les autres s'élancèrent en rugissant. Zubeldia fit feu dans leur direction. Albany descendit la pente d'un pas si régulier qu'elle semblait léviter.

Les Basques s'étaient mis à courir. Derrière eux, les épées des Partants tressautaient au bout de leurs bras, leurs pieds écrasaient des fougères, les branchages claquaient. Elorriaga s'enfuyait à toutes jambes, il avait retrouvé sa vigueur. Deux adversaires, jetés l'un contre l'autre, se tordaient au sol et rauquaient comme des fauves. Zubeldia escalada un rocher en donnant des coups de pied aux Partants qui abattaient leurs lames sur ses jambes, enfin il bascula par-dessus le sommet. La forêt explosait de cris d'oiseaux et certains des combattants se souviendraient aussi de singes aux gloussements obscènes.

Soudain, un autre Basque surgit, armant son arc, des renforts arrivaient. Un long râle monta, des cris furent lancés, des ordres. Albany se retourna, une ombre raya l'air, la flèche du Basque venait de la frôler. Elorriaga, Zubeldia et un de leurs compagnons franchirent le ruisseau puis s'enfoncèrent dans un dédale de rochers, que fermait une falaise à l'autre extrémité. Madické, criant derrière eux, ordonna qu'on les encercle. À leur tour, des Partants arrivaient. Les autres Basques battirent en retraite. Deux d'entre eux bombardèrent leurs ennemis de pierres rondes qui se fichaient en terre comme des boules de pétanque surdimensionnées. Albany rejoignit son groupe et brailla des morceaux de phrases qu'on ne comprenait pas.

– La grotte, siffla-t-elle. Ces salopards sont dans la grotte.

Cette fois, ils ne leur échapperaient pas. Quelques minutes plus tard elle dit :

– On les enfume, ils vont sortir.

Retranchés dans l'obscurité, les Basques lançaient des insultes. On reconnut les voix de Teddy et de Julien Zubeldia. Ils défiaient les Partants d'approcher en jurant de les trucider l'un après l'autre et, entre deux invectives, ils riaient tant qu'ils avaient l'air saouls.

– Les bâtards, s'agaça Tholonet.

Les Basques étaient là, à quelques mètres d'eux, mais on ne pouvait les atteindre. Enfermés, bientôt vaincus, ils faisaient encore les fiers. « Il y avait quelque chose d'inépuisable en eux, se souvient Chloé Fondane. Même pris au piège, ils étaient encore terrifiants. »

Albany dessina dans la terre un plan grossier de la grotte mais interdit à quiconque d'y entrer. Puis elle dépêcha Amir et Madické au campement. Tous les Partants devaient les rallier sans attendre, même les empoisonnés. Ils se tiendraient ensemble ici pendant toute la durée du siège. Ainsi, ils n'auraient pas deux lieux à protéger.

– Les autres Basques vont tenter un truc. Leur gourou est piégé, ils vont vouloir le libérer.

– Ils sont plus nombreux, et plus forts, fit Chevallier.

– On va leur faire très peur, répliqua la Cheffe.

Et, quand ils entendirent ces mots, certains crurent vraiment qu'elle allait trancher la main du premier Basque venu, ou le pendre par les viscères à un palmier.

On ramassa de longues herbes sèches et on coupa des branches, qu'on empila en fagots sur deux rangées devant la grotte. De l'intérieur, un coup de feu partit, visant et manquant Prof, laquelle, malgré son épaule raidie, aidait à disposer les tas de bois.

Il n'y eut pas d'autre tir. Les forcenés étaient à court de munitions, conclurent les Partants. Alors eux aussi les insultèrent, trouvant toutes sortes de comparaisons anatomiques pour qualifier leur lâcheté.

On embrasa les fagots. Mais de la fumée qui montait une faible partie seulement pénétrait dans la grotte. Albany fixa le ciel d'un air suspicieux, comme s'il y était pour quelque chose. Elle renvoya deux hommes au campement scier les parois d'un abri. Ils revinrent au bout d'une heure, chargés de larges panneaux en contreplaqué qui allaient servir d'éventails. On ventila, de larges vagues de fumée s'engouffraient dans la cavité et ne refluaient pas. Bras croisés, Albany souriait tranquillement, comme délivrée.

Tandis que quatre Partants étaient postés près des feux, une douzaine d'autres, enfants compris, préparaient les fagots. Les yeux rougissaient et quelques-uns toussaient dans ce vallon où des courants d'air, tourmentant les foyers, rabattaient de temps en temps la fumée sur eux. Les autres montaient la garde en prévision d'une contre-attaque lancée par ceux de Bermeo.

Maintenant le jour déclinait, les feux continuaient de brûler ; Cooper se souviendrait des brasiers qui faisaient dans la nuit une échancrure rouge. Devant, des silhouettes remuaient les grands éventails. Leurs visages, couverts de foulards, avaient noirci.

– Ils sortent pas, fit Chevallier.

– La grotte est grande. Ils doivent s'être mis tout au fond, répondit Albany.

– Tu penses que la fumée peut aller jusqu'au fond ?

– En Algérie, ils enfumaient des grottes immenses.

Ils étaient trop épuisés pour demander à quoi elle faisait allusion. Autour d'eux, dans la nuit devenue trouble, les hauts arbres se balançaient. Plusieurs fois, un guetteur crut apercevoir des ombres ennemies. Les gorges s'irritaient, les yeux aussi d'être trop fréquemment frottés. Et, dans la fatigue, l'ennui de l'attente tombait goutte après goutte sur leurs nerfs. On compta les munitions : il ne restait que sept balles, comment était-ce possible ? Alors on compta aussi les Basques de Bermeo, ceux dont on se souvenait. Ils pouvaient être trente.

Accroupi au plus loin d'elle, Chevallier chuchotait qu'Albany avait perdu la raison. Il n'était pas grand stratège mais on voyait bien que, au fond de ce vallon, on serait mal positionné si les Basques attaquaient. Tant pis si Elorriaga leur échappait, il fallait retourner au campement pour profiter de ses défenses. Chevallier n'argumenta pas davantage : Albany était venue s'asseoir près de lui.

– Tout va bien ? fit-elle.

Et Chevallier, intimidé, ne parla plus.

Vers deux heures du matin, Julien Zubeldia sortit en écartant les bras. Son visage avait pris une teinte violette. Il se mit à genoux, une toux sèche l'étranglait, qui ne s'éteignait pas. On le bourra de coups, il gémit de douleur. Vingt minutes plus tard, il parlait sans résister : les deux autres étaient allongés tout au fond de la grotte, Elorriaga lui avait dit qu'il le tuerait s'il sortait, mais quand Zubeldia s'était mis debout son chef n'avait pas pu le retenir.

– On y va, fit Tholonet.

– Non, l'interrompit Albany.

Elle voulait qu'on les enfume jusqu'au bout.

– Avec lui, on sait jamais. On entrera quand on sera sûrs qu'ils sont crevés.

Ils utilisèrent pendant la nuit d'autres verbes féroces : « les cramer », « les buter », « ils sont en train de clamser ». Cette rudesse les aidait à continuer.

Le jour revint très lentement, bleuissant la fumée qui emplissait le vallon. Il fallut évacuer une partie du groupe. Les enfants toussaient trop, des adultes se plaignaient de maux de tête, les voix devenaient râpeuses.

– Ou alors on entre tout de suite, plaida Tholonet. Comme ça, pas besoin de se diviser.

Mais Albany demeura inflexible. Elle avait peur, devait penser plus tard Paul Aguilar. Peur d'y retourner et de trouver Elorriaga sur ses deux pieds, sourire aux lèvres, prêt à lui faire encore une fois du mal. Et cette peur, au bout du compte, c'était cela qui l'avait perdue.

Plusieurs silhouettes apparurent à mi-pente, d'abord des ombres derrière les voiles de fumée qui entouraient les arbres, puis des Basques en chair et en os, quatre, agitant devant eux des lambeaux de T-shirts en guise de drapeaux blancs. Charlie les conduisait.

Il proposait un accord de paix. Craignant de paraître pompeux, il s'excusa du terme, il n'avait pas trouvé mieux. Un accord de paix, à effet immédiat : il fallait que tout cesse.

– On verra, dit Albany. Pas maintenant.

Sa taille bien droite et sa bouche froncée disaient non à sa place. Alors Charlie proclama devant tous les Partants que la plupart des Basques n'avaient absolument rien contre eux ; qu'Elorriaga et quelques autres étaient devenus fous ; qu'à Bermeo on les craignait aussi.

– Peut-être, fit Albany.

Elle ne parla pas davantage.

Chevallier, lui, s'étonnait de tout. Charlie réexpliquait, mais avec impatience, son regard retournant vers sa sœur, c'était elle qu'il voulait convaincre. Pour preuve de sa bonne foi, il annonça que l'autre Zubeldia, Gorka, ils l'avaient ligoté. Lui, il voulait descendre ici pour mener une contre-attaque.

– On l'a empêché, souffla-t-il.

– Des conneries, fit Tholonet.

Endurci par une série d'infortunes, il se méfiait désormais de tous les dénouements heureux.

– Ça pue le piège. Franchement.

– Vous entendrez plus parler de nous, dit Charlie. On vous le jure.

Les trois autres Basques approuvèrent.

– Mais si vous leur faites du mal, ajouta Charlie, si vous leur faites du mal, on n'en sortira pas…

– Voilà, bien sûr ! s'exclama Tholonet.

Ces salopards étaient venus avec leurs drapeaux blancs et leurs fausses promesses pour essayer de leur soustraire Elorriaga. C'était minable. Gros comme une maison.

– Comme une caserne, ajouta Madické.

Charlie s'agaçait. Il voulut s'approcher d'Albany mais on lui barra le chemin.

– Si vous les tuez, à ton avis, il va se passer quoi ?

Les Basques étaient prêts à juger Elorriaga pour tout le mal qu'il avait commis. Et les frères Zubeldia aussi.

Seulement, c'était à eux de le faire. Si les Partants les tuaient, il y aurait des représailles, ça ne finirait plus.

– C'est des conneries, lâcha sa sœur.

– Souviens-toi pour les cailloux ! fit Charlie.

La rixe à la rivière, l'œil quasi crevé de Teddy et le refus des Partants de livrer Amir aux Basques parce qu'ils voulaient le juger eux-mêmes : c'était ça, les cailloux.

– Résultat, il n'a rien eu, Amir, ricana Tholonet.

– C'est pas possible, ce que tu demandes, dit Albany à son frère. Plus maintenant.

Charlie savait-il ce qui était arrivé dans la grotte ? On le vit se pencher vers sa sœur et lui dire quelques mots tout bas. Mais elle le repoussa.

– Au moins Teddy, tenta-t-il en s'éloignant.

Mais ni Teddy ni aucun autre ne leur furent rendus.

20

Toute la journée, ils alimentèrent les feux, et à mesure que la fumée noyait le vallon le paysage s'élargissait comme un plateau de théâtre dont les décors seraient tombés. La forêt avait été gommée, et seuls un arbre ou deux, parfois, poussaient leurs branches hors de la brume. Allongé sur le sol, Paul Aguilar regardait autour de lui. Aucune des têtes enveloppées dans des chiffons ne lui était plus familière. Les silhouettes dépenaillées évoquaient des soldats d'une armée en déroute, tandis que devant les flammes ces deux hommes torse nu, au dos rouge et ruisselant de sueur, lui rappelaient des lectures anciennes, Zola, les ouvriers d'une aciérie, des forçats dans la fournaise. On reconnaissait la voix d'Albany, devenue rocailleuse, dans les ordres qu'elle criait. Blessé au cours de la poursuite, Paul Aguilar crut la voir un instant penchée au-dessus de lui, le bas de son visage emmitouflé dans un foulard, ses yeux fixés sur les siens. Il devait sombrer dans l'inconscience quelques minutes après et maintiendrait, même si c'était faux, qu'il ne s'était réveillé que quelques mois plus tard.

Des brasiers, à côté desquels Chloé Fondane resta postée plusieurs heures durant, le vallon avait l'air d'un tableau monochrome et mouvant, du blanc bouillonnant sur du blanc, des volutes sur des volutes. Après qu'un autre Partant l'eut relayée devant les feux, Chloé marcha vers une zone moins enfumée. Elle avait la sensation de rejoindre un monde en train d'apparaître ; couleurs, arbres, plis sur les visages, cris d'oiseaux, tous ces détails lui donnèrent le vertige. Alors, comme dans sa bouche montait un arrière-goût de cuivre, elle réclama de retourner devant la grotte, où Albany haranguait les équipes, promettant que ce serait bientôt fini et exigeant toujours plus d'efforts. Mais il n'y aura jamais de fin, pensait Chloé Fondane, toute la forêt y passera, l'île entière disparaîtra dans ce brouillard.

Vers cinq heures de l'après-midi, une averse glacée tomba, drue, et la fumée peu à peu se dispersa. Le creux du vallon reparut, les arbres et les rochers reluisants, le gris sale du ciel. Malgré la chaleur des flammes, ceux qui étaient devant la grotte frissonnaient, détrempés par la pluie. Albany, tête basse, demeurait immobile. Les feux avaient baissé. Un voile de vapeur montait de la terre mouillée.

– Ça doit être bon, maintenant, déclara Tholonet. Ils sont morts.

Albany hocha la tête sans le regarder. Cooper était certain qu'elle pleurait.

« Maintenant que c'était fini, dit-il, elle regrettait. » Mais Chloé Fondane se montre d'un autre avis : « Les regrets, c'est des histoires qu'on raconte pour les âmes sensibles. Ou pour sauver Albany. Mais la sauver de quoi ? Quand quelqu'un a voulu te tuer, tu veux le tuer. Ceux qui croient que c'est compliqué, c'est parce que ça leur est jamais arrivé. »

On attendit deux heures encore pour laisser à la fumée le temps de se dissiper dans la grotte. Puis quatre Partants escortèrent Albany, les seuls à tenir encore debout après cette journée : Madické, Harlereau et Tugdual parce qu'ils étaient solides, Amir parce qu'il voulait voir les morts en premier. Ils mirent un foulard sur leur visage, allumèrent des torches et prirent au cas où un fusil, ainsi que les dernières balles.

Albany eut-elle peur en retournant dans la grotte ? Reconnaissait-elle les lieux, qu'elle n'avait explorés que dans le noir ? Tout dut lui sembler étrangement différent, comme ces maisons où l'on revient après que de nouveaux propriétaires ont pris possession des lieux.

Ils avancèrent jusqu'à la galerie, la fumée y était encore épaisse, et ils descendirent prudemment vers la dernière salle. L'odeur de bois brûlé, très forte, leur soulevait le cœur. La lumière projetée par les torches n'éclairait que deux ou trois pas devant eux. Plusieurs fois, sans doute, ils craignirent qu'un bras ne les saisisse, celui de l'invincible Elorriaga. Mais personne n'aurait pu survivre à de telles fumées.

Dans la dernière salle, ils cherchèrent les corps des deux Basques à la lumière de leurs torches. Comme ils ne les retrouvaient pas, Albany envoya Harlereau prévenir les autres qu'ils allaient inspecter la grotte dans ses moindres recoins. Tout au bout de la salle, à l'endroit où la voûte s'abaissait, ils découvrirent une fente assez large pour que Tugdual puisse y passer la tête. À force de contorsions, il finit par s'engager dans une cheminée. Plusieurs fois il crut devoir renoncer tant le passage était étroit. Puis il aperçut le liseré flottant d'une clarté loin au-dessus de lui. Il avertit les autres qu'il montait voir. Albany lui cria peut-être de redescendre, on ne le saura jamais. Tugdual poursuivit son ascension et atteignit la surface. Là-haut, des Basques se saisirent du jeune homme et le transpercèrent de coups de couteau.

Presque un jour avant lui, Teddy avait découvert cette brèche. Prisonniers de la grotte, les trois Basques étaient sur le point de suffoquer, il leur restait peut-être une heure à vivre et ils tâtaient ou frappaient les parois à la recherche d'un passage. Quand leurs mains découvrirent cette ouverture et que Teddy eut remonté la cheminée jusqu'à la lumière du jour, il fut décidé que Zubeldia irait voir les Partants et leur jouerait la comédie : s'il leur disait que les deux autres étaient en train de succomber, alors Albany et les siens continueraient à enfumer la grotte, ce qui laisserait du temps pour préparer la contre-attaque.

Malgré son gabarit, Elorriaga se hissa le long du conduit à la suite de Teddy. Les deux hommes étaient très faibles, l'air pur brûlait leurs bronches et la tête leur tournait. Allongés l'un contre l'autre au milieu des fougères, ils crurent qu'ils allaient mourir là. Quand ils trouvèrent la force de se mettre debout, le jour pointait. Ils gagnèrent Bermeo en courant.

Là, ils trouvèrent quelques hommes hostiles, que Charlie avait dressés contre eux. Mais le frère d'Albany fit l'erreur de vouloir raisonner : il parla des fautes qu'ils avaient commises, d'un procès à organiser. Comme on le laissait libre, Elorriaga se saisit d'un maillet, frappa Charlie au visage puis le roua de coups. Quand il ne fut plus qu'un corps couvert de sang, le géant saisit sa main, l'étala sur une pierre et lui brisa plusieurs doigts. Après cela, il demanda qui voulait lui faire un procès et qui serait le procureur.

Entre la crainte qu'il inspirait aux uns et la ferveur retrouvée des autres, il sut rassembler une vingtaine de Basques armés. En silence, ils s'embusquèrent dans les hauteurs et attendirent que les Partants s'épuisent à enfumer la grotte. Quand l'averse vint, les brumes se dispersèrent et les Basques aperçurent, au fond du vallon, leurs ennemis couverts de suie, toussotant et tremblant. Alors Elorriaga mena l'assaut. Les Basques descendirent sans bruit, encerclèrent les hommes et frappèrent à mort ceux qui voulaient se battre. Chevallier s'approchait, une main en l'air, il voulait discuter. Elorriaga lui enfonça son épée à travers le ventre. Il y eut des cris d'horreur puis un très long silence.

Le Basque apprit qu'Albany et quelques autres venaient d'entrer dans la grotte. Julien Zubeldia réclamait d'y descendre, qu'on en finisse.

– Y a mieux à faire, dit Elorriaga.

Quand Albany, Amir et Madické remontèrent la galerie, l'entrée de la grotte était plongée dans la pénombre. Peut-être comprirent-ils dans l'instant ce qui était arrivé. Des rochers bloquaient la sortie. Quelques traits de lumière laiteuse devaient encore darder à travers les interstices. Ils s'effacèrent à mesure que, dehors, les Basques colmataient les rainures.

Albany et ses compagnons appelèrent mais nul ne leur répondit. Ils tentèrent sans doute de repousser l'obstacle, même si c'était impossible. Ils retournèrent en toute hâte vers le conduit que Tugdual avait emprunté. Il était maintenant lui aussi condamné, tout en haut, par des rochers trop lourds pour être soulevés.

Elorriaga posta des hommes sûrs devant les accès obstrués.

– Mais peut-être qu'ils trouveront une autre sortie, ajouta-t-il dans un sourire. On sait jamais. La grotte est grande. Peut-être qu'ils auront de la chance comme nous.

Et il annonça que chaque jour, jusqu'à la fin, il viendrait là pour entendre Albany crier.

3/3

Ariel

21

Le jour où tout se décida, Ariel et son groupe avaient rejoint la forêt pour étreindre des arbres et pour lécher le sol. En chemin, il devait occuper la position du milieu dans la file indienne ; ni devant, ni derrière, c'était sa ligne de conduite. Et pas un mot, bien sûr, même quand Jason lui demandait tout bas comment il se sentait (la réponse ne le préoccupait pas, Jason, mais il cherchait toujours des moyens minuscules de se mettre hors la loi, et je crois que ces murmures en faisaient partie).

Quelques-uns se rappellent qu'une pluie insistante était tombée la veille, certains troncs ruisselaient encore et la terre noire venait en mottes sous leurs doigts. D'autres ont le souvenir d'une semaine d'hiver comme les autres, une brise tiède devait balayer le rivage, un soleil atone brillait au-dessus d'eux. J'avais fait semblant d'être malade ce jour-là. Profitant de mes airs de garçon fragile, je prétextais de loin en loin de sévères migraines qui me permettaient de rester au camp, allongé près d'un feu où parfois Diana Lehambre plaçait ma tête sur ses énormes cuisses et m'épouillait.

Une fois que les élèves eurent atteint le cœur de la forêt, le référent du groupe, Gauthier Lanckaert, les fit s'étendre sur le sol. Ils devaient trouver une position confortable, prendre un peu de terre dans leur bouche, fermer les yeux. Allongés comme de grands reptiles, ils passaient longtemps ainsi (nous ne comptions plus les heures, mais « longtemps » voulait dire deux à peu près). Ils restaient là, à sentir le sol sous eux. À oublier les contours de leur corps. À se dissoudre dans le monde. « À s'emmerder considérablement », dit aujourd'hui Tanguy, qui à l'époque devait avoir treize ans. Mais il ajoute que, pour d'autres, c'était sans doute différent. Son petit frère, par exemple, Tanguy l'entendait grogner de plaisir pendant les exercices et il fallait à la fin le relever de force.

Ariel participait aux exercices comme aux travaux et aux festivités du camp sans montrer ni zèle ni réticence. Jamais il ne prononçait un mot de plus que les dix auxquels nous avions chaque jour droit.

Mince et même fluet, il avait l'œil entouré de longs cils et des lèvres très fines. Sauf sa pâleur, rien dans sa physionomie ne rappelait sa mère. Il était doué comme moi pour se faire oublier. Les rares fois où on l'entendait parler, il disait des banalités sur l'odeur des tortues ou les couleurs du ciel. « Et puisqu'il manquait quelques cases à son frère, témoigne Fabrizio, on avait fini par croire qu'Ariel, c'était pas une lumière non plus. » Mais en certaines occasions je crus déceler dans son regard un éclat de dureté ou de résolution qui ne pouvait appartenir au même personnage. Comme il avait senti que je l'observais, il était devenu fuyant avec moi, et même mauvais. S'il me croisait, il s'arrangeait pour me donner un coup d'épaule. Plusieurs fois, il me destina l'un des dix mots de sa journée : « Dégage », disait-il quand je voulais me joindre à lui. Malgré cela, je l'aimais bien. Il me semblait que nous partagions quelque chose, un secret. J'étais seul, sans personne à qui faire confiance, alors je m'accrochais à cette idée.

Ce jour-là, Elorriaga était retourné s'allonger sur un lit qu'il avait installé à l'ombre d'un arbre-pieuvre, d'où le regard embrassait la totalité du camp. De plus en plus souvent, une langueur irrésistible le prenait au milieu du jour, il devait s'allonger.

Il somnolait quand Augustin vint le trouver. Dans sa main, le jeune homme tenait une petite pièce en bois figurant la tête d'un cheval. On venait de surprendre Ariane Giovannetti avec un échiquier, elle avait donné le nom d'un complice, c'était Jason.

Tous ces mots qui tombaient sur le Basque avaient dû l'étourdir. Il cligna des yeux plusieurs fois et tendit la main vers Augustin pour qu'il l'aide à se redresser.

Puis il prit le câble qui servait à fouetter les défaillants et se dirigea vers le camp. À l'entrée l'attendait Ariane, la tête basse et l'air contrit.

– Zéro explication, lui dit-il. Rien.

Et, d'une voix douce qui annonçait chez lui les plus grandes colères :

– Pas de mot.

Malgré cela, Tholonet, à qui les conversations manquaient douloureusement, profita du forfait d'Ariane pour distiller quelques informations : on avait surpris la cantinière de l'autre côté de l'île, pas loin de la Déchetterie ; elle était venue y étudier les variantes de ce qu'elle appelait la « défense sicilienne » (cette expression, Tholonet la prononça en mouillant les *s* pour mieux la savourer) ; l'échiquier avait été tracé sur un morceau de contreplaqué et c'était Jason, disait-elle, qui avait sculpté les pièces dans du bois flotté. L'ensemble était enfermé dans une mallette, elle-même cachée sous le rocher près duquel ils se retrouvaient pour jouer.

On attendit que Jason ressorte de la forêt avec le groupe emmené par Gauthier. Il n'y avait pas un bruit. Tout s'était ralenti. Mon cœur battit plus fort quand je vis Elorriaga si calme, son corps d'hercule entièrement figé à l'exception de ses paupières battant de loin en loin, un sourire naissant sur son visage, un de ces sourires indéchiffrables qui peuvent sembler doux, pensifs, mélancoliques ou cruels – et peut-être tout cela à la fois. Une clameur d'oiseaux résonna sous les arbres. Jason rentrait. Ariel marchait près de lui.

Dans mon souvenir, on passa vite à la punition, qu'ils durent s'administrer l'un à l'autre comme la règle l'exigeait. Le groupe d'Ariel y assista. Je me rappelle aussi Elorriaga, à l'écart, observant dans sa main l'une des pièces du jeu. Il s'agissait du cavalier – je l'ai tenu moi aussi un peu plus tard entre mes doigts. Jason avait sculpté dans le bois blond les crénelures d'une tresse et pris soin de ciseler l'arrondi de la joue, l'orbite des naseaux, les dents supérieures ; des ombres soulignaient artistement les traits de la tête et l'encolure. Les pièces avaient été polies puis laquées, nul ne savait comment. Elles étaient douces au toucher.

Elorriaga s'approcha de Jason. À quatre pattes, le dos ensanglanté par les coups de câble, l'adolescent tâchait d'apaiser sa douleur en respirant profondément.

– D'où, cette laque ? demanda Elorriaga.

Il remit Jason debout.

– D'où ?

Au lieu de répondre, Jason lissa doucement ses cheveux. Dans le geste de sa main passait une négligence qui m'évoqua, sans que je sache pourquoi, des choses anciennes et défendues. Puis Jason se plia en deux, un autre coup le fit tomber, le Basque se jeta sur lui et continua de le frapper. « La “maladie du chef”, explique Paul Aguilar. C’est lui qui l’appelait comme ça. Il perdait ses nerfs de plus en plus souvent. Comme l’Amiral. »

Son fils Aïtor le tira en arrière. Elorriaga, un instant ahuri, se redressa. Il ordonna d’enfermer les deux défaillants dans la grotte, pendant cinq nuits au moins – ce qui, dans la langue abrégée que nous parlions désormais sur l’île, se traduisit par :

– Grotte, cinq.

Et aussitôt ces deux mots furent, en signe d’approbation, repris par Tholonet, par Augustin, par l’un des Zubeldia, qui allaient, dans leur loyauté, jusqu’à reproduire la voix grave d’Elorriaga, de sorte que sa parole se répercutait souvent comme un écho à travers le camp.

Ariel avait regardé son meilleur ami se faire battre et son expression était demeurée impassible tout le temps de la punition. Mais quand Elorriaga ordonna d’emprisonner Jason et Giovannetti, il tourna son visage vers le groupe des adolescents, un visage empourpré, implacable, et Ariel, d’instinct, recula d’un ou deux pas. Comme nous, il craignait la fureur du chef. Et ce léger mouvement de recul – de répulsion, pensa-t-il sans doute – ne put échapper à Elorriaga.

Deux ans auparavant (si la chronologie que j’ai rétablie est exacte), on avait tenté de l’empoisonner, du moins le croyait-il.

Alors qu’il mâchait un morceau de viande, il sentit dans sa bouche un goût de rouille et aperçut des reflets bleu métal au fond de son écuelle. Il fit venir les cuisiniers du soir ; Ariel était parmi eux. On décréta pour une heure un retour de parole, mais aucun n'avoua. Pendant que Véro les interrogeait, Elorriaga étudiait leurs visages. Ils avaient tous des têtes de coupables : celui qui niait avec raideur ; celui qui ne disait rien ; celui qui pleurait parce qu'on l'accusait. Ariel était resté le plus calme : suspect lui aussi. Au milieu de la nuit, Elorriaga vomit des glaires argentées. Les quatre cuisiniers furent punis le lendemain, on les fouetta dix fois chacun avec le câble. Ils n'avouèrent pas davantage.

Le Basque pensa qu'Ariel avait fait le coup, c'était le plus probable. Des autres enfants d'Albany, il sentait qu'il n'y avait plus rien à craindre. Roumi était un attardé qui se plaisait de plus en plus sur l'île et Jeanne avait beaucoup changé. À Augustin, le père de son enfant, elle avait simplement dit que sa mère lui manquait, mais qu'elle lui en voulait d'avoir dressé les naufragés les uns contre les autres. Si elle avait été moins belliqueuse, Albany serait encore parmi eux. Même chose pour son oncle Charlie. « Une paumée, estime Maria Guéret. Elle avait choisi de croire l'histoire qui lui donnait le plus de chances de survivre. » Son amie Chloé se montre moins catégorique : « Si elle a choisi quelque chose, c'est de cacher ce qu'elle pensait. À tout le monde, même à moi, même à ses frères. »

L'abri d'Ariel fut fouillé, on s'aperçut qu'il avait creusé un trou sous son grabat, dans lequel il cachait un bout de métal affûté. Devant ce couteau, le garçon garda les lèvres serrées. Il eut même le front de relever la tête et de toiser le Basque. Alors, furieux, Elorriaga le frappa au visage, si brutalement qu'Ariel tomba. Il resta un moment prostré là.

Le Basque devint soucieux. La certitude qu'Ariel allait vouloir se venger occupait son esprit. Plusieurs fois par jour il demandait où était le gamin ; il fouillait fréquemment dans ses affaires ; il ne lui tournait plus le dos. La nuit, des bruits indistincts faisaient sursauter le colosse, on rôdait autour de son abri. Il imaginait que la porte allait s'ouvrir en grand ou qu'une lame s'était déjà glissée contre son cou. Pour manger, Elorriaga s'adossait à un tronc d'arbre, sa matraque sur les genoux.

« Et à un moment, il a fini par péter un plomb », se souvient Paul Aguilar. Un après-midi, il aperçut notre chef à l'entrée de la grotte, agenouillé, hurlant le nom d'Albany. Plus tard ce même jour, Elorriaga se fit remettre le couteau du gamin et se l'enfonça dans la main gauche. Puis il traversa le camp jusqu'à l'abri d'Ariel pour lui montrer sa paume ensanglantée. Le gamin n'avait pas hoché la tête mais Elorriaga voulait croire qu'ils étaient quittes désormais.

Sa peur s'apaisa peu à peu. Aucun autre incident n'étant venu l'alimenter, l'impression de menace s'éteignit sous l'habitude. Les nuits d'Elorriaga se remplirent de bruits plus francs, il dormait mieux. Il en vint même à se demander si quelqu'un avait vraiment voulu l'empoisonner. Il s'était peut-être juste intoxiqué, après tout. Il avait avalé un morceau avarié.

Ariel lui semblait, mois après mois, toujours plus chétif et insignifiant. Et le gamin s'assombrissait chaque fois qu'Elorriaga s'approchait. Un jour, des larmes brouillant ses yeux, le fils d'Albany lui cracha qu'il ne l'aimerait jamais. S'il complotait encore, il ne me dirait pas cela, pensait le Basque. Mais parfois un doute le reprenait : s'il complotait encore, est-ce qu'il ne laisserait pas justement affleurer cette hostilité qu'un ennemi prendrait soin de dissimuler ? Et s'il se rendait suspect pour avoir l'air un peu plus innocent ? « C'était le genre de réflexion qui lui pourrissait la vie, à Elorriaga », estime Julien, l'aîné des Zubeldia.

Le Basque peinait à se réjouir de tout ce qui s'accomplissait sous sa tutelle. On le lui rappelait pourtant : ils devenaient des hommes nouveaux à une vitesse qui dépassait leurs prévisions. La langue s'effaçait comme un château de sable s'érode vague après vague. Elorriaga avait compris que c'était elle l'ennemie. Tant qu'ils la parleraient, ils seraient parlés par elle, ils resteraient des hommes d'avant. Alors ils étaient descendus à dix mots quotidiens, ils avaient même supprimé les verbes, et à présent que les mots disparaissaient des impressions nouvelles fourmillaient. Leur nez, leur peau, leurs yeux se gorgeaient de détails. La mer s'agitait en mille tableaux différents. Des enfants comme Luna et Enzo pouvaient distinguer cinq parfums d'herbe mouillée. Sous l'effet de la discipline, la forêt livrait un spectacle toujours plus fastueux avec ses fougères aux reflets cuivrés, ses symphonies d'insectes invisibles, ses sangliers gras et soyeux, ses pierres tièdes, ses arbres tous différents dont certains, les plus âgés, dégageaient l'odeur profonde des choses vénérables. Sur l'île, un monde entier s'offrait, si abondant et nuancé qu'ils en avaient parfois le vertige.

Et les anciens adversaires, ceux qui, quelques années plus tôt, ne parlaient que de quitter cette île, s'étaient ralliés à leur projet avec le zèle des nouveaux convertis. Tholonet et Gauthier Lanckaert étaient même devenus les principaux instructeurs des enfants. La fille d'Albany avait eu un fils d'Augustin, l'un des hommes les plus sûrs du camp. Cette harmonie enfin trouvée entre tous les naufragés, c'était leur plus éclatante victoire.

Maintenant, la deuxième phase de l'apprentissage commençait : ils allaient se dissoudre. Il y aurait la nature, et eux, ni dedans ni dehors mais avec elle, fondus dans sa trame. Ils n'en seraient plus les spectateurs, ils n'apercevraient même plus sa beauté, et ne disant plus jamais « je », ni « nous », ils oublieraient parfois jusqu'aux frontières entre leur chair et les choses. Leurs corps seraient splendides, leurs mouvements magnifiquement déliés, leurs sourires sincères et leurs cœurs en paix.

« N'empêche, il reste du boulot », confiait Elorriaga à quelques-uns. Nous étions encore obligés de parler français. Peu, c'est vrai, mais chaque fois qu'un problème de taille apparaissait il fallait, comme des affranchis tendent les poignets au maître qu'ils ont fui, retourner à l'ancienne langue. « Je passe mon temps à leur *dire* qu'on ne doit plus rien dire », grommelait le Basque. Les convaincus qui l'entouraient voyaient des convaincus partout, mais lui ne cessait d'en douter. Nous nous allongions les uns sur les autres, nous poussions des grognements de plaisir, nous offrions des sourires d'extase à la pluie chaude d'été ou aux rayons du couchant – et pourtant certains faisaient semblant. Peut-être pas Ariel, après tout, mais d'autres, sûrement.

« Les enfants de nos enfants, raconte Maria Guéret, eux, on se disait qu'ils seraient parfaits. » Nous, nous trébuchions. Il y avait parfois des querelles, des mots en trop. Certaines idées automatiques résistaient, la jalousie, les convoitises. Un troc clandestin avait cours. Elorriaga dut mettre le holà quand il surprit Gorka, l'un de ses meilleurs lieutenants pourtant, en train de fabriquer des amulettes. Un culte idiot se répandait, ils étaient une bonne dizaine à vouloir se prosterner devant l'île et son volcan.

Nous le fatiguions tous, même les plus volontaires. Ceux-là étaient trop rigides, trop appliqués. Peut-être deviendraient-ils un jour des bêtes, mais on verrait les traces et les coutures de la transformation. « Oui, il lui arrivait de trouver que certains en faisaient trop, raconte Tholonet. Moi, apparemment, il m'appelait "Béni-oui-oui". » Et Véronique Martz, qui lui faisait des rapports sur l'état d'esprit dans les différents groupes, il l'avait surnommée « la Collabo ».

En même temps, il fallait pour son bien-être que les consignes ne soient pas toutes respectées. Nos défaillances l'autorisaient à crier contre les apprenants et à distribuer des coups. Les jours où il était d'humeur morose, son œil exercé n'était pas long à surprendre un manquement, et il fondait sur le fautif pour le punir et l'humilier. Il avait pris goût à être le meilleur d'entre nous, et à nous le montrer.

Depuis deux ans qu'il observait Ariel, il avait fini par connaître le répertoire d'inflexions de ses sourcils. Il savait quelles saveurs dans sa bouche illuminaient son œil. Il pouvait le dire à l'avance : lorsque, à la nuit tombée, Krano ou Solenn lui proposeraient d'aller se baigner, Ariel réagirait par un haussement d'épaules – aux choses qu'il aimait le gamin acquiesçait ainsi, comme devant la fatalité. Quand il était fatigué, il souriait davantage. Quand il dormait mal, il entrouvrait la bouche. Et quand il était contrarié, son regard glissait dans le vague, mais toujours vers la droite, à mi-hauteur.

À force de le déchiffrer, je crois qu'Elorriaga s'était pris d'intérêt pour lui. Et qu'il voulait lui plaire. « Peut-être, dit Maria Guéret. Il le voulait tout court. Ça lui suffisait pas qu'Ariel ne soit plus un danger. C'était un chat, Elorriaga aurait voulu en faire un chien. Un bon chien. » Et, pour cette raison, d'avoir brutalisé l'ami d'Ariel à présent l'irritait.

Quelques années auparavant, il avait déjà malmené Osvaldo Cooper, que le fils d'Albany adorait. On avait trouvé le vieux Cubain occupé à tresser une voile dont il voulait apparemment équiper le *Twister*. Aïtor et Teddy l'avaient torturé pour qu'il confesse en public son projet d'évasion. Mais Cooper avait tenu bon et refusé de dire où il avait caché l'embarcation, qu'on ne retrouvait nulle part. Comme il ne parlait pas, Elorriaga, emporté par sa colère, lui avait arraché un doigt, puis un autre, et un troisième encore. Le Cubain ayant perdu connaissance sans rien avouer, le Basque l'avait fait enfermer dans la grotte. On lui donnerait à boire et à manger. Il avait voulu partir, il resterait pour toujours leur prisonnier.

Ariel aimait Cooper. Maintenant Elorriaga venait de battre son ami Jason. Et le gamin reculait devant lui comme s'il était le diable. Alors je crois que le Basque chercha, ce soir-là, une compensation à lui offrir. D'un geste, il fit donner le meilleur morceau de viande au garçon. Il le regarda plusieurs fois pendant qu'un groupe dansait en ululant autour du feu. Enfin, il se pencha vers lui et déclara :

– Toi, Alice, ensemble, bien.

Ariel secoua la tête dans un sourire qui pouvait passer pour de la pudeur. Elorriaga répéta, un peu plus fermement :

– Alice et toi, ensemble.

Sa fille, Alice, avait des yeux en amande et un visage ovale, une peau claire, des cheveux blonds qui moussaient sur ses tempes. On aurait dit que la saleté ne prenait pas sur elle. Ses longs rires et ses regards brillants, lorsqu'ils tombaient sur vous, vous élevaient vers elle. Aucun garçon cependant n'osait approcher de trop près la fille d'Elorriaga. Comme par un accord tacite, et même si cela contrevenait au principe de libre choix censé régir nos vies, il était établi que nul n'irait avec elle sans l'assentiment de son père. Seul Jason s'y était risqué, allant même jusqu'à lui murmurer quelques mots dans l'oreille. Elorriaga l'avait pris à part et fermement écarté, cela confirmait la règle que tous avaient en tête. Il n'y avait qu'Alice qui semblait l'ignorer, et comme aucun homme ne lui témoignait d'intérêt, comme Jason s'était détourné d'elle, de brusques amertumes avaient fini par colorer son quotidien. Dans ces moments-là, elle se trouvait froide, s'accusait d'égoïsme, se soupçonnait d'être laide après tout. L'idée lui vint qu'elle était victime d'un sortilège et que Castellan, oui, Castellan, celui que la forêt avait avalé depuis si longtemps, le lui avait lancé. Avec Marjorie, qui souffrait, elle, de cystites à répétition, Alice fabriquait à l'insu de son père des poupées vaudoues censées leur attirer les faveurs du volcan. Le jour où il les découvrit, Elorriaga prit Alice par les épaules et la secoua.

Quand il se pencha vers Ariel et prononça le nom de sa fille, « Alice et toi, ensemble », je n'étais pas loin et j'entendis moi aussi, dans la voix d'Elorriaga, l'élan d'une complicité forcée ; et je vis moi aussi son œil de père mouillé par l'émotion ; et je sentis le poids que faisait peser l'épaule du géant contre celle du garçon. À la place d'Ariel, je me serais sans aucun doute laissé faire. Lui, il me l'a dit plus tard, sentit au contact de cette épaule affectueuse qu'il ne pouvait attendre plus longtemps. Cette nuit-là, sur son grabat, il décida d'agir.

22

Le plus simple serait de te dire que Solenn-Saulnier, c'était tout le contraire d'Alice. Elle avait la peau brune et les cheveux noir charbon. Ses sourcils toujours froncés creusaient déjà deux brèves rides au-dessus de son nez. Petite, fuyante, elle marchait d'un air constamment affairé. Nul ne l'entendait rire, et elle parlait le moins possible. On la voyait souvent dans les arbres, cherchant des nids, ou allongée près d'un terrier, son bras fouaillant à l'intérieur. Elle faisait griller des insectes et collectionnait les carapaces de crabes. Je crois bien qu'Aïtor avait demandé vingt mots supplémentaires pour exiger qu'on les confisque, au motif que les collections n'existent pas dans la nature, mais elle lui avait mordu le bras ou bien quelqu'un s'était souvenu d'un animal collectionneur, singe amazonien, fourmi exotique – en tout cas, la collection était restée.

Ariel et Solenn-Saulnier fréquentaient sans doute les mêmes coins reculés de l'île. Ils avaient dû s'apercevoir, de loin en loin. Entre solitaires, ils s'étaient reconnus.

Même s'il était interdit de nous appeler par nos prénoms, elle n'avait pas craint de lui dire qu'elle s'appelait Solenn-Saulnier et qu'elle tenait à ces deux noms, cadeaux de ses parents. Sa mère, contaminée, avait disparu dans une ambulance au cinquième jour du confinement. Son père, un zombie prénommé Étienne, Solenn-Saulnier espérait le guérir de son hébétude en lui chuchotant, la nuit, des histoires du monde d'avant. Elle n'avait pas plus de dix ans lorsque la Grande Grippe avait frappé mais, dans sa mémoire, les souvenirs s'étaient figés et, chaque fois qu'elle retournait vers eux, elle les retrouvait sous leur glacis, inaltérables, complets. Bientôt, Ariel lui demanda si elle pouvait lui raconter à lui aussi ce qu'elle se rappelait. Ils se cachaient dans les rochers, ils s'allongeaient l'un près de l'autre et elle murmurait.

C'était un de ces amours adolescents, prudents et absolus. Ils se touchaient à peine mais s'embrassaient longuement. Parfois, Solenn-Saulnier approchait du nez d'Ariel un mince flacon de parfum qu'elle tenait de sa mère et gardait dissimulé dans le creux d'un rocher. Ce liquide exhalait dans leurs conversations des notes dorées qui les faisaient rêver à des lieux inconnus. Solenn-Saulnier parlait à mots couverts du jour où elle pourrait poser librement des gouttes de parfum sur ses avant-bras et son cou. Il viendrait, ce jour, après un accident de chasse. La bête aurait jeté le Basque au sol et enfoncé de longues défenses dans son ventre. Solenn l'appelait, en riant à moitié, le Jour du Bon Sanglier.

Ariel n'en finissait pas de la regarder. Il la trouvait merveilleuse et il le lui disait. Après, quand tout ça serait fini, il était certain qu'ils auraient des enfants ensemble et une vie fantastiquement ordinaire, avec une voiture et une maison à deux étages.

Il la retrouvait lorsque Elorriaga ou les avancés décrétaient un jour de solitude. Chacun partait dans son coin, il fallait rester de l'aube au crépuscule à cinquante pas au moins de tout autre être humain, seuls les enfants de moins de six ans étaient exemptés, et en général Diana demeurait au camp pour les garder.

Peu de temps après l'histoire de l'échiquier, l'un de ces jours fut annoncé. Ariel se dirigea vers le volcan et je le suivis de loin pendant quelques minutes. Les jours de solitude me terrifiaient, j'avais peur que mon tour vienne. Des disparitions avaient eu lieu pendant cet exercice : Guilhem, Sullivan, On-est-où, Kenza n'étaient pas revenus. Au camp, le nom de Castellan se murmurait. On l'imaginait en cannibale, griffu, ses dents devenues des crocs ; il attendait ces jours de dispersion pour fondre sur sa proie. J'ai appris bien plus tard qu'Elorriaga nous isolait pour tuer plus à son aise les gêneurs. Mais peut-être le savais-je déjà, quoique confusément. Le matin, avant le départ, certains des avancés se consultaient à voix basse ou échangeaient de longs regards. Je voulais croire qu'ils redoutaient eux aussi une nouvelle disparition et je faisais taire ce qui en moi avait peur d'eux.

Ariel se glissa entre les larges racines d'un arbre et y laissa passer une à deux heures. Puis, en se retournant souvent – ce qui m'empêcha de le suivre –, il marcha vers le sud et rejoignit la pointe de sable où les naufragés avaient établi leur premier campement. « C'est Solenn-Saulnier qui avait eu l'idée », dirait-il le soir où il me raconterait la fin de leur histoire. Le panneau indiquant PARIS était encore debout mais les lettres se devinaient à peine. La plupart des abris s'étaient effondrés et ensablés. Ariel ne reconnut rien, ou plutôt il lui sembla qu'on avait construit là les ruines factices d'un endroit qu'il avait habité.

Il appela, personne ne répondit. Il poussa la porte des deux abris encore debout. Son cœur battait fort, il espérait trouver Solenn et avait peur en même temps de ce qui allait suivre. En l'attendant, il s'accroupit face à Grande Baie. Il tenta de se remémorer à quoi ressemblait le navire qui, dans le temps, bouchait la vue, et sur lequel il avait paraît-il traversé l'océan – comme il ne gardait aucun souvenir d'être monté à bord, il se demandait parfois si ce n'était pas une autre fable inventée par les adultes, d'autant que Solenn-Saulnier, elle non plus, n'avait pas la mémoire de cette traversée. Il fit semblant de prendre quelques photos en imitant avec sa bouche le déclic de l'obturateur, mais il avait la gorge serrée et finit par s'étendre de tout son long dans le sable brûlant.

Soudain, elle était assise à califourchon sur son dos. Il la poussa et lui lança du sable à la figure. Ils se poursuivirent en aboyant puis entrèrent dans l'eau à bonne distance l'un de l'autre. La houle était très régulière, ils se laissaient flotter.

De retour sur la plage, elle alluma un feu et fit des jongles avec deux courtes branches qu'elle avait embrasées. Pendant un moment, Ariel tenta de ne penser qu'à cette prouesse, au goût qu'avait Solenn pour le feu, à la tête que feraient les gens quand ils retourneraient en France et qu'elle lancerait en l'air ses torches enflammées. Ensuite elle dit quelque chose comme :

– On y va ?

Ariel, se découvrant sans force pour lui faire son annonce, haussa tristement les épaules. Solenn rit et dit encore :

– On n'y va pas ?

Il eut un autre tressaillement d'épaules et elle se rembrunit. Alors, marchant à ses côtés sur le rivage tandis que, contrariée, elle faisait mine de chercher des carapaces de crabes comme si rien d'autre au monde ne comptait, il voulut gagner du temps en lui détaillant des souvenirs qu'il avait retrouvés dans des rêves récents, le visage fripé comme du papier mâché de sa maîtresse, des parties de foot dans la cour de l'école avec un ballon en mousse, un garçon riche qui l'avait invité à dormir chez lui – sauf que l'écriture du rêve semait dans tout ceci des éléments douteux : sa maîtresse avait les yeux presque jaunes, des enfants escaladaient la façade de son école sous l'œil martial d'un pompier –

– Tais-toi, lui dit Solenn-Saulnier.

Et comme elle lui prenait la main pour l'entraîner vers l'un des abris dévastés, Ariel sentit une chaleur dans sa poitrine, ses genoux chancelaient. Croyant sans doute qu'il avait peur de ce qu'ils s'étaient promis de faire ce jour-là dans l'abri, Solenn voulut glisser sa main jusqu'à son entrejambe. Il détala sur quelques mètres, et quand il se retourna ce fut avec un air si épouvanté qu'elle rit encore une fois.

Dans la chaleur, le corps brun de Solenn vibrait comme s'il s'était trouvé derrière une paroi de verre. Les bras croisés sous ses seins, les cheveux longs et emmêlés dans le vent, elle attendait Ariel en souriant.

Alors il lui avait fallu marcher jusqu'à elle. Mais seuls les deux ou trois premiers pas avaient été difficiles. Ensuite il s'était retrouvé comme à côté de lui-même et c'est de cet endroit qu'il entendit sa bouche dire tout d'une haleine :

– Faut plus qu'on se voie.

Une émotion saisit Solenn et Ariel se souviendrait longtemps après de son regard soudain perdu. Enfin, repoussant l'affolement qui l'avait paralysée, elle réussit à répondre :

– N'importe quoi, Ariel.

Et lui, à la manière des boxeurs dont sa mère lui avait raconté les victoires, sentant qu'il fallait enchaîner avant que l'autre se reprenne, il avait assené :

– Je t'aime plus. C'est fini.

Elle l'avait traité plusieurs fois de menteur et de lâche tandis qu'il s'enfuyait dans la forêt.

23

Comme il cache depuis des années sa haine pour Elorriaga, il a fini par reconnaître, chez d'autres, le masque du mensonge. Il a pu repérer, ainsi, que Tholonet buvait. Le chef l'ignore, mais quelques hommes nouveaux ont gardé le goût d'un plaisir ancien et ils distillent de l'alcool au fond de la forêt. C'est, avec les imprimés, l'une des premières choses qu'Elorriaga a fait disparaître du camp. Mais l'alcool fait son retour, entre initiés.

Rentré au camp, Ariel fait signe à Tholonet de le suivre. Et maintenant qu'ils sont à l'écart le garçon lui lance quelque chose comme :

– De l'alcool, tout de suite. Sinon je te dénonce.

J'imagine les yeux de Tholonet qui s'arrondissent et clignent devant le gamin à la silhouette frêle. Mais, vingt minutes plus tard, Ariel a son alcool, assez pour être saoul, surtout quand on n'a jamais bu.

La nuit est tombée, on doit ranger le camp.

C'est l'un des soucis d'Elorriaga, ce camp, son ordonnancement, l'une des raisons de sa fatigue. Au début, il a voulu qu'il n'y ait plus de place attitrée, plus de routine, qu'on en finisse avec le feu et tous ces artifices de confort qui forment une cuirasse entre vous et le monde. Le nom « Bermeo » a été proscrit, les palissades ont brûlé, on a démonté les abris. Elorriaga désirait en finir aussi avec les heures de repas, les équipes, tout ce qui ressemblait à des rituels appris. La viande, on essaya de la manger crue, il fallait mastiquer, cela prenait des heures. Pendant ces quelques jours où rien ne devait cuire, la colonie affronta des maux de ventre périlleux. Alors On-est-où (c'était avant qu'Elorriaga ne le liquide) plaida pour le retour du feu. Et il conduisit le géant dans un vallon de la forêt. Des cailloux servaient aux singes à casser des noix, des brindilles à sonder une fourmilière. Il lui montra aussi que les enfants dormaient avec leur mère. Que l'alpha était autorisé à lécher plus de femelles que les mâles périphériques. Elorriaga ne dut pas trop aimer qu'On-est-où lui administre cette leçon d'histoire naturelle mais il révisa sans attendre son projet. Il y aurait des règles, et des rôles ; on allait s'organiser un peu.

Le camp, il le rêva sommaire et rationnel. Il découpa des zones, l'une pour les avancés, une autre pour les apprenants, la troisième pour les vivres, les outils et les armes, une dernière enfin pour la cuisine et les rassemblements. Mais des problèmes avaient surgi. Où rangeait-on les familles des avancés ? Et les zombies ? Était-il bien prudent de laisser toutes les armes au même endroit ? Bientôt, il fallut ajouter des règles, négocier des exceptions, créer des régimes spéciaux et des exemptions temporaires. À mesure que le règlement devenait plus nébuleux et la géographie plus floue, la discipline se relâcha. Tout traînait, les enfants, les outils, les zombies, les vivres.

C'est l'un de ces soirs où, tandis qu'Elorriaga s'efforce d'y mettre bon ordre, ses compagnons et même ses trois femmes l'exaspèrent. « Et lui aussi, dit aujourd'hui Maria Guéret. Lui aussi, il s'exaspère. Être le petit caporal qui crie sur tout le monde, il trouvait ça minable. » On s'empresse autour de lui dans un silence affairé où il perçoit peut-être, en plus de la fatigue, une désapprobation muette. Dans ces moments la langue doit lui manquer, il aimerait que ces crevards osent l'ouvrir et alors il leur dirait, une bonne fois pour toutes, combien ils le déçoivent et combien leur bassesse abîme son projet – tout devient si grossier qu'on dirait une parodie du monde qu'il a rêvé pour eux.

Mais soudain quelqu'un chante. Et sur le sentier apparaît la silhouette d'Ariel. Il tient à la main un long bâton avec lequel il frappe les rochers autour de lui, joyeusement. Sa voix éraillée, tapageuse, monte et descend, s'ouvre et se ferme, et ceux qui se souviennent des effets de l'alcool, ceux-là voient qu'il a bu.

Je jette un coup d'œil aux hommes qui m'entourent. L'effroi se peint sur leurs visages mais peut-être ont-ils aussi, comme moi, le cœur qui bat plus vite à cause d'un plaisir inconnu. Sans un regard pour nous, Ariel continue de chanter en frappant autour de lui des ennemis imaginaires. Alors c'est un de ces moments où le monde extérieur se contracte, il n'y a plus d'air, l'instant dure et le décor se vide, laissant face à face Elorriaga et Ariel. En cet instant, je voudrais croire que, comme dans la vieille histoire, Ariel va terrasser le géant, d'un coup de bâton peut-être, ou bien qu'à la seule écoute du chant proscrit Goliath vacillera, son corps de pierre s'effondrera comme un immeuble qui implose. Mais ce n'est pas ce qui s'est passé.

Elorriaga empoigne Ariel. Sur le visage du garçon s'étire un pauvre sourire de défi. Mais mon espoir s'évanouit quand j'aperçois dans ses yeux le reflet d'une peur toute pareille à la nôtre. Elorriaga le gifle, Ariel tombe, Elorriaga le relève, le gifle encore. On entend le mot « alcool ». De la bouche d'Ariel sortent des sons qui voudraient être un rire mais ressemblent à des hoquets. Elorriaga frappe et répète : « Qui t'a donné ? », de plus en plus fort, et comme Ariel ne répond pas un autre coup s'abat sur lui.

Je repense souvent à ce moment : nous autres nous sommes là, debout et immobiles, et nous regardons un garçon se faire battre sur cette île sans nom perdue dans l'océan, et nous nous demandons silencieusement s'il va mourir. Notre effroi est comme un lézard tapi sous un caillou, je ne saurais le dire autrement même des années plus tard ; cet effroi ne doit pas bouger, il doit épouser l'ombre et si possible s'oublier lui-même. Du sang coule de la bouche d'Ariel.

– Qui ? dit Elorriaga.

Et ce n'est plus une question. Il dit ces mots, il frappe et il relève le garçon.

– Qui t'a donné ?

Les yeux d'Ariel sont devenus vitreux. Je me demande s'il est encore en vie, quand soudain Elorriaga fait un pas de côté. Dans son dos s'est enfoncé le couteau de Jason. Et je crois me souvenir de l'œil d'Elorriaga qui s'arrondit d'un air vaguement incrédule. Il se retourne, Jason est devant lui et frappe une autre fois. Elorriaga bloque le coup. Du visage ensanglanté d'Ariel un « Non ! » jaillit, très clair, Jason n'a jamais fait partie du plan – l'alcool, les coups d'Elorriaga, la bouche obstinément fermée, oui, mais pas Jason, pas l'amitié de Jason –, et maintenant il est trop tard, le couteau a changé de main, Elorriaga renverse Jason, il donne un coup de couteau, un autre, il massacre, il tue, et Jason se débat, lance ses poings, son cri est rauque, mais le couteau d'Elorriaga le tue – des dizaines de fois il le tue.

Je crois bien qu'une pluie légère tombe, on dirait qu'elle poudroie.

Les frères Zubeldia descendent Ariel dans la grotte. Il va y rester enfermé des jours et peut-être des mois. Des larmes coulent sur son visage. Julien Zubeldia lui demande d'être un homme mais Ariel continue de pleurer.

24

Combien de semaines ou de mois séjourna-t-il dans la grotte, je ne saurais le dire. Le temps là-bas ne s'écoulait pas de la même manière qu'ici, il avançait irrégulièrement comme les vagues autour de l'île, de lents mouvements de houle précédant de brusques accélérations, des brisures, elles-mêmes suivies d'un ressac rapportant le jour d'après au jour d'avant, et une minute pouvait durer des heures, une semaine s'écouler à la vitesse d'un jour, de sorte que, dans cette suite intermittente d'étirements et de contractions, les années purent passer sans que l'on sache les compter, il aurait fallu additionner d'autres unités, des brèves et des longues, toute une algèbre inaccessible, et de toute façon Elorriaga avait interdit d'essayer.

Quand Ariel sortit de sa prison, un épais bandeau couvrait ses yeux, auquel on enlevait un tour de temps en temps pour qu'il se réhabitue à la lumière. Il ne voyait pas les regards que lui lançaient les autres, ceux qui le tenaient pour une mauvaise graine ou ceux qui, comme moi, revivaient en sa présence la mort ignoble de Jason et ne pouvaient lui pardonner. Seule s'approcha son ancienne amoureuse, Solenn-Saulnier ; un avancé lui ordonna de s'écarter.

Lorsque son bandeau lui fut ôté, un sourire s'épanouit sur le visage d'Ariel. On le vit courir sur la plage en écartant les bras ; il voulait, dans l'eau, faire des éclaboussures ; il jouait avec son frère Roumi à se cacher derrière les arbres et à quatre pattes il portait sur son dos les enfants les plus jeunes.

« On se disait que la grotte l'avait déglingué », dit Paul Aguilar. Il avait dû apercevoir, à l'intérieur, le spectre de sa mère – certains racontaient que la nuit, quand on s'approchait de l'entrée, on entendait encore Albany qui agonisait. Et puis il n'avait pas supporté de séjourner longtemps dans les ténèbres, avec pour seule distraction la présence d'Osvaldo Cooper – dans quel état se trouvait-il, le vieux Cubain cloîtré là depuis tant d'années ?

Parfois, Ariel était calme et même un air de mélancolie tombait sur son visage. Il allait voir du côté des cuisines si on avait besoin de lui. Ou bien il empruntait un arc et s'embusquait contre un rocher. Mais toujours un détail, papillon voletant, dessin confus d'un nuage, l'arrachait à son vœu de tranquillité. Il se levait. Il braillait, trottant ici et là. L'air ravi, il jouissait de l'île avec le zèle des idiots.

Je crois que Solenn-Saulnier l'aimait toujours. Elle s'approchait de lui et parfois l'apaisait en dépensant un mot aimable ou en serrant son bras. Mais, un matin qu'elle venait à sa rencontre, Ariel la repoussa et la griffa, ils se battirent, on dut les séparer. Et de ce jour on ne les vit plus jamais ensemble. Solenn-Saulnier se voûta. Elle ne mangeait presque plus et traînait sans but aux abords du camp.

La saison des vents commençait. Maintenant les arbres se balançaient nuit et jour dans un bruissement qui ressemblait à un monologue étouffé. L'écume arrachée aux vagues stagnait sur la plage en paquets frissonnants, dont certains sautillaient de place en place. Le vent soufflait de tous côtés. Un à un, il couchait les abris du camp, emportait tout ce qui était mal arrimé et, sifflant, rageant, pouvait certains jours faire voler des morceaux de bois de l'épaisseur d'un bras. Nous nous étions repliés dans les amas de rochers, à l'ouest de l'île. Mais Elorriaga aimant plus que tout la puissance du vent, nous avions le devoir d'en profiter. Les jours de solitude étaient de plus en plus fréquents. Malgré ma peur, j'aimais le vent, moi aussi. On avait froid au début puis on ne sentait plus rien, on n'entendait que ces rugissements toujours les mêmes, et la colonie pour un moment n'existait pas, l'île non plus, tandis que l'océan bouillonnait, que le sable tournoyait et que l'air, à la fois solide et souple, ignorant tout ce qui vivait et l'anéantissant, ne vous rencontrait jamais.

Un de ces jours, Elorriaga vint me trouver sur la plage et s'assit à côté de moi. Je me souviens de la tiédeur de son bras, dont la peau était étonnamment tendre à cet endroit, et comme le vent soufflait trop fort, comme je voulais être sauvé, comme il était le chef et savait tout mieux que moi, ma haine faiblissait, une partie de moi réclamait qu'il me prenne dans ses bras et qu'il me dise : « Je vais changer. » Et aussi : « Tout ira bien. »

Il dépensa quelques mots, cinq ou six, pour m'ordonner de surveiller Ariel. Je suppose qu'il ne croyait pas tout à fait à son idiotie, ni à sa béatitude. « Ce qui aurait pu lui faire plaisir, il n'y croyait jamais », dit aujourd'hui Maria Guéret. La nuit, il soupçonnait les femmes pressées contre lui de feindre le désir dans l'espoir qu'il leur accorde un supplément de nourriture ou un meilleur abri. Ses lieutenants les plus loyaux convoitaient sa place, il en avait la certitude. Leurs sourires étaient faux, leur bonne volonté truquée. Quant au fils d'Albany, il n'avait pu renoncer au projet de venger sa mère. De nouveau le géant dormait mal. « La mort de Jason, ça ne lui passait pas », croit savoir Julien Zubeldia. Elorriaga revoyait les yeux interloqués du gamin, au troisième ou au quatrième coup de couteau, quand il avait senti que la vie le quittait.

Et la tristesse de sa fille l'assombrissait, aussi. À la mort de Jason, Alice s'était souvenue des regards que le garçon lui lançait et d'un ou deux gestes d'affection qu'il avait osés. Quand son père venait la voir, elle reculait en sanglotant. Il refusait de l'admettre mais elle était tombée très amoureuse de Jason-qui-est-mort et, sur cette île où l'on ne parlait plus, où ni le vent, ni l'océan, ni les arbres ne démentaient jamais vos rêveries, ce genre de pensée pouvait prendre des proportions qu'ici on n'imagine pas, pouvait vous poursuivre partout et même se couler dans la forme des choses. Elle le jurait, le visage de Jason-qui-est-mort lui apparaissait chaque jour dans les reflets de l'eau.

« Son père la voyait devenir folle, poursuit Julien Zubeldia, et c'était à cause de lui. » Comme il ne pouvait lui parler autant qu'il l'aurait voulu, à cause des restrictions linguistiques qu'il avait lui-même ordonnées, Elorriaga s'était résigné à les adoucir : vingt mots par jour pour tous les apprenants, quarante pour les avancés, et aucune limite pour lui, qui devait veiller sur nous tous et si souvent nous corriger. Il avait présenté cet assouplissement comme une mesure temporaire, le manque de progrès de certains imposait de communiquer davantage. « Ç'a été une grosse erreur », estime aujourd'hui Zubeldia. Le compte des mots était devenu difficile à tenir, beaucoup calculaient à l'estime. « On s'est mis à reparler. Tout le monde. C'était l'un des piliers de ce qu'on voulait construire et il l'a démoli, comme ça. »

Je n'ai jamais su ce qu'Elorriaga en pensait. Peut-être s'attristait-il de voir son projet reculer tandis que l'ancienne langue, inexorable, revenait triomphalement dans notre vie.

Ou peut-être était-il soulagé de cette défaite qui le libérait, comme nous, d'un silence auquel des esprits élevés dans le bavardage ne s'habitueraient jamais, pas plus le sien que les nôtres.

« Il sentait que ça craquait, se souvient Julien Zubeldia. Il me l'a dit un soir. Qu'il se trouvait moins bon. Qu'il prenait plus les bonnes décisions. Je lui ai expliqué qu'à mon avis il fallait resserrer. La petite Solenn par exemple, ou même sa fille Alice, on pouvait pas les laisser traîner comme ça, déprimer, plus faire les exercices. Et les mots, je lui ai dit qu'il avait eu tort. Mais il a haussé les épaules. »

La mélancolie d'Alice occupait l'esprit du chef. Comme elle ne voulait plus lui parler, il envoyait deux filles de son âge lui souffler des maximes de son cru, mélange d'optimisme et de résignation grâce auquel il espérait encore la sauver. Quand son attention se détournait d'Alice, il observait en plissant les yeux le comportement d'Ariel. Le gamin était taciturne puis soudain gai ; il riait à contretemps et, brusquement, lâchait un mot tout à fait à propos ; l'instant d'après, son attention s'était fixée sur l'un de ces scarabées à l'odeur de poivre, qui cheminait près de ses pieds. C'était la folie telle qu'on pouvait se la représenter, et le Basque se méfiait de tout ce qui ressemblait trop à l'idée qu'il s'en faisait.

Il avait dû remarquer que mon regard s'attardait lui aussi sur le fils d'Albany. Alors il fit de moi son détective. Tous les jours, je surveillerais Ariel.

Des filatures commencèrent. Souvent, Ariel partait seul de l'autre côté de l'île, ce qu'Elorriaga laissait faire, curieux de savoir si ces excursions dissimulaient un dessein secret.

Les matins, il les passait sur le rivage, pas loin des ruines de Paris, à se rouler sur le sable humide où les vagues allongeaient leurs auréoles tièdes ; l'après-midi, il montait sur les pentes du volcan, regardait les oiseaux tourbillonner dans le ciel bleu et s'étendait sur une pierre chaude. Son corps en séchant exhalait une vapeur blanchâtre.

Ces moments-là devinrent pour moi redoutables. À l'ennui de ne rien faire (qu'Ariel allégeait parfois en me gratifiant d'une variation dans sa routine, comme ce jour où il assembla dans une palme un bouquet de fleurs violettes, et cet autre où il accompagna les allées et venues d'un cortège de crabes en se déplaçant de biais comme eux), à cet ennui s'ajoutait le sentiment de mon infirmité. Plus les jours passaient et plus je croyais à sa conversion ; plus je le voyais s'enfoncer dans le sable, devenir inerte, s'accorder au temps étale de l'île, et moins je m'en sentais capable. Mes pieds me démangeaient, je me tortillais dans l'ombre et des souvenirs troubles m'assaillaient, l'intérieur trop chaud d'une voiture, le bruit de mes pas en montant sur le ferry, la tempête peut-être, le cri d'une femme que je ne voyais pas et qui n'était sans doute déjà plus ma mère – toutes choses opaques et inutiles et oppressantes dont ni le brouhaha de l'océan, ni le vent dans les arbres, ni le spectacle monotone de cet apprenti animal ne pouvaient me délivrer. Alors parfois, pour échapper à ce supplice, je m'enfuyais dans le sommeil.

Au prix d'une discipline chaque jour reconduite, Ariel obtint ce qu'il voulait : ma vigilance se relâcha, je le regardais sans le voir et, sous l'influence de mes propres rêves, il m'arrivait de ne plus savoir ce que j'avais observé ce jour-ci ou la veille. Mes rapports à Elorriaga, heureusement pour moi, n'en furent pas affectés. Je découvris que je savais inventer, les mots venaient facilement, malgré les restrictions j'en avais mémorisé de toutes sortes, des verbes pour décrire la démarche d'Ariel, des adjectifs pour peindre la lumière sur l'eau. Et il me sembla qu'Elorriaga, qui ne m'interrompait jamais, prenait plaisir à écouter les comptes rendus les plus fictifs, ceux où, par crainte de le décevoir, j'ajoutais quelques détails de ma composition, un rire qu'avait eu Ariel quand une vague plus forte l'avait surpris alors qu'il somnolait, le pas nonchalant d'un oiseau qu'il avait longuement observé.

Un jour que je relevais la tête après m'être assoupi, je vis qu'Ariel n'était plus là. Pendant quelques instants, le monde se mit à tourner autour de moi. J'inspectai le rocher sur lequel il était allongé comme s'il avait pu s'ouvrir en deux et l'avaler. Puis je repartis vers le camp, mais la crainte d'un châtiment, si j'avouais ma défaillance, me fit rebrousser chemin. À pas comptés, je gravis le volcan et crus l'apercevoir sur le versant d'une solfatare. Mais l'instant d'après la silhouette se dispersa. Alors, ne sachant plus où le trouver, je résolus d'attendre qu'il reparaisse à l'endroit même où il s'était évanoui.

Il revint un peu avant la nuit, s'approcha de moi et me dit : « C'est bien. » Je compris à ces mots que je pouvais l'aider.

Les jours suivants, il s'allongeait sur la roche, c'était le signal pour que je ferme les yeux. Un sommeil épais me prenait, sans faille, sourd à la rumeur de l'île. Au réveil, je l'attendais en cherchant la matière du rapport qu'Elorriaga écouterait à mon retour. Ariel revenait en fin d'après-midi et, sans un regard vers moi, poursuivait son chemin jusqu'au camp. À mesure qu'il en approchait, je l'entendais pousser des rires ou claquer de la langue. Quand ils le retrouvaient, les autres apercevaient l'idiot qu'ils croyaient bien connaître.

Malgré le secret qui nous liait, je désirais savoir où il se rendait chaque jour. Alors, à mon tour, j'endormis sa vigilance. Dès qu'il rejoignait son rocher, je m'allongeais dans les broussailles, et il verrait que je l'attendais en fin d'après-midi toujours au même endroit, toujours tête baissée, comme un auxiliaire docile.

Enfin, un jour qu'il s'éloignait pour entrer dans l'ombre des arbres, je le suivis de loin. Après avoir dévalé une pente abrupte, il atteignit une étendue de hautes fougères, s'y enfonça, et je le perdis de vue. Des traces menaient jusqu'au sillon pierreux d'un maigre ruisseau qui, quelques mètres plus loin, se jetait dans la mer en cascadant sur un à-pic. Je voulus gravir le versant d'en face, où s'accrochaient quelques épineux. Mais il était bien trop vertical pour qu'Ariel ait poursuivi dans cette direction. En remontant le petit cours d'eau, très vite on rencontrait une autre pente, raide et gravillonneuse, où le pied dérapait. Chaque fois que je le suivais, ma filature s'interrompait à ce ruisseau ; le temps que j'y parvienne, Ariel avait disparu.

Un après-midi, j'en étais à chercher dans les frondaisons des arbres un adolescent surhumain sautant de branche en branche quand j'aperçus, sur le bord extrême de mon champ de vision, un point en mouvement. Dans l'océan, quelqu'un nageait. C'était Ariel.

Arrivé au bord du promontoire, là où le ruisseau se précipitait, il attendait un répit de la houle, prenait trois pas d'élan et sautait dans le vide. Puis il nageait de toutes ses forces vers le large, pour se mettre à l'abri des vagues qui menaçaient de le jeter sur la falaise, et il obliquait vers le nord. Alors, ballotté par la mer, qui était toujours forte à cet endroit, il longeait la côte avant de s'effacer derrière un épaulement. Quelques heures plus tard, on voyait reparaître une tache brune dans les ondulations de la houle. Il semblait faire du surplace, je me disais qu'il n'arriverait jamais à revenir et pourtant, dans ces énormes masses d'eau que rayaient des lignes d'écume, il se rapprochait peu à peu. Rendu en bas du promontoire, il escaladait sa paroi. Une fois en haut, il restait accroupi et haletant pendant de longues minutes. Les os saillant sous sa peau d'oiseau déplumé, il attendait que son corps sèche avant de me rejoindre.

Un matin qu'Ariel, seul en scène, faisait mine de se prélasser dans une flaque d'eau salée, je suis allé dans cette mer. L'envie de voir où il se rendait tous les jours m'avait poussé vers l'à-pic et je ne crois pas avoir même hésité au moment de plonger. Si toi qui lis ce livre cela te semble étrange, c'est parce que tu n'as pas vécu sur cette île. Dans la pénurie d'idées nouvelles où nous étions, j'étais peut-être comme Elorriaga : le mystère m'ôtait le sommeil, toutes mes réflexions se fracassaient sur l'épaulement derrière lequel Ariel disparaissait chaque jour. Il fallait que je sache.

J'ai nagé comme j'avais vu Ariel le faire, vers le large d'abord puis vers le nord, très lentement. La mer, d'un bleu profond, presque noir, gonflait et se creusait, mais le courant me poussait peu à peu. Masquée jusqu'au dernier moment, une faille est apparue dans la falaise. Elle dessinait un triangle d'ombre. Et comme la prochaine crique était encore loin, je m'en suis approché. Un soulèvement de l'eau m'a poussé contre la falaise. Ma tête et ma jambe droite ont percuté un récif, une autre vague m'a happé puis relancé sur lui. Cette fois j'ai avalé de l'eau et commencé à suffoquer. Mais la vague suivante n'était pas aussi forte et je me suis jeté dans la caverne.

Un bassin étroit s'enfonçait dans l'obscurité. J'ai sans doute avancé en nageant à la recherche d'un rebord où me hisser pour reprendre mon souffle, je ne sais plus très bien. Mes plaies, à la jambe et à la tête, lançaient de brusques décharges de douleur. L'eau était entièrement lisse et le lieu silencieux. Je n'entendais même plus l'élan furieux des vagues heurtant derrière moi la falaise. Sous l'effet d'un vertige, j'eus l'impression que la caverne se dilatait, ses parois se creusant à mesure que je progressais. Bientôt, tout ou presque fut ténébreux autour de moi, à l'exception d'une grande forme grise au loin. Après une hésitation, je nageai jusqu'à elle, et jamais la vision d'une chose inanimée ne provoqua chez moi un tel ébranlement.

L'obscurité dentelait ses contours, et ses flancs paraissaient diffuser leur propre lumière, faiblement phosphorescente. C'était le fantôme du *Twister*. Je m'approchai encore, la forme devint nette, et je touchai la coque. C'était le *Twister*.

Derrière lui, sur une étroite grève où l'on ne tenait qu'accroupi, des branches épaisses et longues s'alignaient. L'une d'elles avait pris la forme décidée d'un aviron. Une autre branche était en cours de façonnage, un genre de rabot rudimentaire patientait auprès d'elle.

Là, dans cette crypte inconnue de nous, Ariel préparait son évasion.

25

Parfois, Elorriaga posait une question ou réclamait d'autres détails. « Et c'est tout ? » disait-il. Mon récit chaque jour répété des extases d'Ariel était en train de le lasser. Ses soupçons attendaient une preuve de leur bien-fondé.

Un soir, impatienté, il laissa entendre qu'il songeait à me remplacer. Je ne commis pas l'erreur de m'y opposer. Mais si je voulais continuer à protéger Ariel mes rapports devaient exaucer les désirs d'Elorriaga et glisser dans le quotidien de l'idiot l'amorce d'un récit plus palpitant. Sur l'île, des riens faisaient événement. Parfois, dis-je sans avoir l'air d'en mesurer l'importance, Ariel restait pensif et tout changeait en lui – son visage se durcissait, il parlait à voix basse. Le lendemain, j'ajoutai que je l'avais vu exécuter une série de pompes. Elorriaga répéta les mots que je venais de prononcer. L'excitation perçait dans sa voix rude.

Dès lors nous vécûmes, Elorriaga et moi, avec ce deuxième Ariel, prudent, sournois, qui jouait la comédie de l'ensauvagement mais ne rêvait que de planter un couteau dans le cœur du colosse. Je racontais ses exercices physiques, cet effort dérisoire qu'il faisait pour prendre du muscle – Elorriaga aimait ces détails-là et répétait « Mais il reste maigre comme un poulet » en souriant doucement. J'installais Ariel sur Longue Plage, debout, si consumé par la haine qu'il oubliait de la dissimuler. Et ses mâchoires serrées, comme le sanglot secouant ses épaules, révélaient tout de ses pensées. Surtout je lui faisais tailler un couteau dans le bois le plus dur, qu'il finirait par durcir encore sur les flammes d'un petit foyer. Travail lent, ralenti par l'impropriété de l'outil (une simple pierre tranchante, même pas un rabot) et par la crainte d'être à tout moment découvert. Elorriaga hochait la tête. Il acceptait ce délai et même le savourait. Le jour où tout serait prêt pour le tuer, il faudrait arrêter le gamin et mettre un point final à cette histoire qui le divertissait.

Malgré la difficulté de l'entreprise, le plan d'Ariel avait bien progressé. Il s'était procuré de l'alcool et avait subi les coups d'Elorriaga sans révéler qui lui avait fourni la substance interdite de manière à mériter la punition la plus sévère après la pendaison – on l'enfermerait dans la grotte. Au plus profond de ce cachot, les conversations échappaient à tout contrôle. Personne ne saurait rien de ce que Cooper et lui se diraient.

Au fil de ses années de captivité, le Cubain était resté soumis à une immuable routine : deux fois par semaine, on déplaçait les pierres fermant la cheminée par laquelle Elorriaga avait pu autrefois s'échapper, une corde y descendait de l'eau et de la nourriture. Au début, Cooper voulut faire durer ces moments où, grâce à l'ouverture invisible au sommet du conduit, des particules de lumière atténuaient la densité du noir. Mais s'il tardait trop à défaire les nœuds pour prendre ses rations la corde remontait. Privé d'eau, il manqua mourir de soif en deux occasions. Avec le temps, il finit par haïr les ravitaillements. En éclaircissant ses ténèbres, on lui rappelait ce qu'il était.

Il meubla le temps immense devant lui en revenant aux plaisirs de la collection. À une époque reculée, qu'il voulait croire préhistorique, des rongeurs avaient séjourné dans cette grotte et certains y étaient morts. À tâtons, Osvaldo

Cooper récoltait leurs squelettes. Il s'allongeait et rampait très lentement, ses bras balayant par amples demi-cercles le sol autour de lui. « Je devais avoir l'air d'un nageur des grands fonds », dit-il.

Au bout de quelques mois, ou d'une année peut-être, il avait découvert une quarantaine de dépouilles. Et il lui semblait qu'à travers les âges il disputait une partie de colin-maillard avec les rongeurs, ceux-ci ayant choisi pour leur trépas des fissures et des renfoncements que ses doigts aguerris finissaient par trouver.

Les ossements récoltés, il entreprit de les classer par tailles, puis il eut l'idée de composer avec eux des lettres de l'alphabet ou des dessins, une maison, des montagnes, un cheval, dont il corrigeait le tracé jusqu'à parvenir, au toucher, à la forme parfaite. Mais il se lassa bientôt de cette activité.

À l'époque où Ariel le rejoignit, Cooper complétait des collections immatérielles, par exemple de mots français commençant par *tra* – « tracas », « trace », « tradition », « traduction », « trafic » ; il en avait récolté une soixantaine. Plusieurs années s'étaient écoulées depuis le début de sa captivité et il était à présent tout à fait dément. À intervalles réguliers, il recevait des visites, dont celle d'un comité cubain, quatre ou cinq hommes désagréables qui le soupçonnaient de rédiger des tracts hostiles au chanteur Carlos Puebla. De temps en temps, un ancien camarade de classe, Léster, parvenait également à se glisser jusqu'à son oreille. Osvaldo n'avait jamais discuté avec lui du temps où il vivait à Cuba mais il revoyait parfaitement son profil d'aigle, et d'ailleurs dans le noir il l'apercevait encore, Léster n'avait pas changé – sauf que sa vie était assombrie par d'interminables problèmes de couple dont il voulait sans cesse lui parler. Pour le chasser, le vieux Cubain employait un ton coupant qui était nouveau pour lui.

Quand Ariel fut jeté dans la grotte, Cooper prit peur et s'embusqua. « Un démon était entré chez moi, un démon solide. Mon cœur a failli exploser. » Ariel l'appelait dans l'obscurité. « Une voix grinçante, se souvient Osvaldo. Qui te triturait l'intérieur du cerveau. » Il sauta sur le démon et l'étrangla. « Je suis là », dit Ariel – et sa voix venait d'un peu plus loin, il se multipliait. Le vieux Cubain le combattit pendant des heures mais ne parvint jamais à le tuer. Alors il s'assit contre un rocher, remonta ses genoux et pleura.

Ariel ne s'était pas découragé. Il s'attendait à la folie du Cubain, à sa puanteur, ses doigts griffus, sa crinière torsadée par des années de crasse. Il ne s'approcha pas pendant les premiers jours. « Je crois juste qu'il disait mon prénom, qu'il essayait de me parler d'une voix douce », se rappelle Osvaldo.

Un jour, il entendit Ariel lui dire « tracteur » et « tractopelle », puis « trampoline ». Il s'étonna que l'intrus pût savoir à quoi il occupait son temps mais il accepta ces présents. Plus tard, il lança le garçon sur la liste des mots en *cré*, qui lui causait tant de tourments. Même si Ariel ne lui souffla rien qu'il ne connût déjà, le Cubain ne fut pas mécontent de partager avec quelqu'un ses affres de collectionneur. Et peu à peu il revint à la surface de lui-même, là où flottaient, éparses, les quelques informations qu'Ariel était venu chercher. Le Cubain lui indiqua où il avait caché le *Twister* – c'était juste après le triomphe des Basques et Osvaldo se doutait bien qu'ils voudraient le détruire, alors il l'avait tiré jusqu'à cette caverne découverte un jour qu'il pêchait seul sur sa petite barge. Ce fut aussi Cooper qui convainquit Ariel de fuir l'île à la rame – fabriquer une voile prendrait beaucoup de temps, et de toute façon le gamin ne saurait pas l'utiliser. Le Cubain lui dit quel bois couper et comment le tailler ; quel fil et quelles amorces emporter pour pêcher ; comment survivre si, manquant de tout, il en était réduit à boire de l'eau salée.

Juste avant que la punition d'Ariel prenne fin, quand tous les deux entendirent un grand tumulte à l'entrée de la grotte puis la voix de Zubeldia qui appelait le gamin, ils s'étreignirent. Ensuite, le Cubain oublia la venue de l'intrus. L'existence du dehors, il la tenait pour une hypothèse invérifiable, mieux valait ne plus y songer. Il replongea dans le monde qu'il connaissait. Tu n'entendras plus parler de lui jusqu'au dénouement de cette histoire.

26

Quand Ariel eut façonné une deuxième paire d'avirons, il entreprit de rassembler des provisions pour son voyage. Dans la Déchetterie, il trouva plusieurs bouteilles ou flacons en plastique, qu'il nettoya pour emporter de l'eau. Leur volume était faible, Ariel ne l'ignorait pas. La nourriture, il en manquait aussi. Cooper lui avait expliqué comment fumer la viande, mais chasser lui semblait dangereux, on risquait de le surprendre. Il récolta des fruits, qu'il fit sécher dans le vallon où je l'avais suivi. Le reste, il fallait le voler. Alors il se levait au milieu de la nuit pour chaparder de la viande séchée. Puis il s'enhardit et fit disparaître trois bidons d'eau. Enfin il osa dérober l'un des cinq jerricans, qui pouvaient contenir jusqu'à cinquante litres.

Le lendemain matin, quelqu'un s'avisa que l'un des jerricans manquait. La saison des vents prenait fin, du crachin tombait sur l'île et un jour morne s'annonçait. Pour tromper leur ennui peut-être, ou parce qu'ils aimaient ça, Augustin et Gorka voulurent enquêter comme on le faisait dans l'ancien monde, en inspectant le lieu du crime et en malmenant des témoins. « Gorka s'était couvert les épaules d'un morceau de bâche grise, se souvient Maria Guéret. De loin, on aurait dit l'imperméable d'un vieux détective privé. »

Comme ils l'interrogeaient, Diana Lehambre se souvint que, empêchée de dormir par un dos douloureux, elle s'était levée pendant la nuit et avait vu quelqu'un marcher au milieu du camp, peut-être Ariel, peut-être bien Ariel.

Convoqué par les enquêteurs, l'adolescent se récria. Déjà, Elorriaga s'approchait. Pris de court, Ariel avait blêmi. Gorka fit entrer un faux témoin, le petit Zacharie. Il prétendit avoir vu lui aussi Ariel cette nuit-là, du côté des cuisines. Comme dans la série policière où Gorka avait puisé ce stratagème, l'accusé vacilla devant ce deuxième témoin. La bouche entrouverte, il les regardait sans plus rien dire.

– Sûr que c'est lui ! s'exclamait Gorka.

Et il frottait son poing gauche du plat de la main.

Elorriaga prit le garçon par les épaules et murmura doucement quelque chose comme :

– T'allais où avec ce jerrican ?

Ariel ne répondit pas. Je me souviens que le colosse releva la tête et promena un regard pensif autour de lui. On pouvait presque voir la chaîne d'un raisonnement s'assembler dans son esprit. Il allait tout comprendre, alors je dis :

– C'était moi. Près des cuisines, c'était moi.

J'avais eu faim. Je m'étais levé pour piquer quelque chose.

– Mais le jerrican ? dit Elorriaga.

Et je vis bien, à un geste d'irritation, qu'il n'avait aucune envie de me croire.

Les yeux d'Ariel restaient baissés mais toute son attention était fixée sur moi. Je m'entendis ajouter :

– Le jerrican, je l'ai pris.

À force de gifles, on me fit parler d'un radeau que je voulais construire, d'une évasion dont je rêvais. Elorriaga secouait la tête, quelque chose de précipité dans mes aveux devait lui sembler douteux. Heureusement, Gorka s'enthousiasma. Les coupables sont bien souvent les types qu'on soupçonnerait le moins, l'Amiral avait dit la même chose autrefois, et Gorka le répétait.

J'avouai que, malgré ce qu'on m'avait enseigné, je continuais de croire à l'existence d'un autre monde. Scrutant les confins de la mer, je désirais entendre d'autres mots, contempler de nouveaux visages. Mais ma confession avait besoin de preuves accablantes, et du jerrican avant tout.

Je conduisis les enquêteurs jusqu'au vallon. Des fruits achevaient de sécher sur des pierres. Et le jerrican était là. Par chance, Ariel n'avait pas eu le temps de le porter jusqu'au *Twister*. Je pleurai de soulagement, ils y virent un aveu de plus.

On m'administra dix coups de câble et on me jeta dans la grotte. Cooper me flaira, me griffa puis me laissa tranquille. Il était retourné dans sa folie. Je ne fus pas long à l'y rejoindre.

Elorriaga restait méfiant. J'avais volé de quoi transporter l'eau avant même de construire un radeau, ce n'était pas logique. Et puis il avait le fils d'Albany dans la tête. C'était lui qu'il voulait soupçonner.

Baltimore fixa une menotte à une corde, la plus solide et la plus longue. Ce serait la laisse d'Ariel. Le Basque la noua autour de l'arbre-pieuvre près duquel il aimait somnoler.

Au début, Ariel tira sur la corde et poussa quelques cris. Puis il parut se résigner. Quand Elorriaga s'allongeait, il s'allongeait lui aussi. Quand l'un de ses lieutenants venait voir notre chef, le garçon couvrait ses oreilles comme si les mots l'importunaient. Cette répulsion ne pouvait que plaire au Basque. Depuis qu'il avait assoupli son règlement, le camp bruissait de conversations et de rires. Elorriaga n'en faisait le reproche à personne mais il devait se sentir trahi. Le matin, il montait jusqu'à l'arbre-pieuvre et passait souvent ses journées là, à ruminer des pensées maussades. Au bout de sa corde, Ariel, lui, ne disait jamais rien.

Dans la confusion où il était plongé, Elorriaga en venait à se demander si la duplicité de ce gamin n'existait pas que dans son esprit. « Il commençait à croire que tu lui avais raconté ce qu'il voulait entendre, témoigne Maria Guéret. Cette obsession qu'il avait de la vengeance d'Ariel, c'était sa faiblesse, et tu l'avais utilisée pour couvrir tes préparatifs. »

Comme Ariel donnait l'impression de revenir peu à peu à la raison, Elorriaga se prit à penser qu'il était pour quelque chose dans le rétablissement du garçon. Il avait eu, avec cette laisse, une grande idée ; l'esprit divagant du gamin avait enfin trouvé un endroit où s'ancrer. « Alors il s'est mis à regarder Ariel comme son plus beau succès, croit savoir Julien Zubeldia. D'autant que, sur le reste, il avait l'impression d'un échec. »

On vit Elorriaga détacher Ariel et l'emmener de temps en temps jusqu'à la crique, où le garçon se nettoyait. Puis la laisse ne servit plus que pendant les nuits, pour s'assurer qu'il ne s'enfuirait pas. Dans la journée, il restait à côté de son maître et l'accompagnait partout. Certaines fois, il formulait une question ; à d'autres moments, il se proposait pour aider. Elorriaga hochait la tête. Mais une peur ancienne le retenait de croire entièrement à cette amitié qui naissait entre eux. Un jour, Ariel fit signe à son maître qu'il voulait dormir sans la laisse et le colosse répondit « Non » d'une voix ferme.

Le garçon ne perdit pas courage. Il se mit à suivre Alice des yeux. Quand elle venait près d'eux, il baissait la tête avec embarras et regardait à droite, à gauche, comme s'il cherchait un terrier où disparaître. Puis, lorsqu'elle repartait, des sourires mal définis affleuraient sur son visage. Enfin, un soir, Ariel osa se confier à son maître : si c'était toujours possible, alors il était d'accord, lui, pour aller avec Alice.

Peut-être Elorriaga vécut-il cet instant en retrait de lui-même, son propre corps disposé sur la scène dont il avait rêvé : la mort d'Albany s'effaçait derrière eux, le garçon et lui étaient faits pour s'entendre, enfin ils se réconciliaient. Mais le Basque fit un dernier effort pour résister à cette conclusion.

– Si vraiment tu la veux, dit-il, montre-le-moi.

Depuis qu'Ariel l'avait repoussée, Solenn-Saulnier se tenait à l'écart des autres et ne participait plus à aucun atelier. Lors d'un temps de parole, Harlereau s'en émut, elle donnait le mauvais exemple, avec ce genre de comportement l'individualisme reviendrait. Quelques-uns la défendirent : elle ne dérangeait personne, et puis on voyait bien que le malheur l'avait frappée. Une tache blanche, née à la racine de ses cheveux, s'étendait sur son visage et le décolorait peu à peu. Elle ne mangeait plus que des algues, qu'elle mâchonnait d'un air absent, et ceux qui partageaient son abri assuraient qu'elle ne dormait jamais. La seule compagnie qu'on lui connaissait, c'était Alice, qui parfois la rejoignait dans l'un des grands arbres où elle avait l'habitude de passer la journée, et les deux filles restaient là, dos contre dos, l'air pareillement affligées. Ce fut à cause de cela, peut-être, qu'Elorriaga suivit les préconisations de Harlereau : cette amitié de jeunes veuves était nocive pour sa fille. Notre chef avertit Solenn qu'elle devait suivre les apprentissages et participer aux corvées. Le lendemain, comme Augustin venait la chercher, elle ne se leva pas. Il voulut l'y forcer, elle se débattit, il la gifla. Vaincue, elle passa la journée à faire tout ce qu'on lui disait, son visage d'albinos rehaussé d'un rouge vif à l'endroit où Augustin l'avait frappée. Mais, la nuit venue, elle saisit un brandon, entra dans l'abri de l'avancé, le frappa au visage et, tandis que sous la violence du coup Augustin défaillait, elle écrasa plusieurs fois sur sa main la pointe incandescente du bâton.

On en était là lorsque Elorriaga entendit Ariel lui déclarer son amour pour Alice. Augustin aurait voulu punir Solenn mais sa main écorchée par le feu ne pouvait tenir le câble. Alors Elorriaga le donna au gamin.

Certains disent qu'il fouetta le dos nu de Solenn sans trembler. Au quatrième coup, elle hurlait et le maudissait. Augustin avait obtenu que le câble soit chauffé à blanc avant la punition. Paul Aguilar m'a assuré que, sur les trois derniers coups, le visage d'Ariel était un masque de douleur. « Elorriaga l'a peut-être vu aussi, confie Maria Guéret, mais il disait que faire mal, au début, c'est facile pour personne. » Le garçon trouva la force, à la fin, de sourire à son maître.

Depuis le jour où il avait dit à Solenn-Saulnier qu'il ne l'aimait plus, sa résolution était restée la même. S'il voulait avoir une chance de s'échapper, nul ne devait le savoir, pas même celle qu'il aimait. Surtout, il sentait qu'à se plaire avec elle son envie de partir faiblissait. L'île agissait sur lui comme elle avait agi sur sa sœur Jeanne, sur son frère Roumi et sur la plupart des naufragés. Saison après saison, l'eau de Petite Baie devenait plus suave, le parfum de cannelle des arbres-pieuvres l'enivrait, des projets indolents tournaient dans son esprit. Du vivant de sa mère, jamais Ariel n'aurait pu rester allongé dans la forêt plus d'une heure, les yeux ouverts et l'esprit vacant. Mais à l'école d'Elorriaga il avait appris à se remplir des derniers reflets du soleil, de la brise infatigable, des lignes que les oiseaux crayonnaient dans le ciel. « Quoi qu'on fasse, on devenait des putains de poètes », me raconte Tanguy. Et, bien qu'il ait eu cette idée en horreur, Ariel avait senti que demeurer ici n'était plus impossible. Grâce à Solenn-Saulnier, cette vie deviendrait même aimable. Alors il l'avait repoussée. C'était ce qu'il fallait faire, et ensuite il s'était interdit d'en douter. Si après cela, pour recouvrer sa liberté, il devait convaincre Elorriaga qu'il était amoureux d'Alice, il n'hésiterait pas. Si, pour éprouver sa loyauté, le géant lui demandait de fouetter la fille qu'il aimait, il se plierait à l'ordre donné. Mais quand il reviendrait avec des secours et qu'Elorriaga serait mis aux arrêts, Ariel voulait croire que Solenn pourrait lui pardonner. Déjà, peut-être, elle l'approuvait en secret.

Ce n'est pas cela qui arriva.

Au début, elle se persuada peut-être qu'il cachait quelque chose et qu'il l'aimait toujours. Mais, les mois passant et Ariel s'obstinant dans son imposture, le désespoir la gagna.

Un jour, elle surprit les regards amoureux qu'il coulait vers Alice et alors elle crut comprendre, comme l'Amiral avant elle, que le monde était mal fait. Parfois, un petit rire grelottant lui échappait. Puis, un soir, Ariel se tenait dans son dos et la fouettait à l'aide d'un câble brûlant. Solenn-Saulnier ne perdit pas tout à fait la raison mais les jours suivants on la vit, hagarde, qui marchait dangereusement au bord de la falaise.

Elle voulut se venger d'Ariel. Le feu lui inspirait des gestes violents. Elle le contemplait chaque soir et s'en tenait tout près. On la voyait sourire. Dans la journée, elle participait aux ateliers mais aucun son ne sortait de sa bouche et son regard semblait de verre. Maria Guéret trouvait Solenn trop calme et trop docile. Une nuit qu'elle partageait la couche d'Elorriaga, elle lui confia ses craintes : on avait vu de quoi la gamine était capable avec Augustin. Mais le colosse n'écouta pas. Il était repris par ses rêves de persécution. Collardi l'inquiétait sans qu'il sache pourquoi ; il ne disait pas un mot, ce qui aurait pu apparaître comme un gage de bonne volonté, mais ses silences à lui paraissaient menaçants. Le Basque réfléchissait à une manière de le faire disparaître, par précaution. Les chagrins de la gamine lui étaient indifférents.

Maria voulut la surveiller. Chaque soir elle passait par la zone des cuisines pour vérifier qu'aucun couteau ne manquait. Elle obtint que Diana, qui avait le sommeil léger, dorme dans l'abri de Solenn. Elle alla même trouver Ariel et lui conseilla de rester sur ses gardes.

Puis il y eut une journée de solitude et Maria dit qu'elle-même oublia cette histoire. Collardi réchappa d'un guet-apens que lui avaient tendu les tueurs d'Elorriaga, Augustin, Goran et Julien Zubeldia. Quand il rejoignit le camp, il accusa Elorriaga d'avoir voulu l'assassiner. Le Basque fit pendre le calomniateur et le lendemain, par crainte de représailles, sa compagne, Sandi, fut exécutée elle aussi. En quelques heures, la communauté venait de changer de régime et le dernier chapitre de la vie sur l'île s'ouvrait, le plus sombre et le mieux documenté. « Les problèmes d'avant, me raconte Maria Guéret, on n'y a plus pensé. Après ces pendaisons, j'arrive même plus à visualiser Solenn. »

La jeune fille profita de ces troubles. Son dos mordu par le feu lui rappelait chaque jour l'humiliation qu'Ariel lui avait infligée. Elle voulut le brûler.

Une nuit, elle se pressa contre Diana. « Sa voix, se souvient Diana Lehambre, je l'ai à peine reconnue tellement elle était dure. Elle m'a dit de ne pas bouger. De faire comme si j'avais rien entendu. Et que si je donnais l'alerte elle me buterait. Elle a dit ça : qu'elle me buterait. »

Solenn-Saulnier se coula hors de l'abri. Au centre du camp, un feu brûlait encore. Elle y fit rougir un court tube de métal escamoté la veille. Quand le bout fut incandescent, elle enveloppa l'autre extrémité dans un chiffon et se glissa jusqu'à l'abri où dormaient Alice et Ariel. La porte n'était pas verrouillée, le chef avait interdit qu'on s'enferme.

Je me suis toujours représenté la scène ainsi : un rayon de lune illumine les cheveux blonds d'Alice, dont le visage est posé sur le torse d'Ariel ; maintenant, la silhouette noiraude, au-dessus d'eux, s'immobilise ; la beauté des deux corps enlacés est bien trop appuyée, leur agencement trop étudié ; et je veux croire que, à cet instant, Solenn-Saulnier pourrait comprendre : le garçon qu'elle va frapper n'est pas celui qu'il prétend être. Mais l'arme est bouillante, bientôt elle ne pourra plus la tenir, il faut agir. Le premier geste est simple : elle appuie le fer sur l'un des yeux. Ensuite Ariel hurle et se bat. Solenn-Saulnier, elle, veut l'autre œil. Les deux yeux. Ariel frappe, il lui fait mal, mais cette nuit-là elle est plus forte, la haine durcit ses muscles, ils roulent dans le noir, ils ne savent plus combien ils sont. Elle parvient à trouver l'autre œil, le brûle, il râle, elle brûle encore malgré Alice qui la griffe et cette bouche qui la mord.

La lutte n'a duré que quelques secondes, quinze ou vingt. Solenn s'est enfuie, des hommes la poursuivent mais sans savoir où la chercher. Au camp, Ariel hurle, son corps se convulse comme celui d'un possédé. On croit qu'il va mourir, que son cœur va lâcher, et ce serait peut-être mieux pour lui, qu'il ne vive pas avec cette bouillie de peau fondue au milieu du visage.

Le lendemain la battue s'organise. Elorriaga crie qu'ils s'en prendront au père de Solenn si elle ne se rend pas. Un peu avant midi on l'aperçoit près des falaises. Elorriaga s'avance. Il n'est pas armé, il parle d'une voix calme, il dit qu'il la comprend. Elle fait quelques pas en arrière. Ceux qui l'ont vue ce jour-là racontent qu'elle paraissait avoir dix ans. Son corps est couvert d'égratignures. Maintenant elle a peur. Elorriaga n'y résiste pas : il promet à Solenn qu'on ne lui fera aucun mal, et son visage s'éclaire d'une malice trop visible. Solenn-Saulnier recule encore. Elle est au bord du vide, son regard est lointain. Elle tombe ou se laisse tomber.

Sur la plage, Solenn est allongée comme si elle avait dormi là, le front posé sur son avant-bras. Des oiseaux piétinent autour d'elle. Quand il apprend sa mort, Ariel se retient de hurler. Ses larmes, nul ne les voit couler de ses yeux ravagés.

« J'ai regardé le visage de Solenn, lui dirait plus tard Maria Guéret. Elle avait l'air paisible. » Mais Ariel secoua la tête et lui dit d'aller se faire foutre, elle et tous les morts paisibles de la Terre.

27

S'il avait pu, il se serait jeté lui aussi du haut de la falaise. Mais la douleur le rivait à son lit. Chaque fois qu'il se levait, il avait des vertiges. Une boursouflure violacée couvrait ses yeux. Quand il serait remis, voulait-il croire, il se tuerait.

Mais ce fut comme ces rencontres trop longtemps attendues : un jour, il put se tenir debout et ce n'était plus le moment. La résolution lui manquait. Il se détesta, il détesta Elorriaga, et Alice.

Elle le lui rendait bien. Quelques semaines avant que le visage d'Ariel fût brûlé, un jour qu'elle récoltait des coques, elle vit son père approcher du rivage avec un sourire emprunté. Il énuméra les qualités d'Ariel et lui annonça qu'ils allaient se découvrir peu à peu. Alice n'en avait aucune envie, elle le dit à son père. Il lui caressa les cheveux. C'était normal, expliqua-t-il d'une voix consolante, de ne pas avoir envie. Très normal. L'amour, ça ne se décrète pas.

Le soir même, il les fit emménager dans un abri où tous les deux dormiraient seuls. L'amour, ça se construit. Elle se tassa dans un coin et cracha tout bas au garçon maigre qu'elle lui arracherait les couilles s'il s'avisait de la toucher. La menace parut faire son effet : Ariel s'allongea dans le coin opposé, tourna son visage contre le mur et s'endormit sans dire un mot.

Le lendemain soir, comme il s'installait une nouvelle fois à l'autre bout de l'abri, elle se reprocha les mots trop cinglants de la veille et pensa qu'il fallait lui parler de Jason-qui-est-mort. Ariel devait comprendre qu'elle n'avait rien contre lui, elle était veuve, voilà tout. Du moins, elle aimait se représenter ainsi. Son imagination l'y aidait en essaimant Jason partout dans son passé. Maintenant, ils s'étaient embrassés plusieurs fois dans les rochers ; la langue de Jason avait le goût de l'eau salée ; il lui avait dit à l'oreille des mots d'amour qu'elle répétait à demi-voix. Parfois, allongé sur le sable, les bras croisés, il faisait des projets pour eux deux et d'un air de défi un peu bravache, mais qu'elle aimait malgré tout, il disait qu'il ne laisserait personne les empêcher d'être heureux. « Personne », c'était ce père qu'elle haïssait depuis qu'il avait tué Jason ; et, dans la confusion de son esprit, de même que le garçon proliférait aux quatre coins de sa mémoire, de même la haine pour son père remontait le cours du temps et brillait de l'éclat des possessions anciennes, des choses qui ont toujours été là. Ariel ne l'écouta pas jusqu'au bout. Pour protéger son secret, il dit qu'il avait tout son temps et répéta ce que disait le Basque : ils se découvriraient. Elle se retint de le gifler.

Les jours suivants, ce geste lui manqua. Alice n'était pas douée pour haïr, son père le savait sans doute, et c'était de sa propre faiblesse qu'elle avait le plus peur. Pour s'en défendre, elle étudiait le visage trop anguleux d'Ariel et se réjouissait qu'il lui déplaise autant. Elle n'aimait pas non plus sa démarche, les épaules en dedans, et elle fut presque soulagée lorsque, en pensée, elle se mit à l'appeler

« la Fouine ». Tant qu'Ariel serait une fouine, tant qu'elle le trouverait malingre, il n'arriverait rien, le plan serait déjoué.

Elle aurait aussi voulu le trouver stupide, d'une stupidité sans retour, mais les occasions étaient rares, il ne parlait jamais. Et surtout, il la fuyait, il lui semblait qu'il la fuyait. Pour le vérifier, une nuit, elle s'accroupit près de lui en posant une main sur son épaule. Le garçon tressaillit, il ne respirait plus. D'une voix haletante, il la pria d'ôter sa main. Alors elle comprit qu'elle lui servait de leurre, il n'avait jamais eu l'intention de la posséder. Soulagée, elle sut qu'elle resterait la veuve de Jason.

À la même époque, son père conduisait une chasse aux traîtres et Gorka Zubeldia venait à son tour d'être pendu, soi-disant parce qu'il complotait contre lui (mais, selon son frère Julien, Elorriaga tua Gorka précisément parce qu'il lui était absolument loyal – il fallait que même les plus fidèles ne soient plus à l'abri pour que la discipline se maintienne). Le seul auprès duquel le colosse perdait son regard égaré pour se laisser aller à un sourire, c'était Ariel. Et maintenant Alice admirait l'imposteur, sa persévérance et la qualité de son jeu. Elle supposa qu'il préparait le meurtre de son père. Et elle s'aperçut qu'elle le voulait, elle aussi.

Puis Solenn entra dans l'abri et brûla les yeux d'Ariel. Les premières nuits, il fut veillé par Gabrielle, qui tentait de soulager sa douleur avec des cataplasmes. Au bout de quelques jours, on le réinstalla auprès d'Alice. Il n'avait plus de fièvre et Gabz disait que la vue lui reviendrait sans doute, partiellement au moins. La nuit, Alice entendait le souffle rapide du garçon, coupé de quelques saccades qui étaient des sanglots peut-être. Elle prenait la main d'Ariel et murmurait que tout s'arrangerait. Il ne répondait pas mais il n'ôta jamais sa main. Un soir, elle lui demanda s'il voulait lui parler de Solenn-Saulnier et, après quelques instants, Ariel hocha la tête. Mais il n'y parvint pas. Autour de ses yeux, la peau dissoute et encore tuméfiée suintait un liquide noir.

Au bout de trois ou quatre semaines, la blessure avait désenflé. Des croûtes bordaient encore ses yeux, dont l'un était strié par deux traînées de peau fondue. Ariel apercevait les variations de la lumière et, quand elles étaient proches de lui, des formes grises sans contour. Il n'y voyait presque plus rien. Dans cet état, il ne s'évaderait jamais.

Son aveuglement faillit lui coûter la raison. Devenu opaque, le monde se tenait trop loin désormais pour le sortir du cercle affreusement exact de ses pensées. Seuls des maux de tête réguliers le délivraient pour quelques heures de la mort de Solenn, de la mort de Jason, de tout ce qui avait eu lieu et qu'il ne pouvait défaire. Chaque migraine, il l'accueillait comme un répit.

Alice le menait jusqu'à la plage et l'aidait à manger. Elorriaga avait demandé qu'on les laisse tranquilles. Dans cette période, la plus terrible du camp, dont pas un jour ne s'écoulait sans un procès improvisé, une séance d'autodénonciation ou une punition publique, Alice et Ariel se tenaient le plus souvent sur une pointe rocheuse habitée par quelques sternes. La mer clapotait dans un bruit tendre, ils se baignaient, somnolaient, parlaient très peu. Elle lui proposait parfois de faire des ricochets sur l'eau ou de grimper au sommet d'un arbre. Il ne disait jamais non. Quand, pour lui faire plaisir, elle exagérait le nombre de ricochets qu'il avait réussis, il se forçait à sourire. Enfin, elle lui dit qu'elle haïssait son père et qu'elle était de son côté. Ariel ne répondit rien. Il écoutait la voix d'Alice. Quand elle lui prenait la main pour le conduire dans les rochers, il en soupesait le poids comme s'il pouvait le renseigner sur la sincérité de cette alliée. Si elle disait vrai, alors l'avenir cesserait d'être un mur contre lequel se heurtaient toutes ses pensées.

Elorriaga avait retrouvé l'énergie qui l'habitait à l'époque de Bermeo. Tholonet et deux autres s'étaient enfuis dans la forêt, il les y pourchassait. De nouveau, on organisait des tours de garde et on se méfiait de certains qui, de l'intérieur, pouvaient aider les séditieux. Il n'était plus question de s'allonger dans la terre humide ou de bannir les mots. Le chef avait d'ailleurs déclaré une « période de suspension », on reprendrait le programme plus tard, quand la situation serait sous contrôle. D'après les témoignages que j'ai pu rassembler, je crois qu'une partie de lui s'attristait de ce renoncement, mais il la consolait en se disant que quelqu'un d'autre, un successeur plus doué pour l'éducation, mènerait à son terme le projet qu'il avait eu, lui, le mérite d'imaginer. Cela prendrait des années, des dizaines d'années peut-être.

Il fit venir Ariel pour lui en parler. Son gendre aurait le calme et la patience et le doigté que cette entreprise exigeait. Comme il était pratiquement aveugle, ses autres sens allaient se développer de façon prodigieuse. Et il deviendrait le premier homme parfait. Ce qu'il apprendrait grâce à son infirmité, il faudrait l'enseigner aux autres. Et peut-être même – mais c'était juste une idée, on avait le temps d'y réfléchir –, peut-être les autres gagneraient-ils à perdre la vue eux aussi. Peut-être fallait-il ce sacrifice pour basculer vraiment dans un monde nouveau, et changer de langage. Est-ce que les sensations d'Ariel n'étaient pas plus intenses, et plus justes, maintenant qu'il n'y voyait presque plus ? N'y avait-il pas des mots qui ne voulaient rien dire désormais ? « Noir », par exemple, il était évident que des aveugles ne s'en serviraient plus. Mais même des mots comme « herbe » ou « ruisseau » – ne seraient-ils pas, dans un monde où on ne les verrait plus, automatiquement remplacés par des vocables nouveaux, que l'odorat ou le toucher inspireraient aux hommes ? Alors enfin, de leurs gorges, une autre langue s'élèverait, une langue simple et vraie qu'ils ne pouvaient encore se figurer.

Le soir même, Ariel s'approcha d'Alice et lui révéla son secret. Il avait prévu de s'évader mais ses yeux infirmes l'empêchaient de partir seul. Alice hésita, sa peur lui dessinait mille obstacles, et elle s'était si souvent imaginé qu'Ariel allait tuer son père – c'était cela qu'elle voulait. Mais son compagnon lui fit comprendre que la mort d'Elorriaga ne changerait rien. Après lui, il y aurait Julien Zubeldia, ou Augustin, un autre chef. Et puis il y aurait l'île, l'île toujours.

28

Alice m'a dit qu'il lui avait semblé s'enfoncer dans un songe dès le moment où, avec Ariel, ils avaient poussé la porte de l'abri et fait leurs premiers pas de fugitifs. Plus ils avançaient, moins leurs gestes paraissaient consistants. Plusieurs fois, elle fut tout près de perdre connaissance.

Ariel voulait que je vienne avec eux. Depuis que je m'étais accusé à sa place, il avait une dette ; quitter l'île sans l'honorer le tourmentait. Solenn-Saulnier avait déjà perdu la vie, si j'étais mort quand les secours arriveraient, il ne pourrait se le pardonner. À eux deux, Ariel et Alice pouvaient soulever les pierres qui obstruaient la cheminée descendant à la grotte. Ils utilisèrent la barre de fer laissée là pour faire levier puis Ariel se glissa jusqu'à moi. Comment il me convainquit de le suivre, je l'ignore toujours. Alice se souvient qu'il appela aussi Cooper mais le Cubain ne répondit pas. L'heure avançait, ils avaient peur qu'on découvre leur fuite. Nous partîmes tous les trois.

Elorriaga s'était réveillé. La méfiance qui l'habitait l'avait pourvu d'un sixième sens, peut-être. Il marcha jusqu'à l'abri qu'Ariel et Alice avaient quitté vingt minutes plus tôt. Devant la porte ouverte, il poussa un cri de bête blessée.

Alice et Ariel n'eurent pas besoin de l'entendre, la peur précipitait leur fuite. Ils renoncèrent à monter vers le volcan pour récupérer les provisions dissimulées dans les rochers. Autour d'eux, la mer et la forêt bruissaient dans une harmonie lugubre. Plusieurs fois, croyant que leurs poursuivants arrivaient, ils se figèrent devant les mirages de la nuit. Dans l'état de faiblesse où j'étais, je les ralentissais. Alice m'avouerait bien après qu'elle avait plusieurs fois supplié Ariel de m'abandonner derrière eux, mais il s'y refusait.

Le cri d'Elorriaga avait réveillé tout le camp et, sur un ordre de lui, des patrouilles s'étaient éparpillées. Alice entendit les voix de Véro et Goran, cette fois des chasseurs approchaient. Son père ne devait plus être très loin quand nous sautâmes du haut de l'à-pic. Je crois me souvenir de la lourdeur de l'eau, et de son calme surnaturel. Ariel poussait un bidon devant lui mais il l'abandonna pour nager plus vite. Avec Alice, ils pénétrèrent dans la caverne et guidèrent le bateau jusqu'à la sortie. J'étais encore en train de nager vers l'échancrure noire lorsque je vis en surgir le blanc laiteux du *Twister*, que propulsaient les coups d'aviron d'Ariel. Alice, à la proue, me cherchait dans les ténèbres.

Il y eut des cris derrière nous. Plusieurs hommes nageaient dans notre direction. Et moi, je ne faisais presque plus un geste maintenant, paralysé par la vue du bateau et la proximité des poursuivants. Alice me confierait plus tard qu'elle avait ressenti la même terreur. Quand elle avait grimpé sur le pont du *Twister*, ses jambes s'étaient dérobées sous elle. Il ne fallait pas quitter l'île, elle l'avait soufflé à Ariel. Et lui-même, dirait-elle, était alors si livide qu'il semblait sur le point de s'évanouir. D'une voix étouffée, implorant presque, il lui répondit qu'il était trop tard, que maintenant on les tuerait. « Si mon père n'avait pas été sur nos talons, on aurait fait demi-tour, me raconterait Alice. Même Ariel, cette nuit-là, n'aurait pas pu s'enfuir de l'île. »

Ils crurent apercevoir Elorriaga qui nageait vers eux. Et il me semble que je le vis, moi aussi. Alors, pris d'une peur plus grande, je montai à bord de ce bateau fantôme. Ariel n'avait jamais donné un coup d'aviron, le *Twister* avançait en sinuant comme dans un labyrinthe invisible et les nageurs se rapprochaient. Je crois que je perdis conscience. Alice distingua la voix de son père. Il l'appelait et lui demandait de revenir sur un ton presque plaintif.

Puis Ariel et Alice n'entendirent plus rien. Ils pouvaient être à cinq cents mètres du rivage. Dans la nuit noire, la houle se levait. Alice regardait autour d'eux, un aviron à la main. Au loin, la falaise dessinait un liseré à peine plus clair sur le fond sombre de la nuit. Enfin cette clarté vacilla, disparut. Alice crut bien que son cœur s'arrêtait quand elle comprit que le courant nous emportait. Nous avions quitté l'île. Elle se le répéta.

Nous étions partis sans eau. Heureusement, quand le jour se leva, des ondées s'abattirent. Ariel et Alice récupérèrent un peu d'eau douce dans les quelques bouteilles stockées sur le bateau. Les lignes que nous laissions traîner accrochèrent plusieurs poissons et le courant nous entraînait vers l'ouest. À moitié sérieux, Ariel disait que la main d'un dieu nous poussait vers l'Amérique. Ses oreilles étaient cramoisies et un sourire insensé ne le quittait plus. De temps en temps, quand Alice ou moi le relayions pour ramer, il s'allongeait à plat ventre et, le bras tendu, touchait la surface de l'eau comme pour vérifier qu'elle était toujours là.

Au bout d'une journée, nos mains étaient en sang, nous n'avions plus à boire ni à manger. Ariel avait souvent pensé à la fragilité du *Twister* face aux vagues de l'Atlantique. Mais c'était la quiétude de l'océan qui allait nous tuer.

Le soleil faisait tomber sur nous une lumière étrangement blafarde qui brûlait pourtant comme un feu. Des rubans de mer luisaient, pareils à de la soie, sur lesquels le *Twister* ne traçait aucun sillon. Au loin, la houle se répétait en creux et pleins immobiles, à peine ébauchés, comme les arrière-plans d'un tableau inachevé. Quelques panaches noirâtres parsemaient la ligne d'horizon et s'y tenaient suspendus. Nous ramions sans être sûrs d'avancer.

Quand vint la nuit, l'air s'épaissit encore. Les myriades d'étoiles dans le ciel avaient l'air de trembler. Je crois que nous avons un peu parlé avec Ariel. Malgré la soif, j'avais besoin de dire quelques mots et, peut-être parce que la parole m'était restée si longtemps étrangère, ceux qui me venaient étaient peu familiers, des mots écrits ou entendus dans d'autres bouches, comme « volontiers », et « pourquoi pas », et « sidérant ». Ariel me raconta des souvenirs de Solenn-Saulnier. Plusieurs fois l'émotion brisa sa voix.

Le jour suivant, la chaleur devint si accablante que l'océan, plat et lisse, paraissait fumer. Aucun de nous n'avait plus la force de ramer à travers ces voiles de brume. Allongée à l'avant du bateau, sa tête enveloppée d'un bout de tissu, Alice ne bougeait plus. Ariel voulait croire que, à défaut d'avancer en donnant des coups de rame, nous continuions de dériver vers l'ouest. J'avais, moi, la sensation que l'île allait réapparaître devant nous – et maintenant une partie de moi l'espérait. Par moments, je m'agenouillais près d'Alice pour vérifier qu'elle vivait encore et déposais des baisers sur son visage en lui murmurant que tout irait bien.

En milieu d'après-midi, un vent brûlant dissipa la brume et froissa la surface de l'eau. Les nuages apparurent un peu avant la nuit et bientôt de lourdes gouttes s'abattirent autour de nous. Alice sortit de sa torpeur et tendit les bras pour accueillir la pluie. En guise de célébration, nous criâmes le plus fort possible des insultes à l'adresse d'Elorriaga, d'Augustin, de Julien Zubeldia. À les imaginer là-bas sur le rivage, tête basse et déconfits, j'eus l'impression de respirer un air rempli de joie.

La mer gonflait autour de nous et des gerbes d'écume jaillissaient au-dessus de la coque. Il fallut rentrer dans la cabine. Pendant quelques heures, recroquevillés dans l'habitacle, nous regardâmes la pluie cingler le pont et les flots le déborder. De temps en temps, une vague s'élevait par l'arrière et heurtait la crête d'une autre dans un bruit caverneux. Les mains à plat sur mes cuisses, courbant la nuque, je cherchai quelque chose à réciter pour oublier ma peur, et me revint en mémoire une liste de villes lointaines que Cooper psalmodiait dans la grotte, des capitales de l'Afrique : Bamako, Maputo, Luanda, Rabat, Yamoussoukro, Yaoundé... À mon tour, je répétais leurs noms.

D'un coup, l'averse cessa et la mer, scintillante, sembla entièrement d'argent sous les derniers rayons qui trouaient les nuages. Puis l'obscurité se fit. Dans le roulis, le bateau se cabrait. Regardant devant nous, je distinguai sur l'horizon des nuées sous lesquelles clignotait une lumière bleuâtre, des éclairs. Au même moment, par-dessus les fracas de la houle, l'air s'emplit d'une vibration sourde, pulsant lentement, comme un énorme tambour de guerre. Quelques minutes plus tard, la tempête était sur nous.

Le *Twister*, sans propulsion, errait de vague en vague, et maintenant elles le secouaient, l'enfonçaient, le frappaient comme des créatures acharnées. Cloîtrés dans la cabine, nous restions silencieux. Le choc répété des lames écrasait nos pensées. À travers le hublot, les soubresauts d'un éclair nous arrachaient un instant aux ténèbres. Alors j'apercevais Ariel et Alice, cramponnés aux montants de la banquette, et il me semblait entendre dans leur silence l'effort qu'ils faisaient pour ne pas crier.

Le *Twister* craquait en retombant derrière chaque vague. On aurait dit que l'océan allait le démembrer. Des paquets d'eau s'abattaient rageusement au-dessus de nous et soudain, comme si le vent avait eu le pouvoir de la crocheter, la porte de la cabine s'ouvrit en grand. Je me jetai dessus et luttai pour la refermer. Dans le tumulte de la tempête, on aurait dit que l'océan avait concentré toutes ses forces sur la poignée. Au même moment, une vague immense aspira le *Twister* vers son sommet, le sol se déroba sous mes pieds. Ariel, voyant l'eau qui entrait, avait dû se redresser pour me prêter main-forte ou me tirer en arrière, je le devinai tout contre moi, mais l'instant d'après la poigne invisible du vent le tira hors de la cabine et le jeta dans les flots.

J'eus à peine le temps de comprendre. Le *Twister* basculait dans le vide, planant un instant, ralenti, suspendu, avant de retomber dans l'eau obscure. Mes dents s'entrechoquèrent et je fus submergé, une vague m'emportait moi aussi, quand mon bras rencontra le garde-corps et s'y accrocha. Je me souviens que l'eau, se retirant, me laissa couvert d'écume ; du sang coulait de ma bouche. Par la porte ouverte, j'aperçus Alice, chancelante et lointaine, de l'eau jusqu'au mollet. Ce répit dura deux ou trois secondes peut-être, puis le vent revint mugir à mes oreilles, une convulsion de l'océan redressa le bateau et sa proue s'éleva vers la vague suivante. Égaré, j'avançai vers la cabine et demandai à Alice de me donner une bouée pour sauver Ariel. Une lame puissante claqua par le travers et me précipita contre le banc, où ma tête cogna. Je lançai les bras pour tenter d'attraper quelque chose avant que le ressac ne m'emporte hors du *Twister*. Une autre vague s'abattit sur moi et je sentis un paquet mou, auquel je m'accrochai, qui s'accrochait férocement à moi, c'était Ariel, vomi par la tempête et rejeté sur le bateau d'où elle venait de l'arracher. « La mer n'a pas voulu de moi », dirait-il plus tard en souriant. Nous roulâmes, j'aperçus son visage dégoulinant, son air dément, puis d'un geste il me poussa dans la cabine et Alice referma la porte derrière nous. Par la suite, elle devait me raconter qu'elle s'entendit demander à Ariel : « T'étais où ? » Il partit d'un éclat de rire. J'avais perdu connaissance. Sur l'océan démonté, le bateau enfournait des vagues gigantesques en attendant celle qui le démolirait. Dans la cabine, l'eau infiltrée roulait sur nous.

J'ouvris les yeux comme le demi-jour reparaissait. Toujours grosse, la houle ne soulevait plus notre bateau. Un nuage barbouillé de suie se recourbait comme une griffe sur l'horizon, la tempête avait rué plus loin. Alice et Ariel écopaient lentement la cabine. Le *Twister* prenait l'eau. Dans quelques heures il coulerait.

Avec Alice nous nous sommes regardés sans un mot. À quelque chose d'indolent dans les gestes de mes compagnons, j'ai compris que leurs efforts étaient inutiles et qu'ils le savaient bien. Mais le temps des choses utiles était passé.

Je suis ressorti sur le pont. La mer était d'une couleur terreuse. À quelques encablures, la silhouette grise d'un bâtiment pointait vers nous. On aurait dit un bateau, ou plutôt son esquisse. À contre-jour, le gris uniforme de l'acier évoquait un jouet gigantesque, moulé dans du plastique fondu. J'ai attendu plusieurs secondes que le mirage se dissipe. De l'intérieur du *Twister* montaient des bruits d'éclaboussures. Alice est sortie pour vider par-dessus bord un bidon d'eau. Elle est redescendue dans la cabine sans un regard pour moi. Un peu après, le mirage a fait retentir sa corne de brume. On voyait maintenant, à bord, plusieurs hommes gris en plastique. Quand j'ai vu qu'ils bougeaient, j'ai eu si peur que j'ai fermé les yeux. Alice et Ariel m'ont rejoint. Il a dit : « C'est un gros ? » et elle a répondu : « Oui. » Plus tard, elle m'a raconté qu'elle avait, de toutes ses forces, voulu pleurer à cet instant. Un sanglot l'a secouée mais ses yeux sont restés secs. Et, tandis que le navire approchait, que les regards méfiants des marins se posaient sur nos corps crasseux d'épouvantails, Alice cherchait sans les trouver ces larmes d'il y a longtemps, innocentes et finales.

Le retour

Jeanne et son fils séjournèrent quelque temps chez une cousine qui possédait, à cent kilomètres de Paris, une vieille maison trop grande où ils seraient en paix. Deux jours avant le retour des naufragés, l'indice de reconstruction avait passé en France la barre des soixante-dix pour cent. Quand Jeanne s'installa dans la maison, l'accès à Internet venait d'être rétabli pour les particuliers, les restrictions d'électricité étaient presque partout levées.

Dans ce coin d'Île-de-France où elle et son fils résidaient, il n'y avait rien à reconstruire. Là plus qu'ailleurs, les années du repli semblaient déjà lointaines. C'était la fin de l'été, les bosquets se remplissaient de passereaux, leurs cris perçants jetaient dans l'air une gaieté infatigable et chaque semaine une maison rouvrait. Aux habitants qu'elle apercevait, Jeanne en marchant faisait un signe de la main. S'ils s'approchaient pour discuter, elle hâtait le pas, persuadée qu'elle n'avait rien à leur dire.

Souvent, Jeanne pensait à Jérémie Castellan. Après avoir désarmé la clique d'Elorriaga, les soldats brésiliens s'étaient déployés sur l'île pour retrouver les survivants. Quand on l'avait sorti de la grotte, Osvaldo Cooper était cuirassé d'une croûte de crasse grise et si épaisse qu'il semblait statufié. Des chiens et des senseurs thermiques guidaient les Brésiliens dans leurs recherches. Au bout de trois jours, on avait grâce à eux découvert deux enfants et Tholonet dans les hauteurs d'un arbre, si effrayés qu'ils étaient tombés en catatonie. Les dépouilles des derniers morts avaient été collectées, les corps démembrés à peu près reconstitués. Mais le sort de Jérémie Castellan demeurait inconnu. En l'absence de témoignages, les enquêteurs brésiliens avaient conclu que, comme quelques autres, il avait dû se noyer. Ou bien ses ossements gisaient sous une couche d'humus quelque part dans la forêt. En France, le bruit courut qu'il avait échappé aux recherches. C'est absolument impossible, expliquait-on au ministère. Il y a des senseurs, et puis les satellites. Si quelqu'un se trouvait encore sur l'île, on le saurait. Et c'est ce qu'avait répété Jeanne à l'un des rares journalistes qui l'avaient sollicitée.

La chose n'était pas possible, mais elle imaginait Castellan sur le rivage, du côté du premier campement. Ses cheveux longs, bousculés par le vent, se soulevaient, retombaient, s'enroulaient, se soulevaient encore. C'était invariablement l'heure d'une lumière orange, sous laquelle toute chose s'adoucissait, les récifs miroitant comme des morceaux de glace fondus, les vagues devenant molles, le contour des épaules perdant sa netteté. Parfois, dans la rêverie de Jeanne, Castellan tenait un harpon. Il allait pêcher un des poissons en lames de couteau du lagon – un « poisson-couteau », c'était ainsi qu'on les appelait, là-bas. Puis Castellan le ferait griller, le mangerait et s'allongerait près de son feu. Il ne pleuvrait pas cette nuit. Il ne ferait pas froid.

Une psychologue téléphonait une fois par semaine mais Jeanne ne savait pas trop quoi lui dire. Comme elle aimait bien sa voix, elle lui demandait malgré tout de la rappeler.

La semaine suivante, espérait Jeanne, ses pensées voudraient peut-être s'ordonner.

On l'avait prévenue que, pour son fils, l'arrivée en France et les mois qui suivraient seraient sans doute difficiles. Il était devenu agité et il dormait moins bien mais ne s'en sortait pas si mal. À l'école, il n'avait encore griffé personne, et la directrice assurait qu'il faisait des progrès.

Seulement quinze jours après leur retour, les services sociaux avaient demandé à Jeanne de donner un prénom à son fils et elle se disait maintenant qu'elle n'aurait pas dû accepter. Il s'appelait Alain, c'était le nom du saint qu'on fêtait le jour où il avait fallu, sur l'insistance des services, se résoudre à le baptiser. L'enfant, aimant son prénom, le répétait souvent, ce qui mettait Jeanne en colère. Parfois, la nuit, elle se penchait sur son visage endormi et le comparait à celui du garçon qu'on avait pris en photo à leur arrivée. La courbe des sourcils n'était pas tout à fait la même, les lèvres semblaient plus épaisses. Un jour, elle le dit à la psychologue : Alain n'était peut-être pas son fils. Dans la même conversation, elle se plaignit des oiseaux qu'on entendait à toute heure du jour, leur joie l'exaspérait.

Le lendemain, elle avait disparu.

On ne sait pas ce qu'elle devint les jours suivants. Elle-même n'en garda pas le souvenir. Bien qu'elle eût abandonné son fils, sa disparition ne fit pas les gros titres. La découverte de l'île avait six mois. Quelques-uns des survivants étaient devenus des personnages ; les autres, dont Jeanne, nul ne s'en souvenait.

Elle entendit parler d'Ariel, forcément. Sur Internet, elle chercha comment on se servait d'une arme à feu. Si elle voulut s'en procurer une, on ne le saura jamais.

Un jour, il devait être quinze heures, elle se présenta en bas de notre immeuble et son frère la fit monter. Je la vis approcher par-dessus l'épaule d'Ariel. Elle portait un imperméable blanc un peu trop grand pour elle et sa main traînait contre le mur comme pour la soutenir. Elle bredouilla une phrase qu'elle avait dû méditer et qu'on n'entendit pas. Puis elle voulut gifler son frère mais son geste fébrile s'égara sous le menton d'Ariel. Il me semble qu'il tendit le cou et inclina la tête afin de présenter une meilleure surface de frappe. La deuxième gifle s'écrasa distinctement sur sa joue. Jeanne repartit sans dire un mot.

Un peu après cette gifle, Ariel décida de quitter la France. Il allait mal, il voulait s'échapper. Être un héros, il n'avait pas réussi à s'y faire. Il aurait voulu expliquer qu'il avait été courageux, sûrement, mais pas autant qu'il l'aurait souhaité. Il y avait trop de choses à raconter pour se faire comprendre, des incidents, des enchaînements, des impressions puissantes comme celles que nous faisaient la voix d'Elorriaga ou le parfum de l'arbre-pieuvre. Alors il ne parla plus de l'île et refusa les interviews. Quand il fut question d'une médaille pour distinguer sa bravoure, il fit savoir qu'il n'était pas intéressé. On estimait maintenant qu'il était difficile et sans doute un peu dérangé.

Juste avant le procès d'Elorriaga, son avocate laissa voir ce que serait sa ligne de défense en évoquant la personnalité d'Ariel, qu'elle qualifia de trouble. Et elle rappela – certains rescapés le confirmaient – que l'adolescent avait longtemps été le favori du chef ; qu'il s'était montré docile ; qu'il avait fouetté jusqu'au sang son ancienne petite amie. Maintenant, quelques journaux l'écrivaient : l'histoire qu'on avait racontée était comme toujours trop simple, les ombres avaient été gommées, nul ne saurait jamais pour quelle raison véritable le protégé d'Elorriaga avait fini par le trahir. Et lorsqu'on apprit qu'Ariane Giovannetti, tombée en dépression à son retour en France, s'était donné la mort en se jetant d'un pont, plusieurs tribunes firent observer que le libérateur de l'île avait été, pour certains de ses compagnons, le liquidateur de leur vie. À ma connaissance, Ariel n'a jamais lu aucun de ces articles.

On nous logeait tous les trois, Alice, lui et moi, dans une rue paisible du vingtième arrondissement, une rue qui avait toujours été calme, sans boutiques ni école, de sorte qu'on ne sentait pas, ici, que Paris était encore à moitié dépeuplé. À deux cents mètres de là, une bibliothèque municipale venait de rouvrir ses portes et, maintenant que nous avions rappris à lire, Ariel s'y approvisionnait en *Harry Potter*, en Jack London, en romans d'aventures.

Il avait établi sa chambre sur le balcon : un matelas, un sac de couchage, une lampe frontale, une gourde et des livres. Depuis son opération, il y passait de plus en plus de temps allongé sur le dos, un roman tenu au-dessus de sa tête l'abritant du soleil ou de la pluie. Même s'il ne me l'a jamais confié, je sais qu'il n'aimait pas son nouveau visage. Le chirurgien s'était montré habile, la peau entourant ses yeux était à peine plus sombre et je crois même qu'en retouchant ses paupières, désormais moins tombantes qu'avant, il avait estompé l'air de mélancolie avec lequel le fils d'Albany était né. Longtemps, j'imaginai qu'à certains détails, visibles de lui seul, Ariel ne se reconnaissait pas lorsqu'il observait son reflet. Plus tard, je finis par comprendre que ce n'était pas son visage défiguré qui lui manquait mais l'empreinte que Solenn-Saulnier y avait laissée.

Alice et moi avions eu du mal à le voir s'installer sur le balcon. Au début, nous dormions tous les trois enlacés dans le même lit et l'air qui circulait entre nous creusait des vides que nous ne pouvions trop longtemps supporter. Je ne sais pas si ce syndrome porte un nom. Peu à peu, comme tout le reste, il s'est effacé.

Le procès d'Elorriaga et de ses comparses avait commencé dès notre retour dans les émissions consacrées à l'île et dans les articles qui tentaient d'en percer les secrets. Le premier jour d'audience, une cohue s'étant formée à l'entrée du tribunal, deux salles supplémentaires furent réquisitionnées pour retransmettre les débats. Un cordon policier se déploya autour du bâtiment après que le principal accusé eut reçu des menaces de mort.

On a raconté par la suite que l'avocate d'Elorriaga lui avait conseillé d'enfiler un costume froissé – plus il aurait l'air médiocre aux yeux des jurés, plus il pourrait gagner leur indulgence –, mais le Basque avait refusé. Il se tenait droit sur son siège et au milieu des autres, tous blêmes, la vigueur éclatait sur son visage coloré.

Lorsqu'ils répondirent aux questions du président ou de l'avocat général, ses coaccusés voulurent diminuer leurs fautes. Chaque fois que ce fut possible, Julien Zubeldia chicana en invoquant des points de droit qu'il ne maîtrisait pas. Elorriaga, lui, écouta les débats avec détachement. Quand on le sollicita, laconique, il répéta que ses souvenirs étaient flous et qu'il n'avait rien à en dire. Plusieurs fois, le président et les avocats l'exhortèrent à s'expliquer. Il resta silencieux.

Face à lui, l'avocat général, sûr que les faits parlaient d'eux-mêmes, avait choisi la sobriété, elle convenait à son tempérament aride. Plus tard, il lui fut reproché d'avoir traité Elorriaga comme un simple malfrat. Les mots « assassinat », « séquestration », « abus de faiblesse » paraissaient sans rapport avec ce qui avait eu lieu là-bas. C'était la folie d'Elorriaga, la police des mots, les chasses à l'homme et les accouplements bestiaux qu'on voulait voir racontés. Chaque fois qu'ils le furent, cependant, j'eus l'impression que les narrateurs mentaient ou bien qu'ils se trompaient. Peut-être que c'est ce qui advient quand les faits qu'on a vécus deviennent des histoires.

Les experts firent entrer le procès dans une phase plus austère, où les psychiatres se contredirent. L'avocate d'Elorriaga sut en tirer parti. Comment juger ces crimes avec les lois de notre monde ? Elle décrivait très souvent l'île, le vacarme insistant des vagues, la moiteur de la forêt. Et ses yeux entreclos, dans son visage juvénile, semblaient apercevoir le rivage de Bermeo. Là-bas, la France n'existait plus, le monde lui-même était sans doute anéanti. Face au chaos, son client avait défendu un dernier restant d'ordre.

Avec cette défense, l'avocate parvint à jeter sur le procès un trouble, qui s'épaissit le jour où témoigna Maria Guéret. Au début de sa déposition, elle ne se distingua pas des autres rescapés, elle aussi espérait qu'Elorriaga serait puni, et qu'il parlerait. Quand le président lui demanda quels souvenirs elle gardait de là-bas, Maria Guéret baissa la tête. « Vous voulez vraiment savoir ? » souffla-t-elle, et un sourire vague flotta sur sa face navrée. Elle avoua qu'elle aurait souhaité s'en souvenir comme d'une chose horrible. Mais que la vie sur l'île était belle, aussi. Chacun l'avait aimée, chacun l'avait haïe. Des vérités, il y en avait plusieurs en même temps, qui s'opposaient et qui coexistaient. Sur l'île, nous étions misérables et nous étions majestueux.

S'il vous faut une morale, vous allez ignorer cela, dit Maria Guéret. Mais aucune histoire n'est morale. Aucune histoire honnêtement racontée n'est entièrement morale. Et moi qui l'écoutais, je ne pouvais pas dire le contraire. Je cessai d'assister au procès.

L'ultime jour, le président laissa la parole aux accusés une dernière fois. La plupart demandèrent pardon aux victimes. Quand vint son tour, Elorriaga se leva et garda le silence, le temps, peut-être, de laisser voir quel colosse il était resté. « Condamnez-moi », dit-il enfin. On m'a rapporté que sa voix était forte et claire, il souriait de tenir son moment. « Il vous faut un coupable, alors condamnez-moi. » Il se rassit. Son histoire était finie.

Trois heures plus tard, il était condamné à la réclusion à perpétuité, assortie d'une période de sûreté de vingt-deux ans. À l'écoute du verdict, il bouscula un policier et tenta de lui prendre son arme de service. Il y eut des cris puis on le maîtrisa.

D'autres furent presque aussi lourdement condamnés : Véronique Martz, Augustin Dupuy, Gauthier Lanckaert et Goran Savic. Pour une raison qui continue de m'échapper, l'infortuné Métro passa quatre années en prison, alors que sa participation aux assassinats avait été mise en doute à la barre par deux des enquêteurs. Quant à Julien Zubeldia, il n'écopa que d'une peine de huit ans et retrouva sa liberté au bout de cinq. Apparemment, il était parvenu à passer aux yeux des jurés pour un homme de faible caractère qui n'aurait obéi que sous la menace et manifestait de violents remords. Ces remords, il les transporte aujourd'hui de ville en ville, où ses protestations de repenti remplissent des salles de conférences. Plusieurs fois je me suis promis d'assister à l'une d'entre elles mais je ne l'ai encore jamais fait. Pour contenir ma colère je me répète ce que dit Alice : aucun procès n'est parfait.

Peu après le verdict, quand Ariel parla de rejoindre New York, Alice lui demanda si nous pouvions le suivre. Il parut réfléchir un instant puis donna son accord.

Le matin du départ, nous l'avons accompagné sur les quais de la Seine. On y avait inauguré, un mois auparavant, le monument aux morts de la pandémie. Il a cherché le nom de son père, moi celui de mes parents, et, quand nous les avons trouvés, Ariel a dit que c'était bien, ce monument, tous ces noms gravés dans la pierre noire. J'étais d'accord avec lui. Ça nous semblait parfait : ces noms, finement gravés, rien d'autre.

C'est Osvaldo Cooper qui, dans la grotte, lui avait parlé de New York. Dès le moment où vous marchiez sur un trottoir de Manhattan, croyait savoir le Cubain, vous vous sentiez transporté en dehors de vous-même – à peu près tous les voyageurs le disaient à leur retour, quoique ce fût avec des mots différents.

La ville avait été plus sévèrement touchée que Paris, d'abord par une série d'incendies qui s'étaient propagés à la faveur de l'abandon, puis, au cours des années du repli, par des pillages que conduisaient des bandes ayant choisi de vivre, malgré l'épidémie, à l'extérieur des citadelles. Mais depuis sa réouverture New York était de nouveau surpeuplée, Times Square ressemblait à Times Square, les taxis jaunes roulaient, des joggeurs tournaient dans Central Park. Et cette réplique de la vie d'avant faisait l'admiration de tous ceux qui l'avaient connue.

Nous avons loué un deux-pièces dans Spanish Harlem, au-dessus de ce qu'on appelait alors le Campement n° 3, une ville de tentes courant le long du fleuve, du Queensboro Bridge au nord du Bronx. Je ne sais pas si Ariel s'est senti différent ici mais on ne le reconnaissait jamais, il n'avait sauvé ni condamné personne, il n'était français que lorsqu'il parlait à quelqu'un et il ne parlait presque plus.

Dès notre arrivée, nous avons fait comme si nous allions rester là pour toujours. Alice a trouvé un travail dans un dispensaire. J'ai rencontré dans notre rue un mécanicien qui remettait en état des voitures abandonnées et avait besoin d'un coursier pour aller lui chercher des pièces chez les revendeurs de Brooklyn. Ariel partait, à l'aube, aider des huîtriers de l'East River à décharger leurs casiers.

Juste avant notre départ de France, il avait commencé à dire qu'il voulait consigner par écrit ses souvenirs de l'île. Les quatre ou cinq éditeurs parisiens qui avaient repris leurs activités s'étaient presque tous proposés pour le publier mais Ariel avait repoussé leurs offres. Il disait que, s'il écrivait, ce serait uniquement pour lui. Et comme, de temps en temps, il me posait une question sur elle, je compris que c'étaient les souvenirs de Solenn-Saulnier qu'il cherchait avant tout à rassembler : la forme exacte de ses yeux, son odeur, ce qu'elle avait pu dire, les endroits qu'elle préférait dans l'île. Comme son père, Étienne Saulnier, s'était paraît-il rétabli, Ariel avait tenté de le joindre mais l'ex-zombie ne souhaitait pas lui parler. Ariel disait qu'il comprenait.

Chaque matin, de retour de l'East River, il se lavait longuement les mains puis déposait une goutte de parfum sur son poignet gauche, qu'il humait avant de se mettre au travail. Il avait réussi à rapporter de l'île ce petit flacon que Solenn lui faisait respirer, autrefois, à l'abri des rochers, et maintenant il l'appelait son « élixir Saulnier ». Quand il l'inspirait, il pouvait presque sentir au bout de ses doigts la peau de son amie et le petit renflement de chair qui saillait sous son oreille gauche.

Ariel avait acheté un cahier, des crayons, une gomme ; il faisait des listes ; il retravaillait des phrases. Il disait, Alice le confirme, qu'il voulait terminer le portrait de Solenn-Saulnier et qu'ensuite il en aurait fini avec toute cette histoire.

Après le procès, parmi la cinquantaine de rescapés qui furent, à tort ou à raison, rangés dans le camp des victimes, certains réussirent à prendre ou reprendre le cours d'une existence douce, et sympathique, et confortable. D'autres y échouèrent et en souffrirent, les plus jeunes surtout. Quelques-uns, dont Roumi, le frère d'Ariel, furent internés.

Le destin de Jean-Samuel Tholonet t'est peut-être en partie connu. Il souffrit à son retour en France du même trouble que moi : les rescapés lui manquaient, il voulait être avec eux, les entendre, les toucher. Sa femme et sa fille étaient rentrées de Guyane trois mois avant la libération de l'île. Elles l'accueillirent et l'entourèrent de soins mais il se montrait farouche, et même désagréable. Il prit prétexte du procès pour quitter Villeurbanne et s'installer à Paris. S'il avait, dans la dernière période sur l'île, fait office d'instructeur et distribué quelques coups, la justice ne retint pas de charge contre lui et il put suivre le procès du côté des victimes. Il aima ces semaines d'audiences, les expertises psychologiques, certains témoignages qui lui faisaient voir autrement l'histoire qu'il avait vécue. Mais ce qu'il préféra, ce fut d'être tassé sur un banc au milieu d'autres rescapés, d'échanger quelques mots avec eux pendant les pauses et de les reconnaître dans la foule. Lorsque les condamnations tombèrent et qu'il fut indemnisé, il appela d'abord Diana

Lehambre et Maria Guéret pour leur parler de son projet, puis tous les trois contactèrent d'autres rescapés, ceux avec lesquels ils avaient de bonnes chances de s'entendre. Ils furent bientôt quatorze, et l'addition de leurs indemnités les plaçait à la tête d'une belle somme d'argent. Comme il leur fallait de l'isolement et de l'immensité, Tholonet eut l'idée de consulter sur Internet les terrains mis en vente au Canada. Ils achetèrent une exploitation de mille deux cents hectares dans les prairies de l'Alberta. Le premier magasin est à une heure et leurs habitations ne sont visibles d'aucune route limitrophe. On dit qu'ils vivent comme des sauvages de chasse, de pêche et de cueillette ; qu'ils dorment dans des huttes. C'est faux, m'écrit Tholonet à la fin de son dernier mail. Mais il admet que ceux qui le souhaitent vont nus et qu'ils ont arrangé un cercle de pierre pour délibérer chaque soir. « Ce qui marchait dans la première expérience, on l'a gardé. Le reste, on le change. » Certains ne sont restés que quelques mois. D'autres survivants ont fait acte de candidature et quelques-uns, comme Métro quand il est sorti de prison, ont eu le droit de les rejoindre.

Quant à Osvaldo Cooper, s'il rata son retour à la vie normale, ce n'est sans doute pas le plus malheureux d'entre nous. Deux ans après notre libération, il fut autorisé à visiter Cuba, où certaines zones n'étaient toujours pas déclarées immunes. Lorsqu'il découvrit que son ex-femme et ses neveux avaient succombé eux aussi à la Grande Grippe, il sentit toute résistance céder en lui et s'effondra. Une maison de repos l'accueillit pendant un long hiver pluvieux. Encore fragile à sa sortie, il se mit en tête de reprendre la prestidigitation. Le projet d'une tournée provinciale, suggéré par un pseudo-agent, siphonna le pécule que lui avait octroyé le fonds d'aide aux victimes. Ruiné avant même de partir sur les routes, le Cubain revint à Aubervilliers, où le hasard et les services sociaux lui permirent de louer un modeste deux-pièces avec vue sur l'appartement qu'il habitait avant l'épidémie. Là, il recommença une collection de clés perdues par leurs propriétaires, mais il se sentait vide et vieux et irritable. Puis un jour il découvrit, dans un atelier municipal, la fabrication de bateaux en bouteille. Quelques mois plus tard, il dépliait le gréement de son premier voilier miniature, un sloop à coque rouge, dans un flacon pharmaceutique. Une trentaine de navires ont suivi, du simple cotre à la trirème carthaginoise. La dernière fois que je lui ai parlé, Osvaldo paraissait sans le sou mais travaillait à la confection des dizaines de pièces qu'il compte assembler à l'intérieur d'une bouteille pour reproduire notre ferry, échoué à quelques encablures de l'île. « Ce sera mon chef-d'œuvre », affirme le Cubain dans un sourire. Pour ces montages *in vitro*, les plus difficiles, il faut utiliser des pinces très longues, des aiguilles en nylon, une loupe, des seringues ou encore un aspirateur à bouche. De tels assemblages réclament surtout un doigté d'entomologiste et un minutieux travail d'anticipation afin de savoir où placer charnières et ligatures. L'eau en plâtre, une fois vernie, miroitera et se brisera en panaches d'écume. Au-dessus du ferry, Cooper accrochera quelques mouettes en plein vol et, sur la grève, on apercevra une ligne émiettée de déchets en plastique.

Son portrait de Solenn-Saulnier, Ariel ne l'a pas achevé. J'ignore s'il l'a même véritablement commencé. On écrit parfois dans l'idée que les choses, sorties de soi, vont être grâce aux mots douées d'une existence propre. Ceux qui sont morts, on veut croire qu'ils vont ressusciter, en partie au moins, mais ce n'est pas ainsi qu'ils reviennent. Si les morts sont présents dans ce que nous écrivons – et ils le sont, je ne dis pas le contraire –, ce n'est jamais qu'en tant qu'absents, comme s'ils l'avaient toujours été, et, ce qui est plus douloureux encore, comme s'ils avaient été, de leur vivant, appelés à mourir. On les invoque, on les entraperçoit comme à la lisière d'une forêt, mais ils n'en sortent pas et on ne peut s'en approcher, de sorte que, lorsqu'on écrit, c'est toujours la distance entre la forêt des morts et la clairière des vivants qu'on mesure, c'est cette distance qui se dit. Ariel sentit tout cela, mais il n'acceptait pas que l'écriture le lui rappelle tous les jours. Puis, un matin, il n'y eut plus de parfum dans le flacon. Cela l'aidait à renoncer. Alice l'emmena dans un magasin sur la 50e Rue qui offrait le plus grand choix de parfums à New York. Ils retrouveraient celui de Solenn. Ariel accepta de humer quelques échantillons puis murmura qu'il préférait rentrer. Il rangea ses crayons et sa gomme dans un tiroir. Les pages qu'il avait noircies, il dut s'en débarrasser.

Un jour, il nous annonça qu'il pensait déménager dans un studio de l'autre côté de l'East River, plus près de son travail. Alice avait rencontré quelqu'un, ce départ précipita le sien et la fin de notre vie à trois. Nous sommes restés très proches. Puis un jour est passé sans que nous nous voyions. Puis un jour est passé sans que nous nous parlions. Et il est arrivé aussi que je sente, chez Ariel, l'effort qu'il faisait pour supporter notre présence quand nous venions le voir. Je ne sais pas s'il voulait qu'on s'éloigne. Mais il a dû sentir qu'il en avait besoin s'il fallait, d'une manière ou d'une autre, continuer à vivre.

La semaine dernière, je l'ai aperçu dans le métro, sur le quai d'en face. J'ai vu qu'il avait un peu vieilli, comme moi. Il a relevé la tête mais ne m'a pas reconnu à cause de sa mauvaise vue. Je l'ai appelé, il a entendu ma voix et nous nous sommes salués d'un geste. Il a hasardé un sourire puis sa rame est entrée dans la station. Les portes se sont ouvertes, il a pris soin de s'asseoir sur un siège qui me faisait face et, quand la rame est repartie, il a relevé une dernière fois la main, même s'il ne pouvait pas me voir ni être sûr que je le voyais encore. Je suis rentré chez moi et j'ai pensé que je devrais lui téléphoner pour lui dire qu'on ne pouvait pas vivre ainsi, comme de vagues connaissances qui se saluent de loin dans la grande ville.

Ou bien, me suis-je dit, on pourrait. Je ne l'ai pas appelé.

Il faut être raisonnable, c'est ce que m'a soufflé Alice la dernière fois que je l'ai vue. On veut que rien ne change dans le monde et que rien ne soit oublié, mais on veut aussi que tout change et que les souvenirs nous laissent en paix. Et si ce désir-là est le plus fort, autant s'en réjouir. C'est vrai. Mais si j'étais raisonnable, je n'aurais pas écrit ce livre. Si j'étais raisonnable, je n'inventerais pas la seule fin que je veux lire :

Dans quelques années, Ariel descend sur le même quai de métro que moi et je l'aperçois le premier. Sans la moindre hésitation, comme on marche dans les rêves, je m'approche de lui. Ses yeux pâles se posent sur moi, la rame entre dans la station, il hésite un instant puis me propose d'aller prendre un café. Nous remontons à la surface, nous oublions le café en nous asseyant sur le premier banc venu. Il dit que, dans sa mémoire, aucun visage n'est complet, qu'il ne sait plus exactement quel bruit faisaient les vagues au crépuscule ni quelle couleur, rose ou peut-être orange, avaient les roches au nord de Grande Baie. Il dit qu'il n'entend plus aucune voix, pas même celle de Solenn, pas même celle, aigrelette, de Tholonet quand il s'énervait, ni celle d'Elorriaga quand il nous menaçait d'un ton infiniment clément. Il dit que, certains jours, c'est comme si rien de tout cela n'avait existé ; comme si les morts, en mourant, s'étaient retirés de leur propre passé. Il dit qu'il a presque tout oublié mais que cet oubli est le contraire d'un vide : il a enflé comme un remords, le tourmente la nuit, pèse au réveil sur sa poitrine et l'empêche souvent de finir son assiette. Puis il me dit qu'il a tout arrangé et voudrait que je vienne. Nous partirions demain. Nous pourrions être à Natal dans deux jours et sur l'île dans moins d'une semaine. Il dit que le capitaine nous y laisserait quelques heures et que nous marcherions comme des visiteurs dans un musée. Il dit que nous reconnaîtrions tout, chaque mètre carré de la grève, chaque son fusant de la forêt, et que tout nous paraîtrait différent, sans que nous puissions l'expliquer. Nous soulèverions des bouts de bois qui seraient peut-être les débris du campement des Partants et qui, entre nos doigts, demeureraient inertes comme des bouts de bois. Nous apercevrions le début d'un sentier, maintenant presque invisible, qui conduisait à Bermeo. Il n'aurait pas le pouvoir de nous transporter à l'époque des Basques et des « hommes nouveaux ». Cependant, chaque geste manquant, chaque chose qui nous hante de n'avoir pas été accomplie, nous l'accomplirions ce jour-là. J'irais me recueillir là où j'ai prévu de le faire, à l'entrée de la grotte peut-être, ou bien devant la fosse qui accueillit le corps de Jason. Ce rituel me semblerait trop solennel et je sourirais, sans doute, d'entendre à côté de moi le coassement profane d'un crapaud embusqué. Ariel retournerait s'allonger entre les rochers, à l'endroit où Solenn-Saulnier lui racontait le monde d'avant. Étendu là, il fermerait les yeux, il retiendrait son souffle, mais n'entendrait aucune voix, et nul fantôme n'effleurerait son bras. Les souvenirs ne seraient pas plus vivaces, ce serait même le contraire, ils prendraient dans son esprit la couleur morne du sable quand il est mouillé. Ariel se redresserait, il me retrouverait. Nous verrions bien à cet instant que ce musée débordant de couleurs et de cris est un musée vide, que la forêt, le vent, la plage n'ont même pas effacé notre histoire, ils ne l'ont jamais archivée. Et Ariel dit qu'alors, debout sur cette grève, nous déciderions de faire signe au capitaine du bateau. Nous saurions maintenant que ce qui est perdu ne peut pas être retrouvé, et nous serions heureux comme sont heureux les hommes en paix, m'assure Ariel. Les vagues feraient un bruit de vague. Dans la forêt, des singes ou des oiseaux s'appelleraient entre eux. Nous quitterions cette île et elle serait déserte, enfin.

RÉALISATION : NORD COMPO À VILLENEUVE-D'ASCQ
IMPRESSION : CPI FRANCE
DÉPÔT LÉGAL : AOÛT 2020. N° 146007 (158249)
IMPRIMÉ EN FRANCE